SCIENCE FICTION

Herausgegeben
von Wolfgang Jeschke

Ein Verzeichnis aller im HEYNE VERLAG erschienenen STAR-TREK®-Romane finden Sie am Schluß des Bandes.

DEAN WESLEY SMITH &
KRISTINE KATHRYN RUSCH

STAR TREK
THE NEXT GENERATION

INVASION 2
SOLDATEN DES SCHRECKENS

Roman

Star Trek®
The Next Generation™
Band 54

Aus dem Amerikanischen übersetzt
von
ANDREAS BRANDHORST

Deutsche Erstausgabe

WILHELM HEYNE VERLAG
MÜNCHEN

HEYNE SCIENCE FICTION & FANTASY
Band 06/5754

Titel der Originalausgabe
INVASION! – THE SOLDIERS OF FEAR
Deutsche Übersetzung von ANDREAS BRANDHORST

Umwelthinweis:
Dieses Buch wurde auf chlor- und säurefreiem Papier gedruckt.

Redaktion: Rainer-Michael Rahn

Erstausgabe by Pocket Books,
a division of Simon & Schuster, Inc., New York

Printed in Germany Mai 1998
Umschlagbild: Pocket Books/Simon & Schuster, New York
Umschlaggestaltung: Atelier Ingrid Schütz, München
Technische Betreuung: M. Spinola
Satz: Schaber Datentechnik, Wels
Druck und Bindung: Ebner Ulm

ISBN 3-453-13987-9

Für Jerry & Kathy Oltion

1

Lieutenant Robert C. Young – ›Bobby‹ für alle, die ihn kannten – lehnte sich zurück und stützte die Füße an der Konsole weiter vorn ab. Er war athletisch gebaut und hatte blondes Haar, das manchmal länger wurde, als es die Starfleet-Vorschriften erlaubten. Den Sessel hatte er so verändert, daß er sich leicht nach hinten kippen ließ. Bequemlichkeit: So hieß eine der wichtigsten Prioritäten in seinem Leben. An Bord der Brundage-Station gab es nichts weiter als langweilige Routine – seine Strafe dafür, Admiral Kirschbaum gegenüber behauptet zu haben, nichts in Starfleet ließe sich mit Skilaufen im terranischen Sun Valley, Idaho, vergleichen.

Bei jener Gelegenheit war ihm nicht klar gewesen, daß er mit einem Admiral sprach. Er hatte vielmehr vermutet, es mit einem aufgeblasenen Narren zu tun zu haben, der glaubte, jeder Offizier sei auf interstellare Reisen erpicht. Bobbys Ausbildung an der Starfleet-Akademie ging auf das Drängen seiner Mutter zurück, die befürchtete, daß ihr Sohn den Rest seines Lebens auf schneebedeckten Berghängen verbringen wollte, ohne jemals irgend etwas zu erreichen. Sie glaubte, daß er mittellos sterben würde, ohne irgendeinen Beruf erlernt zu haben. Bobby hingegen vertrat den Standpunkt, daß Skilaufen völlig genügte, um dem Leben eines Mannes Sinn und Inhalt zu geben.

Doch er liebte seine Mutter, und deshalb war er zur

Starfleet-Akademie gegangen. Dort erwies er sich als guter Kadett, kam schnell bei der Ausbildung zum Offizier voran, besuchte eine Party zuviel und beleidigte dabei den falschen Admiral.

Später erfuhr er von Freunden: Wenn er die gleichen Worte an Admiralin Zlitch gerichtet hätte, wäre sie sicher bereit gewesen, darüber zu lachen und anschließend mit ihm über die neuesten Skischuhmodelle zu diskutieren.

Admiral Kirschbaum hatte einfach nur gesagt: *Wenn Sie die Galaxis langweilig finden, junger Mann, so habe ich genau den richtigen Auftrag für Sie.*

Brundage-Station. Gab es einen abgelegeneren Ort? Vor fünfzig Jahren hatte irgendein Witzbold – vermutlich ebenfalls ein Skiläufer – die Station nach einem berühmten Skiberg von McCall, Idaho, benannt. Der Grund: Gerüchten zufolge befand sich die Station am steilen, schlüpfrigen Hang zum Nichts.

Inzwischen lautete die offizielle Bezeichnung ›Überwachungsstation Brundage Point‹. In den ältesten Hinweisen war die Rede von ›Furien-Überwachungsstation‹. Vor über achtzig Jahren hatten enorm mächtige Wesen diese Region des Alls erreicht und sich als Feinde zu erkennen gegeben. Durch ihr Erscheinen war ein ganzes Sonnensystem vernichtet worden, dessen Reste noch immer langsam über die Bildschirme glitten. Bobby kannte die alten Hologramme und Berichte, wußte auch von der Schlacht, die damals im stellaren Territorium der Klingonen stattgefunden hatte. Er eignete sich das Wissen nicht aus Interesse an, sondern weil der Dienst es erforderte.

Starfleet glaubte, daß die Furien irgendwann zurückkehrten.

Bisher war das nicht der Fall gewesen.

Andere Lieutenants hatten an Bord der Brundage-Station gearbeitet, um nach drei Jahren abgelöst zu werden und zu schwören, nie wieder über leeren Raum zu wachen.

Inzwischen war Bobby schon seit zwei Jahren an Bord der Station. Nach drei Tagen hatte er mit dem Gedanken gespielt, dem Admiral zu schreiben und sich bei ihm zu entschuldigen. Inzwischen verstand er den gerissenen alten Mann. Der Admiral hatte Bobby einen leichten Job gegeben, um ihm zu zeigen, daß aktiver Dienst in jedem Fall besser war, als den ganzen Tag über in sprichwörtliche Leere zu starren und auf die Rückkehr eines Feindes zu warten, der vermutlich nie kommen würde.

Inzwischen hatte sich Bobby an die Station gewöhnt, zu deren Crew außer ihm noch drei andere Personen gehörten. Manchmal kamen Raumschiffe und sorgten für ein wenig Abwechselung. Abgesehen von Brundage selbst gab es noch vierzig unbemannte Ortungssatelliten, die meisten von ihnen entlang der klingonischen Grenze. Gelegentlich bemerkten sie etwas, aber die meiste Zeit über geschah nichts.

Bobby rechnete auch diesmal mit einer ruhigen, ereignislosen Abendschicht.

In seiner Kabine lagen holographische Broschüren der nächsten Wintersportorte. Die dreidimensionalen Prospekte betrafen auch ein spezielles Ski-Zentrum auf Regal III, das Niedrigschwerkraft-Pisten anbot. Bevor er in dieser Nacht unter die Decke kroch, wollte er sich ausgiebig damit beschäftigen. Bald begann sein erster längerer Urlaub, und er war fest entschlossen, jede einzelne Minute in vollen Zügen zu genießen.

Der Beobachtungsraum erschien ihm noch immer riesig, obgleich er kaum mehr Platz bot als die Pilotenkanzel eines Shuttles. Zwei breite Bildschirme präsentierten das All und vermittelten einen Eindruck von Größe. Die Displays und Anzeigen darunter zeigten die für sie typische Inaktivität.

Es standen einige Systemkontrollen auf dem Programm, aber sie konnten noch etwas warten. Bei seiner Abendschicht hatte Bobby eine eigene Art von Routine entwickelt, die ihm half, wach zu bleiben.

Eine rote Kontrollampe blinkte auf der Konsole, und ihr Licht glitt über das schwarze Leder des Stiefels. Bobby runzelte die Stirn, seufzte und beugte sich vor.

Eine Fehlfunktion.

Wenigstens bekam er dadurch etwas zu tun.

Aber daß ausgerechnet diese Kontrollampe blinkte…

Die Sensoren der Ortungssatelliten hatten irgend etwas erfaßt.

Plötzlich zitterten Bobbys Hände vor Aufregung, und er mußte sich an folgendes erinnern: Der letzte Alarm dieser Art war von Meteoriten ausgelöst worden.

Seine Finger huschten über die Kontrollen, als er die Systeme überprüfte.

Alles in bester Ordnung, sowohl in der Station als auch bei den Satelliten. Allerdings: Die von den Sensoren ermittelten Daten deuteten auf einen sonderbaren Masseschwund hin. Das ergab überhaupt keinen Sinn. Wie konnte *Masse* verschwinden?

Bobby klopfte auf seinen Insignienkommunikator. »Wong! Airborne! Judy! Die Instrumente registrieren etwas.«

»Wir sind unterwegs«, tönte Wongs Stimme aus dem Kom-Lautsprecher. »Überprüfen Sie die Systeme.«

»Ist bereits erledigt«, erwiderte Bobby scharf. Wong hatte kein Recht, ihm Anweisungen zu erteilen, auch wenn nur er über technische Erfahrung verfügte.

Trotzdem nahm Bobby einen zweiten Systemtest vor, um jede Möglichkeit eines Fehlers auszuschließen – immerhin gab es genug Zeit. Die anderen würden eine Weile brauchen, um den Kontrollraum zu erreichen. Sie hatten sich in ihren Quartieren aufgehalten, vielleicht schon geschlafen. Es machte Bobby nie etwas aus, die Nachtschicht zu übernehmen – er hielt ohnehin nichts von der Unterscheidung zwischen künstlicher Nacht und künstlichem Tag.

Der zweite Test ergab ebenfalls keine Fehler. Die Masse des betreffenden Ortungssatelliten nahm auch weiter geringfügig ab, obwohl das eigentlich unmöglich sein sollte. Eins stand fest: Etwas geschah dort draußen. Aber was?

Wenig später glitt das Schott hinter ihm beiseite, und Wong kam herein: ein schlanker Mann, doppelt so alt wie Bobby.

Wong trat näher, beugte sich über die Konsole und begann mit einem dritten Systemtest. Seine Finger tanzten dabei so schnell über die Kontrollen, daß sie sich in Schemen verwandelten.

»Ich habe alles überprüft«, sagte Bobby. »Schon zweimal.«

»Hm«, erwiderte Wong unbeeindruckt. Als das Kontrollprogramm keine Fehler meldete, fügte er hinzu: »Das ist doch unmöglich.« Anschließend begann er mit einigen Tests, die Bobby nie in den Sinn gekommen wären. Der Lieutenant hielt ihn nicht davon ab, denn es war in jedem Fall besser, auf Nummer Sicher zu gehen. Er spürte, wie seine innere Unruhe zunahm. Nie zuvor hatte er in Erwägung gezogen, daß die Ortungssatelliten einen echten Alarm auslösen könnten.

Judy traf ein. Sie hatte das lange, silbrig glänzende Haar nicht zusammengesteckt und trug einen Morgenmantel über der zivilen Kleidung. Die kleine, gut fünfzig Jahre alte Frau war das inoffizielle Oberhaupt der Gruppe. Sie hatte zwei erwachsene Kinder, die beide zu Starfleet gehörten, und kochte gern. Manchmal wurde sie sogar ›Mom‹ genannt, ohne daß sie Einwände dagegen erhob.

»Was ist los?« fragte sie und nahm im Sessel links von Bobby Platz.

»Einer der Ortungssatelliten hat den Alarm ausgelöst.«

Wong brummte etwas Unverständliches und leitete einen weiteren Test ein.

»Haben Sie die Systeme überprüft?«

Bobby bedachte sie mit einem durchdringenden Blick. Hielten ihn alle für einen Idioten? »Zweimal«, antwortete er.

»Hm«, erwiderte Judy, und es klang ebenso unbeeindruckt wie zuvor bei Wong.

Airborne platzte mit zerzaustem Haar herein. Wie Bobby hatte er einen Hang zum Tollkühnen, was bei ihm bedeutete: Er sprang gern, insbesondere von Dingen, die sich bewegten. Der hochgewachsene und schlaksige Airborne hatte mehr Knochenbrüche hinter sich, als Bobby zu zählen wagte. Schon seit einer ganzen Weile versuchte er, ihn davon zu überzeugen, daß das Springen mit Skiern besonders viel Spaß machte. Doch es widerstrebte Airborne, ausreichend Zeit zu investieren, um Skilaufen zu lernen. Er meinte, man könnte auch so springen.

»Haben die Sensoren wieder Meteoriten erfaßt?« fragte Airborne und rieb sich den Schlaf aus den Augen.

»Nein«, sagte Wong. »Dort draußen findet ein bemerkenswerter Masseschwund statt. Irgend etwas Seltsames geschieht.«

Sein Tonfall wies deutlich auf den Ernst der Situation hin. Bobby schluckte unwillkürlich.

»Es ist also eine ernste Sache«, sagte er und beugte sich vor.

»Ich stelle eine Verbindung mit Starfleet Command her.« Judy schob ihren Sessel in Richtung Kommunikationsstation.

»Ja«, bestätigte Wong.

Airborne näherte sich ihm und griff mit beiden Händen nach der Rückenlehne seines Sessels. »Sagen Sie uns, was los ist, Wong. Spielen Sie sich nicht auf.«

»Er spielt sich nicht auf«, sagte Bobby. Wong versuchte nie, sich den anderen gegenüber einen Vorteil zu verschaffen – er hielt seine Kollegen nur für inkompetent.

»Etwas hat gerade die Warnboje bei Position 473 zerstört«, erwiderte Wong.

Judys Hand verharrte über den Kom-Kontrollen. »Zerstört?«

Bobby schenkte ihr keine Beachtung und konzentrierte sich darauf, Informationen abzurufen. »Daten erscheinen jetzt auf dem Bildschirm.«

»Wir brauchen sie gar nicht.« Airborne ließ sich in den einzigen noch freien Sessel sinken.

Bobby sah ihn an. Airbornes normalerweise dunkle Haut wirkte nun fahl und grau.

»Der Furienpunkt.« Wongs Stimme klang so, als sei ihm plötzlich übel geworden.

»O nein«, sagte Bobby. Natürlich kannten sie alle die Einzelheiten der Furien-Schlacht; wer an Bord der Brundage-Station arbeitete, mußte sich damit auskennen. Aber die Berichte über die Furien… Sie erschienen viel zu übertrieben und dadurch unglaubwürdig.

Judy betätigte die Kom-Kontrollen mit neuer Entschlossenheit.

Airborne überprüfte Wongs Hinweise. Er stand in einem besonderen Verhältnis zu den Furien: Er erzählte von ihnen, wenn es an Bord zu langweilig wurde.

»Verdammt«, flüsterte er.

Bobby wollte nicht Bescheid wissen, aber etwas zwang ihn, die Frage zu stellen. »Haben Sie den Bereich sondiert?«

Airborne schüttelte den Kopf. »Es liegt nur eine Bestätigung der Position vor«, antwortete er. »Der Ortungssatellit ist verschwunden, und dort draußen geschehen sehr seltsame Dinge.«

Bobby mußte etwas unternehmen, um nicht völlig die Kontrolle zu verlieren. »Nun, setzen Sie die Sondierungen fort. Ich möchte wissen, was passiert.«

»Ich nicht«, flüsterte Airborne. Trotzdem beugte er sich zur Konsole vor.

Seine Finger huschten über die Kontrollen.

»Haben Sie eine Verbindung mit Starfleet hergestellt?« wandte sich Bobby an Judy.

»Nein, Sir«, erwiderte sie und kehrte automatisch zum üblichen Starfleet-Protokoll zurück. Bobby war ihr dankbar dafür.

Wong atmete tief durch. »Die Sensoren registrieren eine ziemlich ausgeprägte temporale Anomalie. Man könnte fast meinen, daß dort, wo sich der verschwundene Ortungssatellit befand, nun ein schwarzes Loch existiert. Allerdings... Es ist mehr als nur ein schwarzes Loch. Es scheint sich um einen Riß im All zu handeln.«

»Meine Güte«, sagte Airborne leise und starrte auf die Anzeigen seiner Konsole. »Bobby... Äh, Lieutenant, Sir, gerade sind fünf Schiffe im Riß erschienen.«

»Was?« Bobby berührte einige Schaltflächen, und daraufhin verschwanden die scrollenden Daten vom Monitor. Statt dessen erschien eine Darstellung des Bereichs 473 im Projektionsfeld. Er hielt genau Ausschau, konnte jedoch keine Raumschiffe erkennen.

»Ich bekomme die gleichen Anzeigen, Sir«, meldete Wong. »Fünf Schiffe sind bei der Anomalie materialisiert und nehmen derzeit stationäre Positionen ein. Offenbar sind sie ziemlich groß!«

»Können Sie die Raumer identifizieren?« fragte Bobby und versuchte, ruhig zu sprechen.

Wong schüttelte den Kopf. Bobby rollte seinen Sessel zu ihm und warf einen Blick auf die dortigen Anzeigen. So etwas hatte er noch nie zuvor gesehen – in den ihm bekannten Unterlagen fanden sich keine Informationen darüber.

»Zwei Schiffe verlassen ihre Position und fliegen in unsere Richtung«, sagte Wong.

»Wieviel Zeit bleibt uns?« fragte Bobby.

Wong deutete auf ein ganz bestimmtes Display. »Drei Minuten.«

»Sie sind zurückgekehrt«, brachte Airborne mit vibrierender Stimme hervor. Bobby beobachtete, wie er sich kurz schüttelte und dann tief Luft holte.

»Es besteht Kom-Verbindung mit Starfleet, Sir«, sagte Judy.

Bobby merkte erst jetzt, daß er den Atem angehalten hatte. Er ließ ihn entweichen. »Verschlüsseln Sie die Signale.«

Er wartete, bis Judy nickte, verlor dann keine Zeit mehr. »Hier ist die Überwachungsstation Brundage Point. Wir haben einen Notfall der Priorität Eins.«

Wong und Judy schnappten unwillkürlich nach Luft. Bobby kannte den Grund dafür: Bei Starfleet gab es keine höhere Priorität für einen Notfall. Doch wenn Airborne recht hatte, so brauchten sie alle Hilfe, die sie bekommen konnten.

»Noch zwei Minuten«, sagte Wong.

Admiral Kirschbaums Gesicht erschien auf dem Kom-Schirm. Bobby freute sich sogar darüber, jenen Mann zu sehen, dem er seinen gegenwärtigen Posten verdankte. »Ich höre, Lieutenant.«

Bobby straffte die Schultern und gab sich alle Mühe, seine Stimme fest klingen zu lassen, obwohl die Anspannung um ihn herum stieg. »Die Warnboje beim Furienpunkt wurde zerstört. Bevor sie verschwand, stellten unsere Scanner einen geringfügigen Masseschwund fest. Inzwischen hat sich eine temporale Anomalie gebildet, und dort sind fünf große Raumschiffe unbekannten Ursprungs erschienen. Zwei von ihnen sind hierher unterwegs, und es dauert nicht mehr lange, bis sie auf Gefechtsreichweite heran sind.«

Admiral Kirschbaum erbleichte und schluckte. »Fünf Schiffe?«

Bobby nickte. »Ja, Sir. Fünf.«

Der Admiral beugte sich zum visuellen Übertragungssensor vor. »Können Sie die Station verlassen, bevor die Fremden bei Ihnen eintreffen?«

Bobby sah kurz zu Wong, der den Kopf schüttelte.

»Dazu genügt die Zeit nicht, Sir«, antwortete der Lieutenant. »Die beiden Schiffe haben uns fast erreicht.«

Kirschbaum hob den Kopf und nickte kurz, deutete auf diese Weise eine Entschuldigung an. »Erinnern Sie sich an Ihre Ausbildung, Lieutenant. Was von Position 473 kommt, muß für ein Schiff der Furien gehalten werden. Stufen Sie die fremden Raumer als feindliche Einheiten ein und sehen Sie eine Kriegserklärung in ihrem Anflug. Verhalten Sie sich entsprechend. Verstanden? Übermitteln Sie möglichst viele Daten über diesen Kanal, solange Sie dazu imstande sind.«

»Erledigt«, sagte Judy zu Bobby. »Starfleet bekommt die aktuellen Informationen. Außerdem habe ich alle unsere Logbuchdateien transferiert.«

Bobby sah zu dem Schirm, der die beiden größer werdenden Schiffe zeigte. Sie wiesen nicht die geringste Ähnlichkeit mit den Holobildern des ersten Furienraumers auf. Sie waren schwarz und verfügten über Erweiterungen, die wie angelegte Schwingen wirkten. In gewisser Weise sahen sie aus wie Raubvögel im Sturzflug.

»Eine Kriegserklärung«, wiederholte Bobby und ballte die Fäuste. »Ja, Sir.«

»Ich wünsche Ihnen allen viel Glück«, sagte Kirschbaum, und dann verschwand sein Abbild vom Schirm.

Die Stille im Raum schien kaum lauter sein zu können. Airborne schlug stumm die Hände vors Gesicht.

Ihnen blieb keine Zeit für Verzweiflung. Bobby mußte handeln.

»Schilde hoch und Einsatzbereitschaft für Waffen«, sagte er.

»Ich übermittle auch weiterhin Informationen und die telemetrischen Daten«, verkündete Judy.

Bobby griff unter die Konsole und holte die für den Notfall bestimmten Phaser hervor. Er fand nur drei, genug für seine Begleiter. Der vierte Phaser steckte an seinem Gürtel – er war der einzige, der eine Uniform trug.

»Beide Schiffe haben auf Relativgeschwindigkeit null abgebremst«, sagte Wong, als Bobby ihm einen Phaser reichte. »Aus irgendeinem Grund kann ich sie nicht sondieren.«

Plötzlich ging ein roter Strahl vom ›Schnabel‹ eines Schiffes aus.

Die Schilde der Station flackerten erst blau, dann rot und schließlich weiß. Die Brundage-Station schüttelte sich so heftig, als ritte sie auf einer Welle. Bobby hielt sich an der Konsole fest. »Bericht!«

»Wir haben die Deflektoren verloren«, sagte Judy. »Und die Fremden scheinen zu versuchen, einen Kontakt mit uns herzustellen.«

»Auf den Schirm.«

Judy nickte. Die Darstellung des Projektionsfelds wechselte, und in der Sekunde, bevor das neue Bild erschien, fühlte sich Bobby von Entsetzen erfaßt. Es wuchs aus seinem Hinterkopf, dehnte sich durchs Rückgrat aus. Dies war sein erstes echtes Kommando.

Er versuchte, ruhig zu atmen, doch Grauen schnürte ihm die Kehle zu.

Dann wich die Schwärze auf dem Schirm einem scharlachroten Gesicht mit schwarzer Schnauze und

Widderhörnern anstatt von Ohren. Die Augen waren lang und schmal. In ihren Ecken wanden sich Maden hin und her, wirkten wie sonderbare Tränen.

Judy keuchte, und Airborne verbarg das Gesicht hinter den Armen. Wong rollte seinen Sessel zurück, als befürchtete er, das Wesen könnte vom Bildschirm springen und ihn angreifen.

Bobby ballte die Fäuste so fest, daß sich die Fingernägel in die Handballen bohrten. Das Entsetzen schien sich im Raum auszubreiten und zu verdichten, dabei fast Substanz zu gewinnen.

Der Lieutenant zwang sich, Luft zu holen.

Das Geschöpf auf dem Schirm öffnete den Mund. Silbriger Speichel rann über die spitz zulaufenden Zähne. »Ergeben Sie sich«, erklang eine tiefe, von Macht und Autorität kündende Stimme. Bobby spürte sie bis in die Zehenspitzen. »Oder Sie werden vernichtet.«

Das Bild verschwand.

Bobby rührte sich nicht; eisiger Schrecken lähmte ihn. Doch er mußte sich bewegen, um der anderen willen.

Judy und Wong starrten mit offenem Mund zum Schirm. Airborne hob langsam den Kopf. Nichts erinnerte mehr an sein sorgloses Gebaren – seine Augen sahen aus wie zwei dunkle Löcher im Kopf.

»Die Geschichte wiederholt sich«, raunte er. »Zum zweiten Mal in hundert Jahren hat der Teufel die Tore der Hölle geöffnet.«

Bobby holte schnell Luft. »Und zum zweiten Mal werden wir sie schließen.« Er sprach mit der Zuversicht, wie sie seiner Meinung nach einem guten Starfleet-Offizier gebührte. Doch es gelang ihm nicht, an die eigenen Worte zu glauben.

2

Ein Schweißtropfen rann über Will Rikers Schläfe. Mit beiden Händen griff er nach dem Steuerknüppel und lenkte den Jet steil nach oben, fort vom unter ihm glänzenden blaugrünen Meer. Ein roter Laserblitz zuckte am Cockpit vorbei, als die enormen Andruckkräfte Riker ins Polster des Pilotensessels preßten.

Seit seiner Zeit an der Akademie hatte er sich nicht mehr mit diesen Luftkampf-Simulationen beschäftigt, und der Mangel an Übung machte sich jetzt bemerkbar. Er galt als einer der besten Piloten bei Starfleet und der beste an Bord der *Enterprise*, aber die Simulationsprogramme verwendeten alte Jets, die in relativ geringer Höhe über der Oberfläche eines Planeten flogen. Eingesetzt wurden Laser, und zwanzig Treffer bedeuteten einen ›Abschuß‹.

Rotes Licht glühte vom Bildschirm vor Riker und wies auf einen Treffer an der linken Tragfläche hin. »Verdammt«, sagte Riker leise und steuerte seine Maschine in eine Rolle, um weitere Treffer zu verhindern. Wenn die Kontrollsensoren für mehr als eine Sekunde einen Laserkontakt am Rumpf registrierten, so zählte der Computer vielleicht zwanzig Treffer und beendete die Simulation.

Diesmal kam der Erste Offizier mit nur einem Treffer davon.

»Jetzt sind's insgesamt fünfzehn für mich«, klang die Stimme seines Gegners Lieutenant Sam Redbay aus dem Kopfhörer, als der andere Jet an Rikers Steuerbordseite vorbeiraste. »Du bist außer Form, Will.«

»Ich bin nur ein wenig aus der Übung«, erwiderte Riker und zwang seine Maschine in eine scharfe Kurve, um Redbay in die Zielerfassung zu bekommen. »Ich muß mich erst wieder daran gewöhnen, diese alten Dinger zu fliegen. Bei einem Kampf im All sähe die Sache ganz anders aus.«

»Ausreden, nichts als Ausreden«, sagte Redbay. »Morgen versuchen wir's mit dem von dir vorgeschlagenen Programm.«

Riker lachte, als er seinen Jet hinter den Redbays lenkte und er im Fadenkreuz erschien. »Abgemacht.«

Vor dem inneren Auge sah Riker, wie sein alter Freund grinste. Redbay war groß, schlank und rothaarig. Er bewegte sich langsam, so als glaubte er, die Welt um ihn herum hätte es viel zu eilig. Er lachte viel, und sein sommersprossiges Lächeln wirkte auf die meisten Leute ansteckend, unter ihnen auch Riker.

Eine rote Anzeige auf der Konsole vor dem Ersten Offizier teilte ihm mit, daß sich Redbays Maschine in der Zielerfassung befand. »Jetzt«, sagte Riker und feuerte, aber er reagierte eine halbe Sekunde zu spät. Redbay steuerte seinen Jet nach unten und zur Seite, fort von dem Laserblitz.

Kein Treffer. Riker hatte das Ziel erneut verfehlt. Er mußte zugeben, daß sein alter Freund ein guter Pilot war, sogar ein sehr guter.

Er schüttelte den Kopf und versuchte, der anderen Maschine in die Tiefe zu folgen. Früher einmal waren Riker und Redbay bei solchen Simulationen gleichwertige Gegner gewesen. Während des letzten Jahrs an der Akademie hatten sie immer wieder Holokammern aufgesucht, um bei Luftkämpfen gegeneinander anzutreten. Dabei verbesserten sich Geschick und Reflexe. Gleichzeitig erhöhte sich der ›Einsatz‹. Sie wetteten zunächst um kleine Dinge, dann ums eine oder andere Essen, schließlich auch darum, wer die Stube in Ordnung bringen mußte. Den letzten Kampf vor der Abschlußprüfung hatte Riker gewonnen und Redbay damals Revanche versprochen.

Dieses Versprechen konnte er erst heute einlösen. Redbays Versetzung zur *Enterprise* machte es möglich. Riker fand großen Gefallen daran – obgleich er verlor.

»Hast du weitere Ausreden, Will?« ertönte erneut Redbays Stimme, als seine Maschine an der des Ersten Offiziers vorbeisauste. Wieder stellte sich Riker sein Grinsen vor – vermutlich gab sich Redbay alle Mühe, nicht laut zu lachen.

»Na schön«, sagte er und schmunzelte. »Es sind also Ausreden. Aber ich brauche sie nicht mehr lange.«

Diesmal konnte sich Redbay das Lachen nicht verkneifen. »Um ganz ehrlich zu sein, Will: Ich habe gar nicht damit gerechnet, daß du dich mit den letzten Luftkampfmethoden auskennst. Als Erster Offizier eines Schiffes wie der *Enterprise* findest du sicher kaum Zeit für solche Übungen.«

Riker hörte und verstand die Mischung aus Neid und Bewunderung in Redbays Stimme. An der Akademie hatten sie den gleichen beruflichen Weg beschritten. Redbay bekam damals zwei Pilotenpunkte mehr, und Riker erhielt eine etwas bessere Bewertung in Rhetorik. Von ihren Klassenkameraden waren sie immer für Rivalen gehalten worden, doch echte Rivalität hatte nie zwischen ihnen existiert, auch nicht bei den simulierten Luftkämpfen. Ganz im Gegenteil: Sie wurden zu guten Freunden, die gemeinsam schneller vorankamen als allein.

Dann trennten sich ihre Wege. Redbay wurde Testpilot, der die neuesten Hochgeschwindigkeitsshuttles von Starfleet flog, und Riker arbeitete an Bord von Raumschiffen. Als sie sich einige Jahre später trafen, fragte Riker, warum Redbay auf den Dienst an Bord von Starfleet-Schiffen verzichtete. Daraufhin lehnte sich sein Freund zurück, runzelte die Stirn und meinte: *Ich hatte vor, mich versetzen zu lassen. Aber aus irgendeinem Grund bin ich nie dazu gekommen.*

Noch hast du eine solche Möglichkeit, meinte Riker damals. *Aber wenn du noch länger wartest, verpaßt du die letzte Chance.*

Redbay nickte bei jener Gelegenheit, und etwas später erfuhr Riker, daß er zur Crew der *Farragut* gehörte. Seine Tüchtigkeit führte zu schnellen Beförderungen, und schließlich bekam er ein tolles Angebot: einen Posten an Bord der *Enterprise*, des Flaggschiffs der Föderation.

»Jetzt bist du hier, was bedeutet, daß ich mir die erforderliche Zeit nehmen werde«, sagte Riker. »Es kann sicher nicht schaden, die alten Fähigkeiten aufzufrischen. Wie dem auch sei: Morgen nehmen wir uns eine Gefechtssimulation im All vor.«

»Einverstanden«, erwiderte Redbay. »In der Zwischenzeit solltest du jedoch auf der Hut sein.«

Riker ließ seinen Jet nach links kippen, als rotes Laserfeuer vorbeiflammte. Anschließend gab er Schub und flog einen sehr engen Looping. Einige Sekunden lang wußte er nicht, ob es klappen würde, doch dann wies die rote Anzeige vor ihm auf die Erfassung des Ziels hin.

Der Erste Offizier feuerte.

Redbay zog seinen Jet nach links oben, aber er konnte Rikers Laserstrahl nicht ganz ausweichen.

»Das sind zehn für mich«, sagte Will.

»Du hast mich in die Falle gelockt«, entgegnete Redbay und lachte vergnügt.

»Ausreden, Sam?« fragte Riker zuckersüß.

»Du bist noch immer im Rückstand«, stellte Redbay fest. »Und warte nur bis zur morgigen Gefechtssimulation im All. Dann zeige ich dir den einen oder anderen Trick.«

Riker lachte. »Glaubst du vielleicht, ich wüßte nicht über das berühmte Redbay-Manöver Bescheid? Ich kenne es genau.«

Redbay gluckste. »Hast deine Hausaufgaben gemacht, wie? Nun, jenes Manöver ist nur einer von mehreren Trümpfen in meinem Ärmel. Wer so lange wie ich als Testpilot für Starfleet gearbeitet hat, lernt den einen oder anderen Trick.«

»Es wird bestimmt nicht so leicht für dich, wie du glaubst«, sagte Riker und flog eine weite Rechtskurve, um herauszufinden, wohin Redbays Maschine verschwunden war. Er konnte sie nirgends entdecken.

Der Insignienkommunikator des Ersten Offiziers piepte.

Er löste eine Hand vom Steuerknüppel und klopfte auf das kleine Gerät. »Riker.«

»Commander ...« Captain Picards Stimme klang angespannt. »Ich brauche Sie im Bereitschaftsraum. Sofort.«

»Ja, Sir«, erwiderte Riker. »Ich bin unterwegs. Computer, Simulation Ende.«

Blauer Himmel, weiße Wolken, tief unten das Meer einer fremden Welt – alles löste sich auf. Riker fand sich in einer Kugel wieder, die über dem Boden des Holodecks schwebte. In einer anderen nahm Redbay den Helm ab und löste die Sicherheitsgurte. Er sah kurz zu Riker und senkte dann den Kopf, um auch den letzten Gurt abzustreifen. Er hatte den besonderen Tonfall des Captains ebenfalls gehört und wirkte ernst, sehr ernst.

Redbay kletterte aus der Kugel und sprang zu Boden. Er schwitzte – dunkle Flecke an seinem Trainingsanzug wiesen deutlich darauf hin. Hinter und über ihm löste sich die Kugel auf. »Ich schätze, den

Rest dieser Simulation müssen wir auf ein anderes Mal verschieben.«

Riker lächelte, als er seine eigene Kugel verließ. »Gib dem Computer die Anweisung, den aktuellen Stand zu speichern. Du hast mich noch nicht geschlagen.«

Redbay klopfte ihm auf die Schulter. »Solche Worte habe ich von dir erwartet«, sagte er und erwiderte das Lächeln.

Riker verließ das Holodeck und vergaß die Simulation praktisch von einem Augenblick zum anderen.

Die kühle Luft im Korridor ließ ihn frösteln, obgleich er eben noch geschwitzt hatte. Während seines letzten Aufenthalts im Kontrollraum war alles in Ordnung gewesen – was mochte in der Zwischenzeit geschehen sein?

Was konnte Captain Picard beunruhigt haben?

Die Mitteilung von Starfleet war sehr knapp gewesen. *Versammeln Sie Ihre Führungsoffiziere. Erwarten Sie um neun Uhr Bordzeit eine Nachricht der Priorität Eins.* Die letzte Kom-Botschaft der Priorität Eins hatte Picard in Empfang genommen, als die Borg zur Erde flogen. Es handelte sich um die höchste Sicherheitsstufe, die auf einen extremen Notfall hinwies. Alle anderen Einsatzbefehle wurden dadurch außer Kraft gesetzt.

Etwas Schlimmes mußte geschehen sein.

Der Captain beugte sich zum Replikator vor. Ihm blieb nur noch wenig Zeit, bis die Offiziere eintrafen.

»Earl Grey, heiß«, sagte er, und im Ausgabefach materialisierte ein Teeglas. Er griff danach, trank einen kleinen Schluck und versuchte dabei, zu der für ihn typischen Gelassenheit zurückzufinden.

Er hatte nicht die geringste Ahnung, worum es in der Mitteilung gehen mochte, und dieser Umstand besorgte ihn. Er hielt sich immer auf dem laufenden, soweit es die aktuellen Ereignisse im Quadranten betraf.

Nicht einmal die subtilsten Veränderungen im politischen Klima entgingen seiner Aufmerksamkeit. Die Romulaner verhielten sich schon seit einer ganzen Weile sehr ruhig. Die Cardassianer kooperierten mit Bajor. Nirgends waren fremde Schiffe gesichtet worden, und derzeit gab es keine kleinen Rebellengruppen, die ihre Rebellionen ins All trugen. Ging es vielleicht um die Klingonen?

Ich sollte irgendeinen Anhaltspunkt haben, dachte Picard.

Die Tür öffnete sich, und Beverly Crusher kam herein. Geordi LaForge und Data folgten ihr. Die Ärztin und der Chefingenieur wirkten besorgt, während die Miene des Androiden nur Neugier zeigte.

Bevor sich die Tür schließen konnte, betrat auch Deanna Troi den Bereitschaftsraum. Sie trug eine Uniform – diese Angewohnheit hatte sie erst vor kurzer Zeit entwickelt. Worf bemerkte sie, verließ seinen Posten auf der Brücke und kam ebenfalls herein.

Jetzt fehlte nur noch Commander Riker. Ihn brauchte Picard besonders dringend – ohne den Ersten Offizier konnte er die Nachricht nicht entgegennehmen.

Es war jetzt acht Uhr neunundfünfzig Bordzeit.

Die Tür öffnete sich erneut, und Will Riker erschien. Große Schweißflecken zeigten sich an seinem Trainingsanzug, und sein Haar war feucht. Er hatte sich ein Handtuch über die Schultern geschlungen, zog es nun herunter und knüllte es zu einem Ball zusammen.

»Entschuldigung, Sir«, sagte er. »Ihrem Tonfall habe ich entnommen, daß mir keine Zeit fürs Umziehen bleibt.«

»Ja, Will«, erwiderte Picard. »Wir bekommen gleich eine Nachricht von Starfleet Command. Ich sollte alle Führungsoffiziere versammeln ...«

Der Tischbildschirm erhellte sich und zeigte das

Symbol der Föderation – Hinweis auf eine codierte Mitteilung.

»Nachricht für Captain Picard, U.S.S. *Enterprise,* und die Führungsoffiziere seiner Crew«, verkündete eine neutrale Sprachprozessorstimme. »Bitte bestätigen Sie Identität und Status.«

Der Captain legte die Hand auf den Abtaster. »Picard, Jean-Luc, Captain der U.S.S. *Enterprise,* Sicherheitscode 1-B58A.«

Nach der Sicherheitsüberprüfung verschwand das Föderationssymbol vom Schirm, und die narbige Miene Admiral Kirschbaums erschien im Projektionsfeld. Sein Gesicht bildete jetzt jene ausdruckslose Maske, die in besonders kritischen Situationen alle guten Kommandeure zur Schau trugen.

»Jean-Luc... Uns bleibt keine Zeit für Höflichkeitsfloskeln. Ein Ortungssatellit beim Furienpunkt wurde zerstört. Fünf Schiffe unbekannten Ursprungs befinden sich jetzt dort, zusammen mit etwas, bei dem es sich um ein kleines schwarzes Loch zu handeln scheint. Zwei der Schiffe griffen die Brundage-Station an. Wir haben den Kom-Kontakt verloren und wissen nicht, was mit der Raumstation geschah. Ich schicke alle zur Verfügung stehenden Schiffe mit Höchstgeschwindigkeit zum betreffenden Raumsektor.«

Der Furienpunkt. Weitere Erläuterungen benötigte Picard nicht. Die ernsten Mienen der anwesenden Offiziere wiesen deutlich darauf hin, daß sie ebenfalls verstanden.

Picards Hand schloß sich fester um das leere Teeglas, und er setzte es ab, bevor es zwischen seinen Fingern splitterte. »Wir machen uns sofort auf den Weg, Admiral.«

»Gut.« Kirschbaum preßte kurz die Lippen zusammen. »Ich hoffe, ich muß nicht extra erklären...«

»Uns ist die Art des Notfalls klar, Admiral.«

»Wenn die fremden Raumschiffe das sind, wofür wir sie halten … Dann befinden wir uns im Krieg, Jean-Luc.«

Wie schnell alles geschah. Eben hatte Picard noch im Kommandosessel der Brücke gesessen und sich auf die Arbeit dieses Tages vorbereitet. Und jetzt das.

»Ich werde alle notwendigen Maßnahmen ergreifen, Admiral.«

Kirschbaum nickte. »Ihnen bleibt nicht viel Zeit, Jean-Luc. In einer Stunde setze ich mich noch einmal mit Ihnen in Verbindung und übermittle genauere Informationen über den Angriff auf die Station. Dann bekommen Sie und Ihre Offiziere einen Eindruck davon, womit Sie es zu tun haben.«

»Danke, Admiral«, sagte Picard.

»Alles Gute, Jean-Luc.«

»Das wünsche ich Ihnen auch«, entgegnete der Captain, doch das Bild des Admirals verschwand bereits vom Schirm.

Picard fühlte sich so, als hätte er einen Fausthieb in die Magengrube erhalten.

Die Furien.

Die Offiziere schienen seine Verblüffung zu teilen.

Mit einer Ausnahme: Data. Als Picard seinem Blick begegnete, sagte der Androide: »Mit Warp neun brauchen wir zwei Komma drei acht Stunden, um die Brundage-Station zu erreichen.«

»Dann programmieren Sie einen Kurs und leiten Sie den Warptransfer ein. Wir haben keine Zeit zu verlieren.«

3

Das durch die Lider filternde Licht schien immer heller zu werden, als Bobby zu erwachen versuchte. Ein schrecklicher Alptraum lag hinter ihm. Die Brundage-Station war vom Teufel höchstpersönlich angegriffen und erobert worden. Donnerwetter! Davon mußte er unbedingt Judy erzählen.

Er schwitzte.

Er wollte das Laken zurückstreichen und stellte fest, daß er überhaupt nicht zugedeckt war. Eine Sekunde später stöhnte er – ihm blieb nichts anderes übrig, als aufzustehen und die ambientalen Systeme neu zu regulieren. Vermutlich hatte sich jemand einen Scherz erlaubt. Die anderen Mitglieder der Stationscrew wußten, daß Bobby Young sowohl Temperaturen über zweiunddreißig Grad Celsius als auch hohe Luftfeuchtigkeit verabscheute. In diesem Fall kam auch noch ein Schwefelgeruch hinzu, der in seiner Nase kitzelte.

Er fühlte sich ans Bett geschweißt, gewann den Eindruck, daß sein Leib eine permanente Mulde in der Matratze hinterließ. Ein Streifen über seiner Brust übte unangenehmen Druck aus. Er nahm sich vor, seine Kollegen zu warnen: Hitze sorgte dafür, daß sich seine Lungen ausdehnten, und damit einher ging ein sehr unangenehmes Gefühl. Vielleicht sollte er als befehlshabender Offizier solche ›Scherze‹ ganz offiziell verbieten.

Das Licht wurde so hell, daß die Lider kaum mehr Schutz gewährten.

Sein Bett war weicher als dieses, und dieser Erkenntnis gesellte sich eine zweite hinzu: Niemand konnte die ambientalen Kontrollen manipuliert haben, nachdem Wong auf die Idee gekommen war, sein Quartier in eine regelrechte Sauna zu verwandeln. Bobby hatte jenen Zwischenfall zum Anlaß genommen, alle seine persönlichen Dinge – darunter auch die Zimmerkontrollen – mit einem dreifachen Sicherheitssystem auszustatten.

Trotz der Hitze lief es ihm kalt über den Rücken. Das Gefühl des Alptraums kehrte zurück und brachte neuerliches Entsetzen.

»Was zum…« Bobby versuchte sich aufzurichten, doch der Streifen über seiner Brust verwandelte sich in eine Fessel. Er wollte danach greifen – und stellte fest, daß seine Arme festgebunden waren.

Er zwang die Lider nach oben. Grelles Licht flutete ihm entgegen, und die Konturen seiner Umgebung verloren sich in einem überaus intensiven gestaltlosen Strahlen. Tränen quollen ihm in die Augen, und zwischen den Schläfen stach heftiger Schmerz. Aus einem Reflex heraus trachtete er danach, einen Arm zu heben und die Augen abzuschirmen, wurde dadurch erneut an die Fesseln erinnert.

Er konnte sich nicht schützen, kniff die Augen wieder zu.

Wenn ihm jemand einen Streich spielte… Dies ging weit über das hinaus, was sein Humor zuließ.

Tief in seinem Innern wußte Bobby, daß es sich nicht um einen Scherz handelte.

Er schluckte, holte tief Luft und gab sich alle Mühe, die Panik aus seiner Stimme fernzuhalten. »Judy? Airborne? Wong? Was ist los?«

Niemand antwortete, und erneut schauderte er. Einmal mehr atmete er tief durch und nahm dabei deutlichen Schwefelgeruch wahr. Die Luftfeuchtigkeit schien weiter zugenommen zu haben und bewirkte ein Brennen in seinen Lungen. Eben war es noch nicht so schlimm gewesen. Er hustete, wodurch die Riemen über der Brust noch stärkeren Druck ausübten. Die Temperatur stieg; Bobby glaubte fast, Flammenzungen zu spüren, die an seinen Beinen leckten.

»Wong?« wiederholte er, und diesmal zitterte seine Stimme.

Gelächter erklang. Tiefes, grollendes Gelächter, das den Wunsch in ihm weckte, zurückzuweichen und Distanz zu schaffen. Doch die Fesseln hinderten ihn daran.

»Ich fürchte, Ihre Freunde können Sie nicht mehr hören.«

Die Stimme klang mechanisch und unnatürlich. Plötzlich verblaßte das grelle Licht, und Bobby wagte es, zum zweiten Mal die Augen zu öffnen. Grüne, rote und schwarze Flecken tanzten vor ihm. Dahinter zeichnete sich eine Gestalt ab.

Er blinzelte und wartete ungeduldig darauf, daß sich seine Augen an die veränderten Lichtverhältnisse gewöhnten.

Schließlich sah er ein Gesicht.

Ein rotes, lächelndes Gesicht.

Ein Gesicht mit langen, schräggestellten Augen, in denen sich Maden hin und her wanden.

Ein Gesicht mit einer schwarzen Schnauze.

Ein Gesicht mit Widderhörnern anstelle von Ohren.

Bobby schrie.

Eine rote, ledrige Hand senkte sich auf seinen Mund. Lange, gelbe Fingernägel kratzten ihm über die Haut.

Die Hand roch nach verfaultem Fleisch. Bobby versuchte, zur Seite zu rutschen, aber die Riemen hielten ihn fest.

»Sie dürfen nur dann schreien, wenn ich es Ihnen erlaube«, sagte das Wesen. »Mir gefallen Schreie – zur richtigen Zeit und am richtigen Ort. Dies ist nicht der geeignete Zeitpunkt. Sie werden jetzt still sein, nicht wahr?«

Bobby schluckte und kämpfte gegen die in ihm emporquellende Übelkeit an.

»Nicht wahr?«

Er nickte.

»Gut. Wenn ich die Hand von Ihrem Mund nehme, führen wir ein ruhiges Gespräch.« Die Stimme des Wesens klang nun tief und kultiviert, stand damit in einem seltsamen Gegensatz zu seinem Erscheinungsbild. Irgendwie wirkte sie dadurch noch bedrohlicher. Bobby hatte es nicht mit einem Ungeheuer zu tun, sondern mit einer durch und durch bösen Intelligenz. Sie kannte seinen schwachen Punkt, wußte genau, wo man bei ihm ansetzen mußte.

»Nicht wahr?«

Bobby nickte erneut. Der Atem des Geschöpfs stank ebenso wie seine Haut. Es zog die Hand zurück, und der Lieutenant fühlte ein quälendes Prickeln dort, wo sie ihn berührt hatte. Er konnte der Versuchung nicht widerstehen, sich den Mund an der Schulter abzuwischen.

Das Wesen lachte, und sein Atem schien sich in Flammen zu verwandeln, die über den Körper des Menschen strichen.

Bobby erbebte am ganzen Leib. Er versuchte, still zu liegen, doch nie zuvor in seinem Leben hatte er einen so intensiven Wunsch verspürt, die Flucht zu ergreifen. Spitze Zähne zeigten sich im Maul der Kreatur, und an ihnen klebte grüner, schleimiger Speichel.

»Was wollen Sie von mir?« fragte Bobby. Er mußte die Situation irgendwie unter Kontrolle bringen. All jene Dinge, die er während der Starfleet-Ausbildung gelernt hatte… Sie zerfaserten nun, als beginnende Panik an ihnen nagte. Dem Geschöpf gelang es allein mit seiner Präsenz, die inneren Barrieren des Gefesselten zu zerschmettern und Gefühle in ihm zu wecken, wie man sie bei einem verängstigten Kind erwartete, nicht bei einem Offizier.

»Eine interessante Frage.« Das Geschöpf sah auf ihn herab und lächelte, zeigte dadurch erneut seine spitzen Zähne und den grünen Speichel. Abscheu ließ Bobby zittern.

»Man teilte uns mit, daß wir so etwas von Menschen erwarten sollen«, ertönte eine andere Stimme. Ein Gesicht erschien hinter dem Wesen – ein Gesicht, das fast menschlich anmutete. Aber eben nur fast. Die Frau hatte ovale Augen, eine schmale Nase und hohe Wangenknochen. Doch Bobby achtete kaum darauf.

Sein Blick galt dem Haar. Oder dem, was eigentlich ihr Haar sein sollte. Die Strähnen bewegten sich unabhängig voneinander. Er brauchte einige Sekunden, um zu begreifen, daß er kein Haar sah, sondern Schlangen, die zischten und nach ihm schnappten.

Giftige Schlangen.

Kobras, Vipern, Nattern und andere.

Die Frau lächelte. Sie wußte, was der Mann anstarrte. Langsam hob sie die Hand und berührte die Schlangen auf ihrem Kopf, schien sich auf diese Weise vergewissern zu wollen, daß alle an ihrem Platz waren.

»Was wollen wir von Ihnen?« fragte sie und kam näher. Zusammen mit dem anderen Wesen beugte sie sich vor. »Die Antwort ist ganz einfach. Wir möchten Ihre Furcht kennenlernen. Wissen Sie, wir mögen Ihre Furcht. Wir finden großen Gefallen daran. Und wir beabsichtigen, sie zu verwenden.« Sie lachte, und die Schlangenleiber auf ihrem Haupt bewegten sich schneller.

Eine Made fiel aus dem Auge des anderen Geschöpfs und landete auf Bobbys Gesicht.

Er schrie und versuchte, sie abzuschütteln. Die Kreatur mit der roten, fratzenhaften Miene lachte, als sie sich noch weiter vorbeugte und wieder grelles Licht auf ihn herabgleißen ließ.

»Und nun …«, sagte das Wesen. »Geben Sie uns, was wir wollen. Geben Sie uns Ihre ganze Furcht.«

In dem blendenden Schein schrie Bobby erneut.

Und noch einmal.

4

Um zehn Uhr Bordzeit versammelten sich die Führungsoffiziere der *Enterprise* erneut, diesmal im Konferenzraum. In der vergangenen Stunde hatte Data alle über die Furien zur Verfügung stehenden historischen Informationen abgerufen, und die Crew war von Riker auf die Möglichkeit eines Krieges vorbereitet worden. Deanna Troi hatte die Familien an Bord darauf hingewiesen, wie sie die Kinder vor den Schwierigkeiten schützen konnten, mit denen es das Schiff vielleicht zu tun bekam.

Picard wußte, daß die Vorbereitungen noch längst nicht abgeschlossen waren, als er eine weitere Besprechung der Offiziere anberaumte. Im Maschinenraum überprüften die Techniker das Warptriebwerk und die Waffensysteme. Dr. Crusher verwandelte die Krankenstation in ein Rettungszentrum. Worf bildete einzelne Einsatzgruppen aus den Angehörigen der Sicherheitsabteilung. Doch das alles nahm viel mehr Zeit in Anspruch als nur eine Stunde. Es dauerte Tage und manchmal sogar Wochen, um sich auf den Kampf vorzubereiten.

Picard hatte die vergangenen sechzig Minuten genutzt, um Kirks persönliche Logbücher von der ersten *Enterprise* durchzugehen, und die darin enthaltenen Hinweise beunruhigten ihn. Kirk war damals von einem in Panik geratenen klingonischen Admiral um Hilfe gerufen worden – ganz offensichtlich hatte er geglaubt, den Teufel mit Beelzebub austreiben zu müssen. Diese Taktik erwies sich letztendlich als richtig. Es gelang Kirk und der ersten *Enterprise*, den Sieg über das gewaltige Furienschiff zu erringen. Doch zuvor zerstörte jener eine Raumer fast die ganze klingonische Flotte.

Picard sah sich um. Die Offiziere saßen inzwischen am Tisch. Sein eigener Platz war leer – er brachte es einfach nicht fertig, sich zu setzen, wanderte unruhig durch den Konferenzraum.

Auf dem Bildschirm war eben die letzte Kom-Sendung der Brundage-Station zu sehen gewesen. Mit der Disziplin hatte man es an Bord der Raumstation offenbar nicht sehr genau genommen – eigentlich typisch für einen fernen Außenposten. Doch als sich die Lage zuspitzte, bewiesen die vier Mitglieder der Crew Kompetenz und Tüchtigkeit.

Abgesehen von der Furcht, mit der sie reagierten, als das Gesicht des Fremden im Projektionsfeld erschien. Den Grund dafür verstand Picard. Die Miene des fremden Wesens erinnerte an Darstellungen von Dämonen in der europäischen Kunst. Der Captain schauderte bei dem Anblick, aber er beherrschte sich. Immerhin hatte er schon weitaus schlimmere Dinge gesehen.

Doch bei den vier Personen an Bord der Brundage-Station schien sich die Furcht in regelrechte Panik zu verwandeln. Dieser Umstand beunruhigte Picard. Solche Reaktionen erwartete man nicht bei gut ausgebildeten Starfleet-Offizieren.

Die Bilder des Angriffs auf die Station erfüllten Picard mit einer Nervosität, der er einfach nicht Herr werden konnte. Das bedauerte er insbesondere deshalb, weil ein Kom-Kontakt mit Admiral Kirschbaum bevorstand, und bis dahin wollte er sich wieder vollkommen unter Kontrolle haben.

Stille herrschte im Konferenzraum. Allein das war schon ungewöhnlich genug. Wenn es zu Verzögerungen bei der Kommunikation kam, wurde die Wartezeit normalerweise genutzt, um die jüngsten Ereignisse zu besprechen. Diesmal schienen alle mit ihren eigenen Gedanken beschäftigt zu sein.

Schließlich erhellte sich der Schirm und zeigte das Gesicht des Admirals. Er wirkte sehr blaß, und die Augen lagen tief in den Höhlen. *Vermutlich hat er sich die Aufzeichnungen mehrmals angesehen,* dachte Picard. *Mir hat einmal genügt.*

Er begegnete dem Blick des Admirals, und sie verstanden sich wortlos.

»Zwar unterscheiden sich die fremden Raumer vollkommen von jenem Schiff, mit dem es damals James T. Kirk zu tun bekam, aber wir sind trotzdem sicher, daß es sich um die Furien handelt«, sagte Admiral Kirschbaum ohne Einleitung. »Ich brauche wohl nicht extra darauf hinzuweisen, was das bedeutet.«

Picard nickte und nahm zur Kenntnis, daß keiner der Führungsoffiziere eine Frage stellte.

Der Admiral preßte kurz die Lippen zusammen. In seinem Gesicht zeigten sich Falten, die vor wenigen Stunden noch nicht existiert hatten. »Die *Enterprise* wird das erste Schiff am Einsatzort sein, Captain. Wir brauchen Informationen über die Furien. Wir müssen wissen, wie viele Schiffe sie durch den Furienpunkt geschickt haben. Und wenn es sich bei dem Punkt um ein Wurmloch handelt, wie James T. Kirk und die Crew der ersten *Enterprise* annahmen – in dem Fall benötigen wir möglichst viele Daten über die Anomalie. Allem Anschein nach interagiert sie nur mit den Furien, und das ist sicher kein normales Verhalten für ein Wurmloch.«

»Vielleicht wissen sie, wann es sich öffnet«, spekulierte Picard. »Möglicherweise haben sie auf die Möglichkeit eines Transfers gewartet.«

Der Admiral nickte. »Die *Madison* und die *Idaho* sind sechs Stunden entfernt und ebenfalls mit Höchstgeschwindigkeit unterwegs. Es wurden auch zwei kleinere Föderationsschiffe alarmiert, aber sie können erst Stunden nach den beiden genannten Einheiten bei Ihnen sein. Zählen Sie also besser nicht auf ihre Hilfe.«

Drei Starfleet-Raumer gegen fünf Schiffe der Furien. Aus Kirks Logbüchern ging hervor, daß sie unter solchen Voraussetzungen nicht mit einem Sieg rechnen durften.

»Mehr können wir derzeit nicht entbehren«, fügte der Admiral hinzu. »Wir bereiten Verteidigungs- und Rückzugslinien vor, für den Fall, daß Sie keinen Erfolg haben.«

»Ich verstehe«, erwiderte Picard. Und er verstand tatsächlich. Die relative Nähe der *Enterprise* zum Furienpunkt war ein reiner Glücksfall. Allerdings bedeutete es auch, daß Picards Schiff und seine Besatzung vielleicht den ersten Kampf eines Krieges führen mußten, der sehr schwer zu gewinnen war.

Früher hatte man in diesem Zusammenhang von ›Kanonenfutter‹ gesprochen.

Auch der Admiral wußte darüber Bescheid. »Versuchen Sie alles, um Verhandlungen aufzunehmen, Captain. Finden Sie heraus, was die Fremden wollen. Bei der ersten Begegnung konnte Kirk in dieser Hinsicht gewisse Erfolge erzielen. In seinen persönlichen Aufzeichnungen bezeichnet er Vergo Zennor vom Furienschiff *Rath* sogar als Freund.«

»Ich kenne Kirks Logbücher.«

Der Admiral nickte. »Gut. Auf eins möchte ich ganz deutlich hinweisen: Wenn Sie eine Chance sehen, das Wurmloch zu schließen – nehmen Sie sie wahr. Um jeden Preis.«

Picard fröstelte innerlich. Er hatte natürlich von Anfang an gewußt, daß seine Kommandopflichten auf so etwas hinauslaufen konnten. Er war bereit, ein Risiko einzugehen – obgleich er wie jeder Captain hoffte, daß es nicht nötig wurde.

Um jeden Preis.

Und der geballten Macht der Furien standen nur drei Starfleet-Schiffe gegenüber.

»Wir werden alles versuchen, Sir«, sagte Picard. »Es ist nicht weit bis zu den Klingonen. Hat man sie bereits verständigt?«

Der Admiral verzog das Gesicht. »Wir haben ihnen eine entsprechende Nachricht übermittelt. Aber nach ihrer damaligen Konfrontation mit den Ungeheuern bezweifle ich, daß ...«

»Die Klingonen werden kämpfen«, knurrte Worf. »Das garantiere ich.«

»Mr. Worf«, sagte Picard scharf. Es gehörte sich nicht, einen Vorgesetzten zu unterbrechen.

»Schon gut, Captain«, sagte Admiral Kirschbaum. »Es geht hier um die klingonische Ehre. Genau darauf zählen wir. Vielleicht sind die Klingonen imstande, ihre Erinnerungen an den ersten Kampf und die Furcht zu überwinden. Wir hoffen, auch von anderer Seite Hilfe zu bekommen. Allerdings ändert das nichts daran, daß Sie als erster im Krisengebiet eintreffen, Jean-Luc. Was auch immer Sie unternehmen: Es wird nachhaltigen Einfluß auf die Zukunft dieses Sektors haben.«

»Ich verstehe, Admiral«, entgegnete Picard. »Nun, es gibt da noch eine Sache ...«

Kirschbaum nickte. Er wußte, was Picard meinte.

»Wo ist die Rettungskapsel mit den Puppen der Furien?«

Picard spürte, wie Unruhe die hinter ihm sitzenden Offiziere erfaßte – sie fragten sich bestimmt, was er meinte. Der Admiral hingegen wußte von den Puppen, die aus dem ersten Furienschiff stammten. Bei den Fremden gab es offenbar die Tradition, Puppen bei sich zu tragen, gefüllt mit Dingen, die einzelne Lebensabschnitte symbolisierten. Vergo Zennor hatte eine Rettungskapsel mit den Puppen aller Besatzungsmitglieder gefüllt und sie ins All geschickt, bevor sein Schiff explodierte. Anschließend waren die Kapsel und ihre sehr spezielle Fracht von Kirk geborgen worden.

»Die *Idaho* bringt sie Ihnen. Verwenden Sie die Puppen so, wie Sic es für richtig halten.«

»Verstanden«, bestätigte Picard.

»Viel Glück, Jean-Luc«, sagte der Admiral.

»Danke, Sir.«

Kirschbaums Bild verschwand vom Schirm.

Picard glättete seinen Uniformpulli und drehte sich zu den Führungsoffizieren der *Enterprise* um.

Worf sah ihn an. »Captain, ich bitte um Entschuldigung für ...«

»Es war sehr unhöflich von Ihnen, den Admiral zu unterbrechen«, sagte Picard. »Aber er hat den Grund verstanden, ebenso wie ich. Uns steht eine der schwierigsten Konfrontationen bevor, mit denen wir jemals fertig werden mußten.«

Der Captain setzte seine unruhige Wanderung fort. »Bei der ersten Begegnung hat ein Furienschiff fast die ganze klingonische Flotte vernichtet. Nur der Einfallsreichtum von Captain Kirk und seiner Crew ermöglichten den Sieg über jenen Gegner. In seinen Logbüchern wies Kirk auf die Intelligenz und Macht der Furien hin. Er betonte, daß die von ihm vor achtzig Jahren verwendete Taktik bei zukünftigen Angriffen nicht noch einmal eingesetzt werden kann. Er ging damals von folgender Annahme aus: Wenn die Furien zurückkehren, so sind sie noch mächtiger und besser vorbereitet als beim ersten Angriff.«

Picard holte tief Luft und fuhr fort: »Mit ziemlicher Sicherheit hat die *Rath* vor ihrer Vernichtung den Heimatwelten der Furien umfassende Informationen übermittelt, die unsere Kulturen und Fähigkeiten betreffen. Die Fremden wissen ebensoviel über uns wie wir über sie.«

Der Captain legte eine kurze Pause ein. »Die Föderationstaktiker vermuten, daß die Furien bei ihrer Rückkehr über eine Technik verfügen, die der unseren ebenbürtig, wenn nicht sogar überlegen ist. Darauf müssen wir vorbereitet sein. Wir haben es mit einem Feind zu tun, der hochintelligent ist und auf modernste Technik zurückgreifen kann. Wir dürfen die Fremden auf keinen Fall unterschätzen.«

Deanna Troi hatte die Hände krampfhaft fest gefaltet. Geordi LaForge betastete nervös sein VISOR. Rikers Finger klopften auf den Konferenztisch. Sie alle richteten sehr ernste, fast erschrockene Blicke auf den Captain.

Nur Data wirkte so gelassen wie immer.

»Uns bleibt noch etwa eine Stunde«, sagte Picard. »Nutzen Sie diese Zeit, um die Crew darauf vorzubereiten, welche Reaktionen die Furien bewirken können. Ihr Erscheinungsbild weckt Urängste. Nun, im Gegensatz zur ersten *Enterprise* wissen wir, was uns erwartet. Vielleicht versuchen die Furien, unsere Furcht auszunutzen, sie als Waffe gegen uns zu verwenden. Aber damit werden sie keinen Erfolg haben.«

Die Blicke der Offiziere klebten an ihm fest.

»Befassen Sie sich gründlich mit den Daten, die uns vorliegen. Mr. LaForge, analysieren Sie Kirks Kampf gegen die Furien aus einer technischen Perspektive. Das erste fremde Schiff war imstande, destruktive

Energie zu absorbieren und für eigene Zwecke zu verwenden. Wenn die neuen Schiffe ebenfalls dazu in der Lage sind, müssen wir uns unbedingt etwas einfallen lassen.«

LaForge nickte.

Picard wandte sich an Data. »Untersuchen Sie die Mythen aller Kulturen, die durch Besatzungsmitglieder an Bord der *Enterprise* repräsentiert sind. Deanna, helfen Sie Data dabei.«

»Ja, Sir«, erwiderte der Androide. Die Counselor nickte nur.

»Mr. Worf, Sie und Commander Riker nehmen ebenfalls eine Analyse der damaligen Schlacht vor, wobei Sie insbesondere auf die taktischen Gesichtspunkte achten. Es hat keinen Sinn, die gleichen Fehler zu wiederholen. Beobachten Sie die Reaktionen der *Rath*. Vielleicht entdecken Sie dabei irgend etwas, das wir zu unserem Vorteil nutzen können.«

»Ja, Sir«, sagten Worf und Riker gleichzeitig.

»Also gut.« Picard trat hinter seinen Sessel. »Kehren Sie jetzt auf Ihre Posten zurück. Es wartet viel Arbeit auf uns alle.«

Die Offiziere standen auf und schritten zur Tür. Sie sprachen nicht miteinander, wirkten auch weiterhin sehr ernst und wußten, wie schwer es sein würde, die nächsten Stunden zu überleben.

Die Forschungsarbeiten nach dem Erscheinen des ersten Furienschiffes hatten zu folgendem Ergebnis geführt: Irgendwann waren die Furien Herren der auf dieser Seite der Galaxis gelegenen Raumsektoren gewesen. Dann hatte eine fremde Macht sie verbannt. Glück und Captain Kirk verhinderten ihre Rückkehr.

Jetzt versuchten sie es noch einmal.

Als Picard den Führungsoffizieren nachsah, wünschte er sich, mit Captain Kirk sprechen zu können. Irgendwie hatte er es damals geschafft, einen Sieg über die Hölle zu erringen und ihre Tore zu schließen. Doch jetzt öffneten sich jene Pforten wieder. Wenn es nicht gelang, sie zu verriegeln, gewann der Begriff ›Hölle auf Erden‹ eine ganz neue Bedeutung.

Oder eine sehr alte.

5

Rikers Rücken juckte. Zwar trug er inzwischen wieder eine Uniform, aber nach dem simulierten Luftkampf mit Redbay hatte er noch immer keine Zeit für eine Dusche gefunden. Er fühlte sich so, als befände er sich schon seit Tagen auf der Brücke und nicht erst seit einigen Stunden.

Deanna hätte vermutlich darauf hingewiesen, daß es leichter fiel, sich auf derartiges Unwohlsein zu konzentrieren als auf das, was ihnen bevorstand.

Das stimmt vermutlich, dachte der Erste Offizier.

Nervosität prickelte in ihm, seit er die Aufzeichnung vom letzten Kom-Kontakt mit der Brundage-Station gesehen hatte.

Den anderen erging es ebenso. Captain Picard war ungewöhnlich still, Worf noch schweigsamer als sonst. Vor allem Deannas Reaktion beunruhigte Riker. Als sie den Konferenzraum verließ, wirkte sie sehr besorgt und schien Stimmen zu lauschen, die nur sie hören konnte.

Sie und Data arbeiteten an der wissenschaftlichen Station. Der neben dem Captain sitzende Riker drehte gelegentlich den Kopf und sah in ihre Richtung.

»Die Brundage-Station ist jetzt in Reichweite unserer Scanner«, meldete Worf. Seine tiefe Stimme erklang von der Sicherheitsstation hinter Riker. »Die Raumstation scheint unbeschädigt zu sein.«

Der Captain beugte sich ein wenig vor – diese Neuigkeit schien ihn zu überraschen. Auch Riker war erstaunt. Kurz nach dem Angriff der Furien war der Kom-Kontakt abgebrochen, und der Erste Offizier hatte eine Zerstörung der Station vermutet. Offenbar war Picard von der gleichen Annahme ausgegangen.

»Auf den Schirm, Mr. Worf.«

Der Captain erhob sich und trat etwas näher an den großen Wandschirm heran, so als wollte er ein Kom-Gespräch mit jemandem führen. Eine seltsame Unruhe erfüllte ihn. Wie auch Deanna bewegte er sich anders als sonst.

»Vergrößerung«, sagte Picard.

Riker richtete seine Aufmerksamkeit auf das Projektionsfeld. Die Brundage-Station wirkte normal. Er hatte damit gerechnet, irgendwelche Hinweise auf die Existenz der Furien zu erkennen, aber die Raumstation sah genauso aus wie sonst: ein im All schwebender Zylinder. Antennen und Sensorscheiben ragten aus der Außenhülle. Riker entdeckte nichts Ungewöhnliches, hielt vergeblich nach den Spuren von Phaserfeuer oder Löchern im Rumpf Ausschau.

Und doch...

Etwas stimmte nicht. Riker fühlte es ganz deutlich. Die Station war ein verfluchter Ort, wo Menschen gestorben waren. Ein Ort des Unheils...

Er versuchte, diese Gedanken zu verdrängen, drehte erneut den Kopf und sah zu Deanna. Sorge glänzte in ihren großen Augen. Sie spürte es ebenfalls...

Oder empfing sie ein emotionales Echo von ihm? Vielleicht nahm sie seine Furcht wahr. Riker mußte die eigenen Gefühle und Gedanken besser unter Kontrolle halten.

Abrupt stand er auf und trat an Picards Seite.

»Captain...« Datas Stimme klang fast unnatürlich ruhig. »Die Bordsysteme der Station funktionieren normal. Die ambientalen Kontrollen sind ebenso in Betrieb wie der Computer. Darüber hinaus stelle ich Einsatzbereitschaft bei den Waffen fest.«

»Könnte es sich um ein Täuschungsmanöver handeln?« fragte Riker.

»Nein, Sir«, erwiderte Data. Und nach einer kurzen Pause: »Die Sensoren registrieren eine Lebensform in der Station.«

»Eine Furie?« erkundigte sich der Captain.

»Nein, Sir. Die ermittelten Biodaten deuten auf einen Menschen hin.«

»Es ist ein Trick«, grollte Worf. »Das Chaos versucht, uns an Bord der Station zu locken.«

»Bekommen Sie andere Anzeigen, Mr. Worf?« fragte der Captain.

»Nein, Sir.« Der Klingone verschränkte die Arme. »Nach dem von uns beobachteten Angriff wäre es logisch anzunehmen, daß das Chaos – von den Menschen als ›Furien‹ bezeichnet – die Station nur deshalb intakt ließ, um sie in eine Falle für uns zu verwandeln. Es ist ein alter Trick.«

Riker mußte Worf recht geben. »Vielleicht sollten wir die geortete Lebensform an Bord der *Enterprise* beamen«, schlug er vor.

»Aber wenn wir Mr. Worfs Logik folgen... Dann können wir nicht sicher sein, was wir an Bord holen, oder?« fragte der Captain skeptisch. Er schritt zur Sicherheitsstation. »Der Admiral erwähnte fünf Furienschiffe. Wo sind sie?«

»Die fünf fremden Einheiten befinden sich am Furienpunkt, Sir«, sagte Data. »Die Struktur entspricht der der Schiffe, die von den Besatzungsmitgliedern der Raumstation geortet wurden. Ähnlichkeiten mit uns bekannten Schiffen, unter ihnen auch die *Rath*, lassen sich nicht feststellen. Bisher vermuten wir nur, daß es sich um Einheiten der Furien handelt.«

»Danke, Data.« Picard nickte und sah auf Worfs Displays. Dann wandte er sich zur Navigationsstation um. »Mr. Filer, bringen Sie uns in eine Position zwischen der Brundage-Station und den Schiffen.«

Riker hatte plötzlich einen Kloß im Hals. Er kannte die Vorgehensweise des Captains und wußte daher, wie die nächste Anweisung lauten würde.

»Nummer Eins, stellen Sie eine Einsatzgruppe zusammen und beamen Sie sich zur Station. Sammeln Sie dort möglichst viele Daten und suchen Sie die Lebensform. Denken Sie an Mr. Worfs Warnungen und seien Sie auf alles vorbereitet. Wir halten die ganze Zeit über den Transferfokus auf Sie gerichtet. Leiten Sie beim ersten Anzeichen von Problemen einen Nottransfer ein.«

Riker ging zum Turbolift. »Aye, Sir.« Dieser Einsatz mochte gefährlich werden, und deshalb war es besser, nur wenige Personen mitzunehmen. Er brauchte vor allem jemanden, der innerhalb kurzer Zeit viele Informationen aufnehmen konnte. »Sie begleiten mich, Data.«

Der Androide wandte sich von der wissenschaftlichen Station ab und trat zum Lift. Riker klopfte auf seinen Insignienkommunikator. »Mr. LaForge, ich erwarte Sie im Transporterraum drei.«

Die Tür des Turbolifts schloß sich hinter ihnen. Riker wischte sich die feuchten Hände an der Hose ab. »Transporterraum drei«, sagte er.

Mit einem leisen Summen setzte sich der Lift in Bewegung.

»Ich verstehe nicht, warum die Crew so beunruhigt ist«, sagte Data. »Captain Picard forderte uns alle auf, den Furien mit der gleichen Einstellung zu begegnen wie anderen fremden Lebensformen. Doch er scheint seinem eigenen Rat nicht folgen zu können. Bezieht sich die Furcht vielleicht auf das Erscheinungsbild der Fremden?«

»Nein«, erwiderte Riker etwas schärfer als beabsichtigt. »Das Aussehen fürchten wir nicht.«

»Und doch habe ich bei der Besatzung Hinweise auf wachsende Anspannung bemerkt. Oder täuscht dieser Eindruck?«

»Schon während unserer Ausbildung an der Starfleet-Akademie sind wir auf eine eventuelle Rückkehr der Furien vorbereitet worden, Data.«

Der Androide nickte. »Das sollte die allgemeine Nervosität eigentlich verringern und nicht vergrößern. Oder deute ich die Anzeichen falsch?«

»Die Sache ist ein wenig komplizierter, Data«, sagte Riker und unterbrach sich, als die Tür des Turbolifts aufglitt. Der Transporterchef Anderson stand bereits an der Konsole.

»Der Captain hat mich angewiesen, die ganze Zeit über für einen Nottransfer bereit zu sein«, meinte er.

»Dafür wäre ich Ihnen sehr dankbar«, erwiderte Riker mit Nachdruck.

Data maß ihn mit einem verwunderten Blick.

Der Erste Offizier begriff, daß er tatsächlich nervös war. Normalerweise gab er keine derartigen Antworten.

Geordi betrat den Transporterraum vom Korridor her. »Entschuldigen Sie bitte, Commander, aber unter den gegebenen Umständen wäre es vielleicht besser, wenn ich im Maschinenraum bliebe.«

»Ich habe nicht vor, lange in der Raumstation zu verweilen, Geordi«, sagte Riker und trat auf die Transporterplattform. »Außerdem: Was Sie dort drüben sehen, könnte uns an Bord der *Enterprise* helfen.«

LaForge trat ebenfalls auf ein Transferfeld.

Riker warf einen kurzen Blick über die Schulter. Auch Data war bereit. »Energie.«

Er entmaterialisierte in einer Säule aus schimmerndem Licht, um unmittelbar darauf an Bord der

Brundage-Station wieder Substanz zu gewinnen. Heiße, stickige Luft schlug ihm entgegen.

Es roch nach Schwefel.

Riker schauderte unwillkürlich.

Die Beleuchtungselemente glühten, und in ihrem Schein zeigten sich Dunstwolken. Sie erinnerten den Ersten Offizier an den Tabaksqualm der holographischen Nachtklubs, die Data für seine ›humoristischen‹ Auftritte verwendete.

Die Nervosität dehnte sich weiter in Riker aus, schien zu einer Schlinge zu werden, die sich ihm um den Hals legte und langsam zuzog. Doch abgesehen von Geruch und Dunst schien alles in Ordnung zu sein.

Er zog seinen Phaser. »Analysieren Sie die Luft, Data. Was rieche ich?«

Data schnupperte kurz – er brauchte keinen Tricorder. »Die Luft enthält Spuren von Schwefel, die sich rasch auflösen. Ihre relative Feuchtigkeit beträgt siebenundneunzig Prozent, und die Temperatur ist zehn Grad höher als normal. Ich stelle kein offenes Feuer fest. Rauch und Luftfeuchtigkeit deuten vielleicht auf den Einsatz einer Hitzewaffe hin.«

Riker nickte. Die sachliche Antwort des Androiden erlaubte es ihm, einen Teil seiner Furcht zu überwinden. Der neben ihm stehende Geordi hatte ebenfalls den Phaser gezogen und holte nun den Tricorder hervor. Das kleine Gerät summte während der Sondierung.

»Wenn ich es nicht besser wüßte, würde ich sagen, daß wir in einem Dampfbad auf Risa sind«, kommentierte der Chefingenieur. »Ich weiß nicht, was die Ursache dafür sein könnte. Die ambientalen Systeme arbeiten ganz normal.«

»Auf Risa riecht es besser«, sagte Riker. »Halten Sie Ihre Waffe bereit, Data.«

»Aye, Sir«, entgegnete der Androide. Er klang ein wenig verwirrt – offenbar konnte er nirgends eine Gefahr erkennen.

Sie traten von der Transporterplattform herunter, wandten sich dabei in verschiedene Richtungen.

»Die Lebensform befindet sich irgendwo dort drüben.« Mit dem Phaser deutete Geordi zur Tür. »Die entsprechenden Biosignale sind sehr schwach.«

»Orten Sie sonst etwas?« fragte Riker und schritt zur Tür.

Geordi schüttelte den Kopf.

Data ging schneller als die beiden Menschen, und vor ihm glitt das Schott beiseite. Riker verharrte, aber der Androide setzte den Weg ungerührt fort. Der Erste Offizier spürte, wie sich das Unbehagen in ihm wieder verdichtete. Seit seiner Zeit als Kadett an der Akademie hatte er nicht mehr auf diese Weise empfunden.

Er sah zu Geordi, der ebenfalls stehengeblieben war. »Auch Sie fühlen es«, sagte er leise.

LaForge nickte. »Etwas Schreckliches ist hier geschehen. Die Sache gefällt mir ganz und gar nicht.«

»Hier drüben!« ertönte Datas Stimme aus dem Korridor.

Riker eilte zur Tür.

Auf der anderen Seite des Schotts lehnte ein junger Mann mit dem Oberkörper an der Wand – der gleiche Offizier, den Riker zuvor in der aufgezeichneten Sendung von der Brundage-Station gesehen hatte. Der Kopf hing wie leblos zur Seite.

Data untersuchte den Mann mit seinem Tricorder. »Allem Anschein nach gibt es keine physischen Verletzungen«, sagte er. »Doch die Biosignale bleiben schwach.«

Riker ging in die Hocke und blickte in die offenen Augen des Offiziers. »Lieutenant Young?« fragte er behutsam.

»Ich glaube nicht, daß er Sie sehen kann.« Auch Geordi bückte sich und sah in die Augen des Mannes.

»Ist er blind?« fragte Data.

Geordi schüttelte den Kopf. »Nein, aber wahrscheinlich katatonisch.«

Riker klopfte auf seinen Insignienkommunikator. »Riker an *Enterprise*.«

»Hier *Enterprise*. Ich höre, Nummer Eins.«

»Wir haben Lieutenant Young gefunden. Er scheint einen schweren Schock erlitten zu haben. Ich schlage vor, wir beamen ihn direkt zur Krankenstation.«

»Einverstanden, Nummer Eins.« Captain Picards Stimme verklang, und eine Sekunde später tastete schimmerndes Licht nach Young, der sich noch weiter zusammenkrümmte, als er entmaterialisierte.

»Er ist nicht verletzt«, wiederholte Data.

»Ich glaube, da irren Sie sich«, erwiderte Geordi leise. Er stand auf und näherte sich der Schalttafel neben der Tür.

Riker holte seinen eigenen Tricorder hervor und blickte aufs Display. Nach Youngs Transfer waren sie allein an Bord der Raumstation.

So schien es jedenfalls.

Trotzdem richteten sich die Nackenhaare des Ersten Offiziers auf.

»Wieviel Zeit brauchen Sie, um die Aufzeichnungen der Station zu kopieren, Geordi?«

»Nur eine Minute«, antwortete LaForge.

»Kommen Sie, Data«, sagte Riker. »Sehen wir uns um. Vielleicht entdecken wir den einen oder anderen Hinweis.«

Je weiter sie durch den Korridor vorstießen, desto dichter wurde die Mischung aus Rauch und Dunst. Der Bodenbelag war an mehreren Stellen verbrannt – in diesem Teil der Raumstation schienen sich Feuer entwickelt zu haben.

Schriftzeichen zeigten sich an einer Wand, rote Schriftzeichen, wie mit Blut geschrieben.

»Können Sie das entziffern, Data?« fragte Riker.

Der Androide betrachtete die Symbole, und dünne Falten formten sich in seiner Stirn. »Ich glaube, es handelt sich um altes Hebräisch. Allerdings stehen die Zeichen in verkehrter Reihenfolge. Wer auch immer sie geschrieben hat: Entweder wußte er nicht, daß die hebräische Schrift von rechts nach links verläuft, oder ...«

»Oder es steckt Absicht dahinter. Wie lautet die Botschaft?«

»Ich glaube nicht, daß wir es mit einer Botschaft oder Warnung zu tun haben.«

»Womit dann?« fragte Riker.

»Ich vermute, es ist eine Proklamation, die Jahwes Machtlosigkeit feststellt«, sagte Data. »Sie hätte die alten Hebräer entsetzt. Aber schon seit langem gelten diese Worte nicht mehr als blasphemisch. Ich finde es erstaunlich, daß die Fremden glauben, uns mit so etwas erschrecken zu können.«

»Einige Besatzungsmitglieder der ersten *Enterprise* ließen sich von überlieferter Metaphorik Angst einjagen«, gab Riker zu bedenken. »Kirk vermutete, daß die betreffenden Bilder alte Erinnerungen weckten ...«

»Ich kenne die Theorie, Commander. Allerdings bleibt es rätselhaft für mich, warum Bilder einen solchen Effekt erzielen, während Worte wirkungslos bleiben.«

»Ich verstehe es ebensowenig wie Sie«, sagte Riker. Ein seltsames Prickeln entstand in seinem Nacken, glitt von dort aus über den Rücken. Er ging weiter durch den Korridor, trat über die verbrannten Stellen am Boden hinweg.

An der nächsten Ecke erwartete ihn ein Anblick, der ihn jäh erstarren ließ. Ein rotes, heugabelartiges Objekt steckte dort in einem Knochenhaufen. Riker schluckte. »Data?«

Der Androide nahm eine Sondierung mit seinem Tricorder vor. »Die Knochen sind echt, Commander. Sie stammen von zwei männlichen Menschen. Die rote Heugabel scheint allein dekorativen Zwecken zu dienen.«

Der Erste Offizier schloß die Augen. Er wagte nicht sich vorzustellen, wie die beiden Männer gestorben waren.

»Soll ich einen DNA-Scan durchführen?« fragte Data.

Riker nickte. »Seien Sie vorsichtig. Sie sollten es besser vermeiden, diese … Anordnung zu berühren. Ich halte es für besser, jedes Risiko zu vermeiden.«

Mit einer Hand wischte er sich Schweiß von der Stirn. Es war noch heißer geworden, und die Dunstwolken schienen jetzt dichter zu sein.

Einmal mehr holte Riker seinen Tricorder hervor und sondierte, ohne weitere Lebensformen zu orten. Er trat an dem Knochenhaufen vorbei, setzte den Weg fort.

Nach einigen Metern beschrieb der Gang erneut eine Biegung. Der Erste Offizier zögerte – es widerstrebte ihm, die Ecke hinter sich zu bringen. Schließlich gab er sich einen inneren Ruck, folgte dem Verlauf des Korridors …

Und verharrte erneut, als er das einzige weibliche Besatzungsmitglied der Raumstation sah.

Die Frau stand in einem Kreis aus Flammen. Das Haar war längst verbrannt, aber mit der Haut schien erstaunlicherweise alles in Ordnung zu sein – zumindest mit dem sichtbaren Teil davon. Um sie herum wuchsen Flammen nach oben, wie ein umgekehrter Wasserfall. Durch das Lodern sah Riker spröde Lippen, ein rötliches Gesicht und leere Augen.

»Data?« fragte er.

Der Androide schritt an Riker vorbei und blieb dicht vor den Flammen stehen. »Die Frau ist tot, Commander. Aber ich glaube nicht, daß sie durch das Feuer starb. Wie bei Lieutenant Young kann ich keine physischen Verletzungen feststellen.«

Riker nickte und fühlte sich noch immer wie gelähmt.

Data schien die Erstarrung des Ersten Offiziers überhaupt nicht zu bemerken. »Die Flammen kommen offenbar aus dem Boden, aber ich sehe keinen für die Projektion verantwortlichen Mechanismus. Wenn ich mich dem Phänomen noch etwas weiter nähere ...«

»Nein!« stieß Riker hervor. Er räusperte sich und versuchte, die in ihm brodelnde Furcht zurückzudrängen. »Es könnte genau die Falle sein, die Worf befürchtete.«

»Das bezweifle ich, Sir«, erwiderte Data. »Aufgrund meiner Studien von heute morgen nehme ich an, daß dies jenes Höllenfeuer ist, das im jüdisch-christlichen Glauben eine wichtige Rolle spielt. Es ergäbe einen gewissen Sinn, da diese Offizierin in einem entsprechenden kulturellen Ambiente aufwuchs.«

»Sie ist im wahrsten Sinne des Wortes zu Tode erschrocken«, sagte Riker. Erneut klopfte er auf seinen Insignienkommunikator – alles in ihm drängte danach, die Station so schnell wie möglich zu verlassen. »Sind Sie fertig, Geordi?«

»Fast«, antwortete LaForge. »Ich bin gleich soweit.«

»Gut.« Riker drehte sich ruckartig um und ging mit langen Schritten in die Richtung, aus der sie gekommen waren.

»Commander ...« Data beeilte sich, um zum Ersten Offizier aufzuschließen. »Wir sollten uns auch in den anderen Bereichen der Station umsehen.«

»Ich halte es nicht für klug, hier noch mehr Zeit zu verbringen, Data«, erwiderte Riker. Er glaubte, den Aufenthalt an diesem Ort nicht mehr ertragen zu können.

»Aber unsere Pflicht ...«

»Orten Sie weitere Lebensformen?«

»Nein, Sir.«

»Dann dürfte unsere Pflicht wohl kaum darin bestehen, andere Bereiche der Station aufzusuchen. Captain Picard wies uns an, Informationen zu beschaffen und dann sofort zurückzukehren.«

»Aye, Sir. Ich dachte nur ...«

»Schluß damit, Mr. Data«, sagte Riker scharf. Er kam an den Knochen vorbei und vermied es, den Blick auf sie zu richten. Sein Instinkt hatte ihn nicht getrogen: In diesem Korridor lauerte das Unheil. Und die Furien waren sehr schlau: Sie hatten dem hiesigen Tod ein mysteriöses Element hinzugefügt, um das Grauen dadurch noch zu verstärken.

Riker war mit seinen Nerven am Ende, als sie Geordi LaForge erreichten. Er gab LaForge keine Gelegenheit, etwas zu sagen, aktivierte sofort den Insignienkommunikator. »Beamen Sie uns zurück.«

Der Erste Offizier spürte keine Erleichterung, als ihn der Transporterstrahl erfaßte. Er hatte das Gefühl, in die Hölle gestarrt und dort einen Blick auf die Zukunft geworfen zu haben.

Auf seine Zukunft.

6

Die Raumschiffe hatten sich nicht bewegt. Obgleich sie bestimmt wußten, daß sich die *Enterprise* in der Nähe der Brundage-Station befand.

Daran bestand kein Zweifel.

Es ging den Furien nicht in jedem Fall darum, Gewalt anzuwenden. Darauf hatte Kirk deutlich hingewiesen. Ihm war es gelungen, mit ihnen zu reden.

Aber vielleicht haben sie sich im Verlauf der letzten acht Jahrzehnte verändert, dachte Picard.

Er gewann den sehr unangenehmen Eindruck, daß allmählich eine Falle zuschnappte.

Diesmal trug er besonders große Verantwortung, denn die *Enterprise* war das erste Schiff im Krisengebiet. Viel hing davon ab, wie sie sich verhielten, welche Entscheidungen er traf.

Picard sah zur Navigationsstation. Während der aktuellen Dienstschicht saß dort eine junge Frau, Fähnrich Eckley. Eine gute Pilotin, nicht die beste, aber eine der besten. Sicher gut genug, daß er Vertrauen zu ihr haben durfte.

Deanna hatte die Brücke verlassen. Worf stand an der Sicherheitsstation und sah von dort aus immer wieder zum großen Wandschirm.

Picard ging auf und ab.

Unruhe hinderte ihn daran, im Kommandosessel Platz zu nehmen.

Jede Sekunde, die die Einsatzgruppe an Bord der

Brundage-Station verbrachte, war ihm wie eine Ewigkeit erschienen. Und jetzt brauchte der Erste Offizier viel zu lange, um vom Transporterraum aus zur Brücke zurückzukehren und Bericht zu erstatten.

Endlich öffnete sich die Tür des Turbolifts, und Riker kam in den Kontrollraum. Er wirkte auffallend blaß, und Schweiß glänzte in seinem Gesicht. Es war nicht jene Art von Schweiß, die Picard zuvor gesehen hatte und auf körperliche Übungen hinwies. Nein. Für diesen ganz besonderen Schweiß gab es einen anderen Grund. Begleitet wurde er von einem sonderbaren Geruch.

Schwefel?

Schwefel.

Picard erinnerte sich an das Geschöpf, das zu Lieutenant Young gesprochen hatte. *Es sah wie die mittelalterliche Vorstellung vom Teufel aus,* fuhr es ihm durch den Sinn.

So präsentierten sich die Furien diesmal. Teufel und Hölle. Picard stammte aus Europa und fühlte sich vorbereitet. Er sollte imstande sein, mit so etwas fertig zu werden.

Geordi LaForge befand sich schon wieder im Maschinenraum. Data folgte Riker aus dem Turbolift. An seiner Uniform zeigten sich dunkle Stellen, wie von Ruß.

Der Einsatz schien nicht wie geplant abgelaufen zu sein. Etwas in Rikers Gebaren wies Picard darauf hin, daß er den Bericht besser nicht in Anwesenheit der übrigen Offiziere entgegennehmen sollte.

»Im Bereitschaftsraum«, sagte er, schritt über die Brücke und betrat das Nebenzimmer. Riker folgte ihm, blickte dabei zu Boden. Data schloß sich den beiden an.

Picard setzte sich an den Tisch. »Was hat Sie so beunruhigt, Will?«

Die Frage schien Riker zu überraschen, denn er hob ruckartig den Kopf. Er bemerkte Datas Blick – der Androide sah ihn so an, als hielte er ihn für eine fremde Lebensform. »Ich… Die Besatzungsmitglieder kamen auf gräßliche Weise ums Leben, Sir.«

»Erzählen Sie mir davon«, sagte Picard.

Riker öffnete den Mund und schloß ihn wieder, wandte sich dann wortlos ab.

Data neigte den Kopf zur Seite, und Picard sah ihn an.

»Mr. Data?«

»Ihre Vermutungen treffen zu, Sir: Die Furien benutzen alte Religionen und Mythen als Basis für einen psychologischen Angriff. In diesem Fall haben sie mittelalterliche Konzepte von der Hölle mit wesentlich älteren Verdammnisbildern vermischt. Die Verwendung von Feuer, besonderen Gerüchen…«

»Die Frau wurde lebendig verbrannt, Sir«, brachte Riker mit vibrierender Stimme hervor. »Allerdings: Ihre Haut verkohlte nicht. Ich glaube, sie starb aus Angst. Von den anderen blieben nur Knochen übrig. Nichts weiter als Knochen.«

»Und der Überlebende?«

»In körperlicher Hinsicht ist er unverletzt, Sir. Er wurde direkt in die Krankenstation gebeamt.«

»Geordi hat die Logbücher kopiert. Jemand sollte sie sich ansehen.« Riker schauderte. »Ich verzichte darauf.«

»In dieser Hinsicht können Sie unbesorgt sein, Nummer Eins.« Picard preßte die Fingerspitzen aneinander und beugte sich vor. »Andererseits… Uns bleibt nicht viel Zeit, und ich muß wissen, was Sie so beunruhigt hat.«

Riker schüttelte den Kopf. »Ich weiß es nicht, Sir.« Picard hörte die Fassungslosigkeit in der Stimme seines Stellvertreters. Keinem Offizier gefiel es, auch nur einen kleinen Teil der Kontrolle über sich zu verlieren. Noch schlimmer war es, wenn man sie aus keinem erkennbaren Grund verlor. »Die Station fühlte sich… schrecklich an. Wie ein Ort des Verderbens.«

Erneut schüttelte er den Kopf und strich sich mit der Hand übers dunkle Haar. »Seit unserer Rückkehr suche ich nach einer Erklärung. Ich habe viel üblere Dinge gesehen, Captain. Doch nie zuvor hat sich etwas auf diese Weise *angefühlt*. Ich hatte den Eindruck, mit jedem einzelnen Atemzug das Böse in mich aufzunehmen.«

»Mr. Data?« Picard brauchte eine klare Perspektive.

»Commander Riker hat recht, Sir. Wir haben viel schlimmere Dinge gesehen. Die Todesfälle an Bord sind zweifellos tragischer Natur, aber sie schienen alten Ritualen zu entsprechen und nicht in erster Linie dazu bestimmt zu sein, Entsetzen zu bewirken. Mir ist aufgefallen, daß der Commander und auch Geordi bereits unmittelbar nach der Rematerialisierung in der Brundage-Station nervös wurden. Der Grund dafür ist mir unbekannt.«

Riker straffte die Schultern und legte die Hände auf den Rücken. Datas Beschreibungen beruhigten ihn offenbar. »Vielleicht liegt es daran, daß Geordi und ich einer Kultur angehören, in der es solche Bilder von der Hölle gibt. Möglicherweise ging es den Furien darum, bestimmte Reaktionen bei Menschen wie uns auszulösen. Das könnte unser Unbehagen erklären.«

»Was halten Sie davon, Mr. Data?«

»Das entspricht durchaus meinen Beobachtungen, Sir. Ich möchte darauf hinweisen, daß sowohl der Commander als auch Geordi imstande waren, ihren Pflichten trotz der geschilderten …« Data zögerte kurz und sah zu Riker, als er nach einem geeigneten Ausdruck suchte. »… Probleme zu genügen.«

»Danke«, sagte Picard. »Kehren Sie zur Brücke

zurück, Data. Untersuchen Sie die Aufzeichnungen, die Mr. LaForge von der Raumstation zurückbrachte. Stellen Sie fest, wie die Furien bei ihrem Angriff vorgingen. Halten Sie nach irgendwelchen Dingen Ausschau, die vorteilhaft für uns sein könnten.«

»Aye, Sir«, sagte Data und ging zur Tür. Riker folgte ihm.

»Bitte bleiben Sie noch, Nummer Eins.«

Riker wartete mit gesenktem Blick. Picard hatte den Ersten Offizier noch nie so erschüttert gesehen. Er brauchte ihn. Riker mußte wieder klar denken können, wenn es zur Konfrontation mit den Furien kam.

»Sie haben Ihre Pflichten erfüllt, Will«, sagte Picard ruhig.

»Aber die Furcht... Dazu hätte es nicht kommen dürfen, Captain. Ich war vorbereitet. Trotzdem habe ich mich gefürchtet.«

Picard lächelte nachsichtig. »Man kann seine Gefühle nicht einfach ausschalten, Will. Man darf sich allerdings nicht von ihnen überwältigen lassen. Sie haben uns wichtige Informationen beschafft, und Ihre emotionalen Reaktionen bieten weitere Hinweise. Die Furien könnten auch sehr subtile Waffen gegen uns einsetzen, von ihrem Erscheinungsbild bis hin zu Gerüchen. Ich hätte in der Raumstation sicher auch Unbehagen empfunden. Der Umstand, daß Sie Ihre Mission trotz der belastenden Empfindungen beenden konnten, gibt mir Hoffnung.«

Er trat um den Schreibtisch herum und klopfte Riker auf die Schulter. Der Erste Offizier zuckte zusammen und bedachte den Captain mit einem erschrockenen Blick.

»Gute Arbeit, Nummer Eins. Kehren Sie jetzt ebenfalls auf die Brücke zurück. Ich bin gleich bei Ihnen.«

Riker nickte und verließ den Bereitschaftsraum.

Picard atmete tief durch. Die Schilderungen hatten

schrecklich geklungen, waren aber nicht in dem Sinne entsetzlich. Er erinnerte sich daran, schlimmere Dinge gesehen und auch erlitten zu haben. Auch Riker hatte bei Starfleet einiges hinter sich gebracht, und deshalb kam seiner Reaktion besondere Bedeutung zu. Gerüche und Tod sollten ihn nicht so bestürzen. Jedenfalls war das bisher bei ihm nicht der Fall gewesen.

Kirk schien bei seinen Beschreibungen in Hinsicht auf die Furien nicht übertrieben zu haben.

Doch er hatte seine Gefühle damals unter Kontrolle gehalten, und Picard wollte diesem Beispiel folgen.

Von Admiral Kirschbaum war er aufgefordert worden, Verhandlungen zu führen. Kirks Aufzeichnungen klassifizierten die Furien als Feinde, obgleich er mit ihnen verhandelt und mit dem Kommandanten des Furienschiffes sogar Freundschaft geschlossen hatte. Diesmal aber kamen die Fremden mit fünf Schiffen durchs Wurmloch. Mehr als eins, aber keine Flotte. Allem Anschein nach ging es ihnen noch immer um Eroberungen. Der Angriff auf die Raumstation zeigte nur, wozu sie fähig waren. Er kam einer Warnung gleich.

Einer Art Visitenkarte.

Picard hoffte, daß diese Einschätzung der Situation stimmte – obgleich er es tief in seinem Innern besser wußte.

Er kehrte auf die Brücke zurück.

Data stand wieder an der wissenschaftlichen Station, und vor ihm huschten Informationen über den Bildschirm. Commander Riker saß neben dem Kommandosessel, nahm den Platz des Ersten Offiziers ein. Er wirkte jetzt ruhiger.

»Fähnrich Eckley«, sagte Picard, als er den Kontrollraum durchquerte. »Bringen Sie uns bis auf Kommunikationsreichweite an die Schiffe heran.«

»Aye, Sir«, bestätigte Eckley.

Picard bemerkte, wie Riker die Fäuste ballte. Die allgemeine Anspannung wuchs.

Der Captain setzte sich und spürte, wie Nervosität an seiner Gelassenheit kratzte.

Vielleicht präsentierte man das Furien-Problem an der Akademie auf die falsche Weise. Möglicherweise wären die Besatzungsmitglieder von Starfleet-Schiffen imstande gewesen, aufgeschlossener an die Sache heranzugehen, wenn man sie nicht auf die Macht der Furien hingewiesen hätte. Seit vielen Generationen untersuchte man das menschliche Bewußtsein, und noch immer gab es in diesem Zusammenhang unbeantwortete Fragen. Vielleicht hatten die vielen Warnungen in Hinsicht auf die Furien Furcht und Besorgnis verstärkt, anstatt solche Empfindungen zu verringern.

»Wir sind in Kom-Reichweite, Sir.«

»Relativgeschwindigkeit null.« Picard stand auf und zog seinen Uniformpulli glatt. »Öffnen Sie einen Kanal.«

Er hatte sowohl die Bilder von der Brundage-Station gesehen als auch die Reaktion des Ersten Offiziers darauf. Deshalb fühlte er sich vorbereitet.

»Sir …« Worfs tiefe Stimme hallte durch den Kontrollraum. »Wir bekommen eine Antwort auf unsere Kom-Signale.«

»Auf den Schirm.«

Eine seltsame Stille herrschte jetzt auf der Brücke, so als hielten alle Anwesenden den Atem an. Picard glaubte, in seiner Magengrube eine kleine Flasche zu spüren, die alle seine Emotionen enthielt.

Er war so bereit, wie man nur sein konnte.

Das Bild auf dem großen Wandschirm wechselte, und Picard brauchte seine ganze Selbstbeherrschung, um nicht erschrocken einen Schritt zurückzuweichen. Das Wesen im Projektionsfeld wirkte vertraut und gleichzeitig fremd. Der Captain sah Widderhörner und eine Schnauze. Scharlachrote Haut und Schweinsaugen entsprachen gängigen Teufelsbildern von der Erde. Picard entsann sich daran, einmal Zeichnungen solcher Geschöpfe gesehen zu haben, als Junge in einem Pariser Museum. Der große Wandschirm zeigte nur den Kopf, aber Picard zweifelte kaum daran, wie der Rest des Wesens beschaffen war. Er stellte sich eine Gestalt vor, die den Körper einer Ziege hatte, nicht auf Füßen stand, sondern auf Hufen. Ein Schwanz fehlte.

Die imaginäre Flasche in seiner Magengrube schien platzen zu wollen.

»Ich bin Captain Jean-Luc Picard von der *Enterprise*.«

Das Geschöpf lachte. Maden krochen ihm aus dem offenen Mund. Speichel tropfte von den langen, spitzen Zähnen. »Captain...«, erwiderte es, und seine sanfte Stimme bildete einen verblüffenden Kontrast zum Erscheinungsbild. »Ich weiß, wer Sie sind. Ich weiß auch von Ihrer sogenannten Vereinten Föderation der Planeten. Aber Sie wissen nicht, wer ich bin. Meinem Volk sind Sie schon einmal begegnet, nicht jedoch jemanden von meiner Art.«

Picard holte tief Luft. Er wollte sich nicht auf ein Ratespiel einlassen, aber plötzlich ergaben jene Worte, die er an die Furien richten wollte, überhaupt keinen Sinn mehr. Die Emotionen brodelten heftiger in ihrem Kerker und trachteten danach, sich aus ihm zu befreien.

Die Stimme des Wesens veränderte sich, wurde zu einem dumpfen Baß, der alles in Picard vibrieren ließ, bis hin zu den Zehenspitzen. »Ich bin die Angst«, verkündete es.

Die einzelnen Silben hallten auf der Brücke wider, als das rote Gesicht vom Schirm verschwand.

Der Captain merkte, wie sich etwas veränderte. Andere Bilder formten sich, zeigten ihn...

...eingeschlossen in einem Zimmer unweit des

Weinbergs; Traubenduft und Sonnenschein lockten ihn...

... Und er war allein auf Casius II, umgeben von den Trümmern des Shuttles. Die Nacht begann, eine lange, kalte Nacht. Und er weilte nackt im Borg-Schwarm, festgehalten von einem Apparat, während eine fingerdicke Nadel auf seine Schläfe zielte...

Er stieß die Erinnerungen fort.

Er befand sich hier.

An Bord der *Enterprise.*

In Sicherheit.

Die prickelnde Furcht existierte nach wie vor, aber langsam gewann Picard die Kontrolle über seine Empfindungen zurück und hüllte sie in ein sie lähmendes Gespinst. Er wußte, daß er nach wie vor Gefahr lief, von den Emotionen überwältigt zu werden, und deshalb verschanzte er sein bewußtes Selbst hinter einer Barriere, die es ihm erlaubte, rational zu bleiben.

Er blinzelte, drehte sich um und sah über die Brücke.

Der Anblick schockierte ihn.

Riker saß in seinem Sessel, die Ellenbogen auf die Knie gestützt, das Gesicht hinter den Händen verborgen. Er zitterte.

Fähnrich Eckley hatte sich die Arme um den Kopf geschlungen. Sie war zu Boden gesunken, schien das Bewußtsein verloren zu haben.

Fähnrich Wilcox schluchzte, gab dabei die kehligen Laute eines Mannes von sich, der nie zuvor geweint hatte.

Fähnrich Ikel hämmerte so an die Tür des Turbolifts, als wollte er aus dem Kontrollraum fliehen.

Die große Überraschung hieß Worf. In seiner Tradition existierte der Teufel nicht, aber der Klingone wirkte wie gelähmt und starrte wortlos zum Wandschirm. Sein sonst immer so finsteres Gesicht hatte jetzt die Farbe von Ferengi-Schleimwürmern.

»Captain, ich bin mit der Analyse fertig...« Data drehte seinen Sessel und unterbrach sich, als er bemerkte, in welchem Zustand sich die Brückencrew befand. Dünne Falten furchten seine sonst immer glatte Stirn.

»Offenbar ist meiner Aufmerksamkeit etwas entgangen«, wandte er sich an Picard.

Der Captain holte noch einmal tief Luft und spürte, wie die Kontrolle über sein eigenes Selbst etwas stabiler wurde. »Was ein großes Glück für uns sein könnte«, erwiderte er.

Data runzelte erneut die Stirn, was Picard aus irgendeinem Grund sehr beruhigend fand.

Deanna Troi saß auf dem Bett ihres Quartiers und wußte die Tür verriegelt. Ihr Insignienkommunikator lag im Hauptraum auf dem Tisch, und sie hörte sein rhythmisches Piepen, ohne darauf zu reagieren. Fünfzehn Besatzungsmitglieder hatten sich bereits bei ihr gemeldet, um Gesprächstermine zu vereinbaren und psychotherapeutische Hilfe in Anspruch zu nehmen. Vermutlich litten sie alle an Angstgefühlen, seit die *Enterprise* die Brundage-Station erreicht hatte.

Auch Deanna spürte eine Furcht, die sie zu überwältigen drohte.

Eine wahre Betazoidin weiß, wie man mit fremden Emotionen fertig wird, erklang die mentale Stimme ihrer Mutter.

»Ja«, sagte die Counselor. Sie legte die Hände auf die Knie und besann sich auf ein Beruhigungsritual, das ihr schon oft geholfen hatte. Normalerweise empfand sie die Gefühle der übrigen Crewmitglieder nicht annähernd als eine so starke Belastung. Sie glaubte, daß ihre Reaktion auf die Intensität jener Emotionen zurückging.

Es bestand nun die Gefahr, daß sie die fremden Gefühle mit ihrem Ich verstärkte.

Du mußt dich kontrollieren, Deanna. In meiner Familie gab es niemanden, der an einem solchen Mangel von Selbstbeherrschung litt. Du hast das bestimmt von deinem Vater.

Deanna hörte die geistige Stimme ihrer Mutter nur dann, wenn sie in der Nähe weilte.

»Computer, ist meine Mutter an Bord der *Enterprise*?«

»Lwaxana Troi hält sich derzeit nicht an Bord des Schiffes auf.«

»Nimm eine neuerliche Überprüfung vor.«

»Lwaxana Troi hält sich derzeit nicht an Bord des Schiffes auf.«

Deanna nickte. Sie war erheblichem Streß ausgesetzt. Zum letztenmal hatte sie sich als kleines Mädchen eingebildet, die Stimme ihrer Mutter zu hören. Damals gab es daran kaum etwas auszusetzen. Kinder glaubten oft, irgendwelche Stimmen zu hören. Doch eine erwachsene Betazoidin mußte zwischen projizierten und imaginären Stimmen zu unterscheiden wissen.

Die Counselor stand auf und straffte die Schultern. Die Stimme ihrer Mutter – ob echt oder ein Produkt ihrer Phantasie – hatte recht. Die Situation erforderte Selbstbeherrschung.

Sie verließ das Schlafzimmer, griff nach dem Insignienkommunikator und befestigte ihn wieder am Oberteil der Uniform. Bei ihren Nachforschungen zusammen mit Data hatte sich herausgestellt, daß es nie zu einer Begegnung zwischen den Furien und Betazoiden gekommen war. Die Fremden konnten also nichts von der betazoidischen Mythologie wissen. Nur die menschliche Hälfte von Deannas Wesen war betroffen, und sie sollte sich eigentlich kontrollieren lassen.

Bei einer Begegnung mit den Furien bestand Deannas

Problem vor allem in den emotionalen Reaktionen der Crew.

Nach Datas Hypothese waren die Furien vor einigen Jahrtausenden in diesem Raumsektor unterwegs gewesen. Allerdings: Auf dem Heimatplaneten von Deannas Mutter gab es keine Anzeichen dafür, daß es jemals zu einem Kontakt zwischen Betazed und den fremden Wesen kam.

Dieser Umstand würde Deanna Kraft geben.

Vorausgesetzt, du kannst alles andere aus deinem Bewußtsein fernhalten, mahnte ihre Mutter.

»Du verschwindest jetzt sofort«, sagte Deanna scharf. Sie durfte sich nicht ablenken lassen. Ihre Mutter machte sie immer nervös ...

Die Counselor zögerte. *Ihre Mutter machte sie immer nervös.* Deanna seufzte, als sie begriff. Selbst wenn sie versuchte, sich vor der Furcht und Besorgnis der Crew abzuschirmen – beides kehrte in Form ihrer Mutter zurück.

Sie beschloß, ihr Büro aufzusuchen. Dort konnte sie ein höheres Maß an Kontrolle erreichen. Deanna fragte sich erstaunt, warum sie nicht sofort daran gedacht hatte.

»Computer, bitte leite nur dann Kom-Mitteilungen an mich weiter, wenn sie einen echten Notfall betreffen«, sagte sie. »Ich vereinbare neue Termine, sobald sich die Lage normalisiert hat.«

»Bestätigung«, erklang die Sprachprozessorstimme des Computers.

Na bitte. Das wäre also geklärt. Niemand konnte den Luxus in Anspruch nehmen, emotionale Probleme bei ihr abzuladen. Mit den derzeitigen Schwierigkeiten mußten die Besatzungsmitglieder selbst fertig werden.

So wie ich mit meinen eigenen fertig werden muß, dachte Deanna.

Plötzlich fühlte sie sich viel besser. Sie fand endlich

die Kontrolle, nach der sie die ganze Zeit über gesucht hatte.

Zufrieden wandte sie sich der Tür zu.

Und fiel nach vorn, als eine Welle aus Kälte sie mit der gleichen Wucht traf wie ein Schlag. Die eisige Woge brachte Stimmen mit – rufende, schreiende, schrille Stimmen. Unmittelbar darauf kamen auch Bilder.

Eine Frau mit Schlangen auf dem Kopf.

Ein Geschöpf mit Maden in den Augen.

Ein riesiger Klingone mit Blut an den Zähnen.

Hundert andere Eindrücke gingen damit einher, jeder einzelne gräßlich und abscheulich.

Und irgendwo in diesem Durcheinander erklang erneut die Stimme von Deannas Mutter.

Du brauchst Selbstbeherrschung, Deanna. Du mußt dich unter Kontrolle halten …

Doch sie hatte weder Selbstbeherrschung noch Kontrolle. Auch ihrer Mutter wäre es nicht gelungen, einer so gewaltigen mentalen Flut zu widerstehen. Sie war einfach zu stark.

Deanna schaffte es, Kälte und Stimmen zurückzudrängen, doch die Bilder wogten ihr auch weiterhin entgegen. Sie sah einen großen, feuerspeienden Drachen.

Einen Romulaner, der seinen Disruptor auf sie richtete.

Einen Craxithesus, der seinen Blutschrei ausstieß.

Mehr Bilder, immer mehr.

Deanna konnte sie nicht fernhalten. Und während sie versuchte, Widerstand zu leisten, wurde sie immer schwächer …

Die Bilder zerfetzten die inneren Barrieren der Counselor, und schließlich konnte sie nicht mehr dagegen ankämpfen …

7

Lieutenant Sam Redbay saß im Maschinenraum und hielt einen Laser unter den Arm geklemmt, während er eine Verkleidungsplatte löste. Welch ein Pech: Derzeit fanden vermutlich die wichtigsten Ereignisse seiner ganzen beruflichen Laufbahn statt, aber er befand sich nicht etwa auf der Brücke, sondern im Zentrum der technischen Abteilung. Nun, er hatte die Starfleet-Personalabteilung auf seine Bereitschaft hingewiesen, an Bord eines Raumschiffs in jeder beliebigen Abteilung zu arbeiten, und er war schon mehrmals durch sein besonderes Talent fürs Technische aufgefallen.

Um ganz ehrlich zu sein: Die Arbeit gefiel ihm. Allerdings hätte er noch mehr Gefallen daran gefunden, die Navigationskontrollen der *Enterprise* zu bedienen.

Doch Lieutenant Tam litt an der xotischen Grippe, einer gefährlichen (und glücklicherweise nicht sehr ansteckenden) Virusinfektion, die das Gewebe der inneren Organe schädigte, wenn man sie nicht genau überwachte. Dr. Crusher hatte strenge Bettruhe angeordnet.

Tam hatte sich gleich zu Beginn der Krise mit LaForge in Verbindung gesetzt und von ihm eine Art mentales Rätsel bekommen, an dem sie arbeiten konnte, während sie im Bett lag. Redbay wäre an ihrer Stelle zur Gefechtsstation gekrochen – zum Teufel mit den Viren.

Wie dem auch sei: Wenn er nicht dort sein konnte, wo es rund ging, so war ihm der Maschinenraum lieber als jeder andere Ort. Geordi LaForge duldete keine Nachlässigkeit. In seiner Abteilung sollte alles bestens funktionieren; die Bordsysteme der *Enterprise* mußten jederzeit mit maximaler Kapazität arbeiten können.

Redbay hatte einen ganz besonderen Auftrag erhalten. Aufgrund seiner Erfahrungen in der Brundage-Station glaubte LaForge, daß direkte Einflußnahme der Furien zumindest einen Teil der menschlichen Angst erklärte. Wenn das stimmte, so konnten die negativen emotionalen Reaktionen vielleicht mit Hilfe eines speziellen Schirmfelds in Grenzen gehalten werden. Redbay hatte bereits Schildoszillator modifiziert, um bestimmte Frequenzen zu blockieren. Jetzt modifizierte er die Bildschirme, um bewußt herbeigeführte Verzerrungen auf ein Minimum zu reduzieren.

Normalerweise brauchten zwei Personen acht Stunden, um diese Arbeit zu erledigen.

Ihm blieb eine Stunde, um fertig zu werden.

Und er war allein.

Die übrigen Angehörigen der technischen Abteilung beschäftigten sich mit ähnlichen Dingen. Einige von ihnen veränderten das Warptriebwerk – den Grund dafür kannte Redbay nicht –, und LaForge rejustierte die internen Sensoren in einer Jefferiesröhre.

Es sollte alles bereit sein, wenn die Furien angriffen.

Falls sie angriffen.

In dieser Hinsicht hatte Redbay einige Zweifel. Auf der Grundlage einiger privater historischer Studien hielt er Captain James T. Kirk für jemanden, der gern übertrieb. Niemand konnte in der Geschichte der Föderation an so vielen wichtigen Ereignissen beteiligt gewesen sein – nicht einmal dann, wenn er in besonders bewegten Zeiten gelebt und einen sehr einflußreichen Posten bekleidet hatte.

Redbays Geschichtslehrer an der Akademie hatte

derartige Hinweise belächelt und betont, daß es eindeutige historische Beweise für Kirks Aktivitäten gab.

Jetzt stand in diesem Zusammenhang eine Art Test bevor. Die einzigen Daten in bezug auf den ersten Besuch der Furien stammten von Kirk und seiner Crew. Die Klingonen wahrten in Hinsicht auf diese Angelegenheit ein verdächtiges Schweigen. Eigentlich kein Wunder, wenn sie damals wirklich so schwere Verluste erlitten hatten.

Redbay hielt den Laser schon seit einer ganzen Weile in der gleichen Stellung, und die Hand wurde allmählich müde. Es mußten noch einige weitere Schaltkreise angepaßt werden, und mit etwas Glück schaffte er die Arbeit in der vorgesehenen Zeit. Wenn die Bordsysteme der *Enterprise* nicht in einem so guten Zustand gewesen wären, hätte er tatsächlich acht Stunden oder sogar mehr gebraucht.

Plötzlich raste sein Puls, und die Hände zitterten so heftig, daß der Laser aus den Fingern rutschte. Das Gerät fiel auf die Konsole und hinterließ eine kleine Delle an ihrem Rand.

Er legte die anderen Instrumente beiseite und griff nach dem Laser, fest davon überzeugt, daß die Ungeheuer unter dem Bett es auf ihn abgesehen hatten. Ja, sie wollten ihn töten, so wie sie auch seine Eltern und alle anderen Kolonisten getötet hatten.

Er mußte sich irgendwo verstecken.

Jetzt sofort!

Verstecken! Verstecken!

Redbay kroch unter die Konsole und zog die Knie an, doch das schreckliche Gefühl wich nicht von ihm. Die Ungeheuer bestanden aus Licht, aus buntem Licht, und sie verbrannten alles, was sie berührten. Er hatte beobachtet, wie sein Vater auf diese Weise starb, und dann war er von seiner Mutter fortgeschickt worden...

Ein Mann lag auf dem Rücken, mit einem Phaser in

der Hand. Er rutschte in Redbays Richtung, stieß sich immer wieder mit den Füßen am Boden ab, während sein Blick etwas an der Decke galt. Der Mann trug eine Starfleet-Uniform (Starfleet? Wie kam Starfleet hierher?) und stöhnte leise.

Ein langer Schrei kam aus einer Jefferiesröhre (aus was?), und zwei Fähnriche lagen auf dem Boden, bebten am ganzen Leib.

Sie mußten sich verstecken. Wußten sie denn nicht, daß sie nur überleben konnten, wenn sie sich irgendwo verbargen? Im Freien würde das Licht sie irgendwann erwischen, und dann …

… und dann …

Für Starfleet gab es keinen Platz in der Nyo-Kolonie. Jene Welt hatte sich von der Föderation isoliert. Deshalb waren so viele Menschen gestorben – weil sie niemanden um Hilfe rufen konnten. Aus diesem Grund hatte sich Redbay für Starfleet entschieden: um helfen zu können, wenn jemand Hilfe brauchte.

Redbay brachte die Ausbildung an der Akademie hinter sich.

Inzwischen gehörte er zu Starfleet.

Seine Eltern waren schon seit vielen Jahren tot.

Er spähte unter der Konsole hervor. Der Mann in Starfleet-Uniform – Transporterchef Anderson – rutschte noch immer auf dem Rücken über den Boden und zielte mit seinem Phaser auf Schatten.

Redbay befand sich im Maschinenraum der *Enterprise* und traf dort Vorbereitungen für die Konfrontation mit den Furien.

Die ihre Gegner mit emotionaler Manipulation in Schrecken versetzten.

Entsetzen.

Nur einmal hatte er diese Art von Entsetzen gespürt.

An jenem Tag, als seine Eltern starben.

Nur einmal.

Seine Eltern waren vor dreißig Jahren gestorben.

Dreißig.

Jahren.

Dreißig.

Er konzentrierte sich auf diese Worte, wiederholte sie in Gedanken immer wieder.

Er war damit beschäftigt gewesen, Schaltkreise zu modifizieren. Es gab überhaupt keinen Grund für ihn, sich so sehr zu fürchten.

Keinen.

Doch er zitterte.

Langsam schob er sich unter der Konsole hervor. Noch immer wühlte das Entsetzen in ihm, aber er bekam es jetzt unter Kontrolle. Wenn er sich konzentrierte, konnten Angst und Grauen ihn nicht überwältigen.

Das hatte er im Alter von sechs Jahren gelernt, als er einen Monat lang allein auf Nyo lebte, bis schließlich ein Frachter das automatische Notsignal empfing.

Redbay sah auch weiterhin zu Chief Anderson – es konnte gefährlich sein, einen von Panik erfüllten Mann zu erschrecken – und stand langsam auf. Seine Beine schienen aus Gummi zu bestehen.

Er bemerkte die vom Laser stammende Delle am Rand der Konsole, stellte gleichzeitig fest, daß die Sensoren zum Glück nicht beschädigt worden waren.

Die Schäden an Bord betrafen allein den mentalen Bereich, das Selbst der Besatzungsmitglieder.

LaForge rollte aus der Jefferiesröhre und schlug um sich, so als versuchte er, Flammen zu ersticken. Er landete auf dem Rücken und schnaufte, als die Luft aus seinen Lungen entwich. Die Hände erreichten das Gesicht – und verharrten plötzlich, als sie das VISOR berührten.

Anderson stieß mit dem Kopf an ein Schaltpult, schrie und richtete den Phaser auf die Wand.

Redbay rührte sich nicht, um zu vermeiden, Andersons Aufmerksamkeit zu erregen.

LaForge nahm das VISOR ab, setzte sich und fand Halt am Zugang der Röhre. Er atmete schwer, schien sich aber allmählich zu beruhigen.

Anderson ließ den Phaser sinken.

Redbay merkte erst jetzt, daß er den Atem angehalten hatte. Er setzte sich in Bewegung, ging langsam zu LaForge. Ohne das VISOR wirkte Geordis Gesicht irgendwie seltsam. Zum erstenmal sah Redbay die milchweißen, blinden Augen des Chefingenieurs.

»M-Mr. LaForge?« brachte er mühsam hervor und räusperte sich. »Sir?«

Mit einer Hand, die noch immer etwas zitterte, setzte er das VISOR wieder auf. »Lieutenant ...«

Er klang jetzt ruhig. Wenn Redbay nicht beobachtet hätte, wie er voller Panik aus der Jefferiesröhre gefallen war ... Der Chefingenieur wirkte jetzt so gelassen, als sei überhaupt nichts geschehen.

»Zwei Technikern scheint es noch nicht gelungen zu sein, sich wieder unter Kontrolle zu bringen«, sagte Redbay. Damit wies er LaForge darauf hin, daß die Furcht nicht nur ihn betraf. »Anderson scheint wieder zu sich zu kommen. Ich bin noch nicht im Triebwerksbereich gewesen, um festzustellen, wie es dort steht.«

»Großartig«, erwiderte LaForge. Er brauchte nicht extra darauf hinzuweisen, wie er es meinte. Wenn er selbst von Grauen erfaßt aus einer Jefferiesröhre gefallen war, und wenn Redbay zugelassen hatte, daß ein Laser eine Konsole beschädigte – wie mochte es dann beim Warpkern aussehen?

Der Chefingenieur stand auf. »Maschinenraum an Brücke«, sagte er.

»Sprechen Sie, Mr. LaForge.«

Redbay spürte seltsame Erleichterung, als er die ruhige Antwort des Captains hörte. Geordi hingegen runzelte die Stirn. Er kannte Picard schon seit vielen Jahren, und vielleicht vernahm er in seiner Stimme etwas, das Redbays Aufmerksamkeit entging.

»Captain...« LaForge zögerte, sah sich um und atmete tief durch. »Hier bei uns ist gerade etwas sehr Sonderbares geschehen. Ich weiß nicht, wie ich es beschreiben soll. Offenbar wurden wir von plötzlicher Panik erfaßt, und zwar aus keinem erkennbaren Grund. Zwei Fähnriche liegen noch immer vor Angst zitternd auf dem Boden, und mir ist nicht bekannt, welche Situation beim Warpkern herrscht. Dort könnte es zu Systemschäden gekommen sein. Ich brauche Hilfe von der Brücke, um alle Anlagen zu überprüfen.«

»Das ist derzeit leider nicht möglich, Mr. LaForge.«

Jetzt hörte Redbay es ebenfalls. In der Stimme des Captains erklang ein ungewöhnliches Maß an Vorsicht – er schien jedes einzelne Wort sorgfältig abzuwägen.

»In dem Fall geben Sie uns bitte fünf Minuten Zeit, bevor Sie die primären Bordsysteme aktivieren. Ich muß erst kontrollieren, ob...«

»Mr. LaForge«, unterbrach der Captain Geordi, und es hörte sich so an, als hätte Picard die letzten Worte des Chefingenieurs überhaupt nicht zur Kenntnis genommen. »Waren Ihre Bildschirme während des letzten Kom-Kontakts aktiviert?«

LaForge sah zu Redbay, der den Kopf schüttelte. Er hatte an den entsprechenden Schaltkreisen gearbeitet, bei ausgeschalteten Projektionsfeldern.

»Nein, Sir«, sagte LaForge.

»Faszinierend«, entgegnete der Captain leise und nachdenklich.

Stille folgte und dehnte sich.

»Captain?« fragte der Chefingenieur nach einer Weile.

»Mr. LaForge...« Picards Stimme klang jetzt wieder kräftiger. »Wir haben ein Problem, das weit über den

Maschinenraum und die Brücke hinausgeht. Wir müssen davon ausgehen, daß sich in der ganzen *Enterprise* eine Welle des Entsetzens ausgebreitet hat. Reparieren Sie eventuelle Schäden, Mr. LaForge, aber bleiben Sie auf Ihrem Posten.«

»Ja, Sir.«

»Geordi ...« Der Captain senkte die Stimme, so als wollte er den Chefingenieur um einen Gefallen bitten. »Bringen Sie Ihre Leute auf die Beine, wenn Sie können. Wir müssen so schnell wie möglich über den Ursprung jener Emotionen Klarheit gewinnen.«

»Lieutenant Redbay und ich sind voll einsatzfähig«, sagte LaForge. »Auch Anderson hat die emotionale Krise überwunden. Gemeinsam sollten wir in der Lage sein, wieder Ordnung im Maschinenraum zu schaffen.«

»Gut«, sagte Picard. »Ich brauche möglichst bald einen Bericht.«

»Aye, Sir«, bestätigte LaForge.

Redbay schluckte krampfhaft. Es kostete ihn enorm viel Kraft, neben dem Chefingenieur zu stehen und ganz normal zu wirken.

LaForge hob erneut die Hand zum VISOR, ließ sie dann wieder sinken. »Ich schätze, uns bleibt nicht viel Zeit.«

»Und ich schätze, da haben Sie recht«, entgegnete Redbay. »Wer von uns diensttauglich ist, sollte sich sofort an die Arbeit machen. Wenn wir die Ursache der abrupten emotionalen Veränderung eliminieren können, finden auch die anderen wieder zu sich.«

LaForge sah zu den Angehörigen seiner Abteilung. Ein Fähnrich lag noch immer zusammengerollt auf dem Boden, doch der andere setzte sich nun auf. Sein Gesicht war kalkweiß und die Augen trüb, aber er kehrte nun in die Wirklichkeit zurück. Redbay vermutete, daß er vor wenigen Minuten einen ähnlichen Anblick geboten hatte.

»Ich beginne mit einem gründlichen Scan«, sagte La-Forge. »Kümmern Sie sich um die diagnostischen Programme. Vielleicht gelingt es uns, eine Erklärung für dieses Phänomen zu finden.«

Redbay nickte. Er freute sich auf die Arbeit – sie bewahrte ihn davor, dauernd an die Angst zu denken, die noch immer Kälte in seiner Magengrube schuf. Er kehrte zur Konsole zurück und griff dort nach den Werkzeugen. Tief in seinem Innern, jenseits von Selbstbeherrschung und Entsetzen, regte sich etwas: Er gewann den vagen Eindruck, daß etwas fehlte.

Er beugte sich über eine andere Konsole und startete dort das erste Diagnoseprogramm.

Plötzlich begriff er.

Niemand hatte Alarmstufe Rot veranlaßt.

Picards Worte wiesen auf einen emotionalen Angriff hin, den alle Besatzungsmitglieder der *Enterprise* zu spüren bekamen.

Es handelte sich eindeutig um einen feindseligen Akt – aber der Captain hatte nicht die Anweisung erteilt, Alarmstufe Rot zu geben.

Vermutlich war er zu erschüttert gewesen, um daran zu denken.

Und genau das besorgte Redbay.

8

Die Krankenstation war vorbereitet. Zusätzliche Betten standen an den Wänden. Die Notausrüstung lag auf den Tischen, und zusätzliche medizinische Tricorder hingen neben der Tür. Beverly Crusher hatte ihre Assistenten sogar angewiesen, die Forschungsbereiche so umzugestalten, daß sie bei einem Notfall für die Behandlung eingesetzt werden konnten. Die derzeitigen Patienten – drei Personen, die an xotischer Grippe litten – befanden sich in einem abgelegenen Teil der Krankenstation. Eine Schwester kümmerte sich dort um sie und behielt ständig die Anzeigen der Bio-Indikatoren im Auge.

Beverly strich eine Strähne ihres roten Haars zurück und blickte erneut aufs Display einer ganz bestimmten Diagnoseliege. Sie hatte nicht das Forschungsteam in Einsatzbereitschaft versetzt, sondern die Medo-Gruppe. Nach den ersten Untersuchungen von Lieutenant Young fragte sie sich, ob das die richtige Entscheidung gewesen war.

Young ruhte noch immer in der Diagnose-Einheit; nur Kopf und Füße ragten daraus hervor. Abgesehen von einigen seltsamen Druckstellen an Brust, Armen und Beinen ließen sich keine physischen Beeinträchtigungen feststellen. Trotzdem ähnelte sein Zustand einem Koma.

Bei seiner Einlieferung hatte Beverly zunächst schwere innere Verletzungen vermutet, oder vielleicht eine Schädigung des Hirngewebes. Doch die Untersuchungsergebnisse schlossen solche Möglichkeiten aus: Es gab weder körperliche noch neurale Läsionen.

Trotzdem gelang es der Ärztin nicht, den Zustand dieses besonderen Patienten zu verbessern. Ganz im Gegenteil: Young starb einen langsamen Tod.

Und daran konnte Beverly Crusher nichts ändern, solange ihr die Ursache unbekannt blieb.

Zwei ihrer Assistenten analysierten Blut- und Urinproben. Beverly hatte außerdem DNA-Untersuchungen angeordnet und ihre Mitarbeiter aufgefordert, nach Anzeichen für verborgene virale Infektionen Ausschau zu halten – nach irgend etwas, das Youngs viel zu hohen Blutdruck ebenso erklärte wie seinen hohen Adrenalin- und Endorphinspiegel sowie die zu große Anzahl von weißen Blutkörperchen.

Beverly Crusher wies nicht darauf hin, daß sie glaubte, die Ursache zu kennen.

Zu ihren Steckenpferden gehörte das Studium medizinischer Geschichte fremder Welten. Sie fand es faszinierend, daß man auf Vulkan die Kunst der Akupunktur während der gleichen Entwicklungsperiode wie auch auf der Erde entdeckte – obgleich es damals nicht den geringsten Kontakt zwischen den beiden Kulturen gegeben hatte und Vulkan auf eine längere Geschichte zurückblicken konnte.

Sie interessierte sich auch für die Theorien in bezug auf ›innere Ausgewogenheit‹. Danach war eine Person dann gesund, wenn in ihrem geistigen Kosmos Frieden herrschte. Beverly wußte, daß der psychische Faktor bei Erkrankung und Rekonvaleszenz eine große Rolle spielen konnte. Gleichzeitig war ihr klar, daß man nicht alle physischen Probleme auf seelische Ursachen zurückführen durfte. Das hielt sie für ebensowenig sinnvoll wie die Verwendung von Blutegeln, um einen Krebspatienten ›zur Ader zu lassen‹.

Mit einer kühlen Hand strich sie über Youngs Stirn.

Kein Fieber – doch seine Haut fühlte sich klamm und feucht an. Die Augen waren geöffnet, aber er sah sie nicht, starrte an die Decke. Gelegentlich stöhnte er und versuchte, sich zusammenzukrümmen. Dann schlug sein Herz schneller, und der Blutdruck stieg rapide, während er gleichzeitig immer schwerer atmete.

Sie konnte die Anspannung aus dem Körper vertreiben, wußte jedoch nicht, wann der nächste Anfall kam.

In diesem besonderen Fall war sie felsenfest davon überzeugt, daß die Ursache für Youngs Zustand irgendwo in seiner psychischen Welt lag.

Um es ganz klar auszudrücken: Lieutenant Robert Young ängstigte sich zu Tode.

Im wahrsten Sinne des Wortes.

Die Suche nach einer physischen Ursache – ein implantierter Chip, ein stimulierender Faktor im Hirnstamm, eine chemische Komponente im Blut – blieb ohne konkretes Ergebnis.

Vermutlich hatte er etwas gesehen, das zuviel für ihn gewesen war. Das überlastete Bewußtsein versuchte, auf die einzige ihm mögliche Weise damit fertig zu werden: Es überlastete den Körper, um sich durch den physischen Tod vom Streß zu befreien.

Beverly mußte verhindern, daß es einen Erfolg erzielte.

Sie tupfte den Schweiß von Youngs Stirn. Manchmal fühlte sie sich nicht besser als jene mittelalterlichen Quacksalber, die an irgendwelche seltsamen Säfte und die Wirksamkeit des ›Heilmittels‹ Aderlaß geglaubt hatten. Es gab noch immer Bereiche des menschlichen Körpers – oder des Körpers von Vulkaniern, Klingonen und so weiter –, die niemand richtig verstand.

Mit einem solchen Fall hatte es Beverly Crusher jetzt zu tun.

Sie brauchte Deanna. Möglicherweise konnte ihr die Counselor bei diesem Patienten helfen.

Beverly hob die Hand zu ihrem Insignienkommunikator, als jähes Entsetzen sie erfüllte. Das Gefühl war so intensiv und überwältigend, daß sie auf die Knie sank, dabei mit dem Kopf an die Diagnoseliege stieß.

Young würde sterben.

So wie sie alle.

Und Beverly konnte nichts dagegen unternehmen. Sie war absolut hilflos. So hilflos wie an jenem Tag, als Jean-Luc die Nachricht vom Tod ihres Mannes brachte.

Die Nachricht, daß Wesley seinen Vater verloren hatte.

Eine mentale Epidemie würde sich an Bord der *Enterprise* ausbreiten und dafür sorgen, daß alle aus Angst starben. Und sie, eine ausgebildete Ärztin, konnte es nicht verhindern.

Hilflosigkeit ...

Schmerz pochte hinter ihrer Stirn.

Die Epidemie begann hier und jetzt.

Sie wußte es.

Es hatte mit Robert Young angefangen, und jetzt hatte sie sich infiziert. Sicher dauerte es nicht mehr lange, bis auch sie auf einem Diagnosebett lag, während die Assistenten versuchten, ihren Zustand zu verbessern. Auch ihre Mitarbeiter würden der geistigen Seuche zum Opfer fallen, einer nach dem anderen ...

Hinter Beverly schrie jemand.

Die Epidemie breitete sich aus.

Sie hob eine Hand zum Kopf, tastete nach der Stelle, von der die Schmerzen ausgingen, spürte dort ...
Eine Beule.

Der Kontakt verursachte zusätzliche Pein – die noch weiter zunahm, als Beverly auf die Beule drückte.

Etwas krachte hinter ihr.

Sie drehte sich um.

Einer ihrer Assistenten – sie konnte nicht erkennen, um wen es sich handelte – hatte aus irgend etwas eine weiße Fahne improvisiert und schwenkte sie unter einem Untersuchungstisch.

Eine weiße Fahne.

Beverly runzelte die Stirn. Und dann kicherte sie, trotz des Entsetzens. Wer kannte heute noch die Bedeutung einer weißen Fahne? Einst hatte sie Kapitulationsbereitschaft signalisiert. Sie sollte den, der sie zeigte, vor Unheil bewahren.

Vor Unheil bewahren.

Vorsichtig spähte Beverly über die Diagnoseliege hinweg. Young wand sich hin und her; seine Augen rollten.

Young.

Vor Unheil bewahren.

Sie sah sich um.

Abgesehen von ihren Assistenten und Young war sie allein.

Die Fahne neigte sich von einer Seite zur anderen, mit der Regelmäßigkeit eines Metronoms.

Tick.

Vor …

Tick.

… Unheil …

Tick.

… bewahren.

Beverlys Kehle war trocken. Nie zuvor in ihrem Leben hatte sie eine solche Mischung aus Angst und Grauen empfunden. Doch irgend etwas stimmte nicht. Etwas …

Lieutenant Young keuchte.

Crusher richtete sich instinktiv auf, öffnete den Mund des Patienten, um ihm das Atmen zu erleichtern. Ihre Finger zitterten, und es fiel ihr schwer, sich zu konzentrieren. Immer wieder vergaß sie, worauf es ankam.

Vor Unheil bewahren.

Darin bestand ihre Pflicht. Sie hatte es geschworen.

Ich schwöre, Apollon den Arzt und Asklepios und Hygieia und Panakeia …

Es steckten keine Fremdkörper in Youngs Hals.

… und alle Götter und Göttinnen zu Zeugen anrufend, daß ich nach bestem Vermögen und Urteil diesen Eid und diese Verpflichtungen erfüllen werde …

Aber die Zunge blutete.

Meine Verordnungen werde ich treffen zu Nutz und Frommen der Kranken …

Beverly säuberte die Zunge, schob sie beiseite und hob Youngs Kopf.

… nach bestem Vermögen und Urteil; ich werde sie bewahren vor Schaden und willkürlichem Unrecht.

Der Lieutenant atmete wieder normal.

Die Lider zuckten.

Das Entsetzen in der Ärztin ließ nach. Besser gesagt: Sie brachte es unter Kontrolle.

Ich werde sie bewahren vor Schaden …

Der hippokratische Eid brachte ihr Rettung. Hippokrates, Vater der Medizin, ein griechischer Arzt, der aus einer berühmten Familie priesterlicher Heiler stammte und mehr als siebzig medizinische Abhandlungen geschrieben hatte …

Wissen.

Wissen brachte Ruhe. Der Intellekt konnte alles überwinden. Darauf hatte Dr. Quince sie während ihres Medizinalpraktikums auf Delos IV hingewiesen. Das Bewußtsein war stärker als alles andere.

Sogar stärker als Angst.

Beverly stand nun, ohne sich irgendwo abstützen zu müssen. Trotz des Entsetzens war es ihr gelungen, Lieutenant Young zu helfen.

Jetzt brauchten ihre Assistenten Hilfe.

Sie sah in die entsprechende Richtung. Fähnrich Cassidy hockte noch immer unter dem Tisch, hielt eine weiße Fahne in beiden Händen und winkte damit.

Beverly schluckte. »Etta...«, sagte sie. »Etta, ich bin's, Beverly. Sie sind in der Krankenstation. Legen Sie die Fahne beiseite. Hier droht Ihnen keine Gefahr.«

Fähnrich Cassidy sah zu ihr auf, und Furcht zeigte sich in ihrem blassen, runden Gesicht. »Bitte lassen Sie nicht zu, daß sie mich erwischen, Doktor«, hauchte sie.

»Keine Sorge, Fähnrich. Sie sind hier in Sicherheit. Captain Picard hat uns vor so etwas gewarnt. Furienschiffe sind in der Nähe. Erinnern Sie sich an die Furien?«

Fähnrich Cassidy nickte.

»Versuchen Sie, rational zu sein und die Furcht zu überwinden, sie beiseite zu drängen. Besinnen Sie sich auf Ihre medizinische Ausbildung. Die Angst spielt keine Rolle. Nur Ihr Handeln ist wichtig.«

Welche Häuser ich betreten werde, ich will zu Nutz und Frommen der Kranken eintreten... Beverly schauderte. Die Furcht existierte nach wie vor, aber es gelang ihr nun, sie zu kontrollieren.

Fähnrich Cassidy ließ die Fahne sinken. »Was ist die Ursache?« flüsterte sie.

»Ein externer Faktor.« Beverly holte tief Luft. »Bitte kümmern Sie sich um die anderen. Erinnern Sie Ihre Kollegen an die medizinischen Pflichten. Auch Lieutenant Young fühlte dies; für ihn gibt es praktisch keine anderen Empfindungen.«

Sie unterbrach sich, heimgesucht von einer anderen, viel konkreteren Furcht.

Deanna!

»Computer«, sagte sie und hörte die Besorgnis in ihrer Stimme, »lokalisiere Counselor Troi.«

»Sie befindet sich in ihrem Quartier.«

Deanna. Als Empathin nahm sie die Gefühle anderer Personen wahr. Sie reagierte auf jede Stimmungsveränderung an Bord der *Enterprise*.

Das Entsetzen überwältigte Menschen. Es brachte

Lieutenant Young langsam um. Auf Deanna Troi mußte es noch weitaus stärker wirken.

Beverly wandte sich an Cassidy. »Behalten Sie unseren Patienten im Auge und geben Sie mir Bescheid, wenn sich sein Zustand verschlechtert.«

Fähnrich Cassidy blinzelte. Allmählich kehrte der alte Glanz in ihre Augen zurück. »Sie können sich auf mich verlassen«, sagte sie.

»Gut«, erwiderte Beverly. Das machte es leichter für sie, die Krankenstation verlassen.

Sie mußte sofort aufbrechen und zu Deanna.

Die Ärztin lief zur Tür, angetrieben von einer Furcht, die nicht von den Furien stammte. Sie fürchtete vielmehr um das Leben einer guten Freundin.

9

Ich verstehe nicht, Sir«, sagte Data. »Habe ich beim Kom-Kontakt mit den Furien irgendeine subtile Botschaft übersehen?«

Er drehte den Kopf und sah durch den Kontrollraum. Lieutenant Worf starrte noch immer zum großen Wandschirm. Riker schob das Kinn vor, und in seinem Gesicht zeigte sich grimmige Entschlossenheit. Fähnrich Iket hörte auf, mit beiden Fäusten an die Tür des Turbolifts zu hämmern, hielt eine Hand so, als bereite sie ihm Schmerzen.

Picard nickte. Die Furcht in ihm hatte sich nicht aufgelöst, aber mit jeder verstreichenden Sekunde konnte er sie besser kontrollieren. »Das wäre durchaus möglich, Data. Allerdings handelte es sich nicht um eine subtile Botschaft. Sie hat nachhaltigen Einfluß auf die Emotionen der Crew genommen.«

»Wie konnte so etwas geschehen, Sir?«

»Das weiß ich leider nicht, Mr. Data. Andernfalls könnten wir etwas dagegen unternehmen.«

»Sie scheinen nicht betroffen zu sein, Sir.«

Picard lächelte. Datas Unschuld in Hinsicht auf emotionale Angelegenheiten war genau das, was er jetzt brauchte. Noch immer spürte er die Furcht hinter der von Selbstbeherrschung geschaffenen Barriere. Sie schien ein wenig nachgelassen zu haben. »Auch ich bin beeinflußt gewesen, Mr. Data, und ich fürchte ...« Er zögerte bei diesem Wort und fragte sich, ob es angemessen war. Die Antwort lautete: ja. »Ich fürchte, wir haben gerade einen eher harmlosen ersten Angriff erlebt. Einige Sekunden lang empfand ich wie Fähnrich Eckley – von einem solchen Entsetzen erfaßt, kann ein Mensch nicht mehr klar denken.«

Picard sah Data an.

Der Androide erwiderte den Blick und schenkte dem emotionalen Chaos um ihn herum keine Beachtung.

»Vielleicht kommt bei unseren Kontakten mit den Furien einmal ein Zeitpunkt, an dem nur Sie rational bleiben«, fuhr Picard fort. »Ich hoffe, daß Sie dann die richtigen Entscheidungen treffen. Habe ich mich klar genug ausgedrückt, Mr. Data?«

»Ja, Sir«, bestätigte der Androide mit würdevollem Ernst.

Picard nickte. Data an Bord zu wissen – einen vor emotionalen Manipulationen geschützten Data –, erfüllte ihn mit Erleichterung. Der Androide war ein ausgezeichneter Offizier, der uneingeschränktes Vertrauen verdiente, wenn es um die *Enterprise* und das Überleben der Crew ging.

Datas Präsenz und seine unerschütterliche Rationalität machten die nächste Entscheidung des Captains leichter.

»Öffnen Sie die internen Kom-Kanäle, Mr. Worf.«

Der Klingone blickte nach wie vor zum Wandschirm. Data sah zu ihm und neigte verwundert den Kopf zur Seite.

»Mr. Worf«, sagte Picard scharf.

Aus einem Reflex heraus nahm der Sicherheitsoffizier Haltung an und schnitt eine grimmige Miene. Der Captain wußte die Zeichen zu deuten: Klingonen trugen oft grimmige Mienen zur Schau, wenn sie über Verlegenheit hinwegtäuschen wollten.

»Sir?«

»Öffnen Sie die internen Kom-Kanäle.«

»Ja, Sir«, bestätigte Worf.

Picard sah sich einmal mehr um, stellte dabei fest, daß Riker ihn musterte. Einige andere Mitglieder der Brückencrew beruhigten sich allmählich. Allerdings: Fähnrich Eckley war bewußtlos, und Fähnrich Iket hockte nun auf dem Boden, die eine Hand zur doppelten Größe angeschwollen.

»Kanäle offen, Sir.«

Picard nickte. Er befreite sein bewußtes Denken von allem Ballast, drängte die Furcht noch etwas weiter zurück und begegnete Datas Blick. Der Captain mußte gefaßt klingen, während er zur Besatzung sprach, und nur Data blieb von dem Entsetzen völlig unbeeindruckt. Deshalb wollte Picard ihn als eine Art Anker verwenden.

»An die Crew der *Enterprise,* hier spricht Captain Jean-Luc Picard. Wir haben einen Kontakt mit den Furien hergestellt, was die Fremden dazu nutzten, tief in uns verborgene Ängste wachzurufen. Sie versuchen, unsere Gefühle als Waffe gegen uns zu verwenden.«

Er atmete tief durch und konzentrierte sich auch weiterhin auf Datas ruhiges Gesicht, als er fortfuhr: »Viele von Ihnen leiden derzeit an Furcht. Sie müssen dieses Empfinden überwinden – und Sie *sind* dazu imstande. Bitte denken Sie daran: Sie fühlen etwas, das nicht aus Ihrem Innern kommt, sondern von außen. Ihre Furcht ist künstlichen Ursprungs. Verwenden Sie dieses Wissen, um wieder die Kontrolle über sich zu erringen.«

Data nickte und verstand, was Picard beabsichtigte. Seine Reaktion stabilisierte die Ruhe des Captains. »Kehren Sie zu Ihren Stationen zurück. Ich setze mich erneut mit den Furien in Verbindung, und sie sollen sehen, daß wir uns nicht so schnell unterkriegen lassen.«

Damit beendete Picard seine kurze Ansprache. Riker starrte ihn groß an. Data erhob sich und öffnete den

Mund wie zu einem Einwand. Doch Worf kam ihm zuvor.

»Bei allem Respekt, Sir: Der erste Kontakt mit den Furien hat den Angriff ausgelöst. Halten Sie eine zweite Kom-Verbindung für klug, obwohl wir noch nicht wissen, welche Waffe man gegen uns einsetzte?«

»Auf diese Weise stellen sich Klingonen ihrer Furcht, nicht wahr, Mr. Worf?«

»Klingonen sind der Ansicht, daß man seine Furcht respektieren muß, Sir. Gelegentlich gibt es einen guten Grund für sie.«

»Da bin ich ganz Ihrer Meinung. In der Furcht kommt unser Selbsterhaltungstrieb zum Ausdruck. Doch sie darf nicht unser Leben und unsere Taten bestimmen. Nur die stärksten Klingonen – jene, die ihre Furcht überwinden können – werden zu Oberhäuptern ihres Volkes.«

Picard formulierte diese Worte sehr vorsichtig und dachte dabei an die klingonischen Erfahrungen mit den Furien. Vielleicht wußte Worf noch nicht, daß er Gefahr lief, die damaligen Fehler zu wiederholen.

»Ich halte Sie für eins der Oberhäupter Ihres Volkes, Mr. Worf«, fügte Picard hinzu. »Sie sind mit Ereignissen fertig geworden, an denen andere Klingonen verzweifelt wären.«

Worf preßte die Lippen zusammen. Offenbar begriff er, worauf der Captain hinauswollte. »Danke, Sir.«

Picard nickte. Er wandte sich von Worf ab und hoffte, daß seine Kraft für die nächste schwere Prüfung ausreichte. »Öffnen Sie einen Kom-Kanal zum Furienschiff, Mr. Worf.«

»Aye, Sir.«

Riker hatte ebenfalls verstanden. Er trat nicht näher an den Wandschirm heran, wirkte aber gefaßter als noch vor wenigen Minuten. Vielleicht hatte Picards Gespräch mit Worf auch ihm geholfen.

»Unsere Kom-Signale werden beantwortet, Sir«, meldete Worf.

Picard straffte die Schultern. Er hatte die cardassianische Folter überlebt und konnte auch dies überstehen. »Auf den Schirm.«

Der Teufel – der Kommandant des Furienschiffes – erschien erneut auf dem großen Wandschirm.

Picard schauderte und hielt eisern an der Selbstbeherrschung fest. Er mußte sich konzentrieren, um der *Enterprise* und ihrer Crew willen. »Bei unserem ersten Gespräch wiesen Sie darauf hin, daß Sie die Föderation kennen. Dann sollten Sie auch wissen, daß unsere Mission friedlicher Natur ist. Wir verabscheuen den Krieg.«

»Aber Sie kämpfen gut, wie aus unseren Aufzeichnungen hervorgeht«, erwiderte das Geschöpf, und seine Stimme vibrierte durch Picards Leib.

»Das stimmt«, bestätigte der Captain und achtete darauf, daß Haltung und Gesicht nichts von seiner Furcht verrieten. »Wir sind jederzeit bereit, uns zu verteidigen. Aber wir halten den Krieg für das Resultat mangelhafter Kommunikation.«

»Krieg ist mehr«, entgegnete das Wesen. »Krieg ist Ruhm. Und er stellt den einzigen Weg für uns dar, das zu bekommen, was uns gehört.«

Damit meinte das Geschöpf jenen Raumbereich, aus dem die Furien vor Jahrtausenden vertrieben worden waren.

Es lief Picard immer wieder kalt über den Rücken, und er versuchte, nicht darauf zu achten. »Ich bin beauftragt, mit Ihnen zu verhandeln. Wenn Sie sich in diesem Raumsektor niederlassen möchten, so helfen wir Ihnen dabei.«

Das Wesen neigte den Kopf ein wenig zur Seite. Die Farbe der Augen veränderte sich, und Rauch kräuselte über den Hörnern. »Verhandeln? Sie glauben, Sie könnten mit uns verhandeln?«

Vermutlich wollte der Kommandant des Furienschiffes damit nur Zeit gewinnen. Kirk hatte damals zu verhandeln versucht – vergeblich.

»Verhandlungen«, wiederholte Picard. »Unsere Diplomaten treffen sich mit Ihren, um Vereinbarungen zu treffen und die Basis für eine friedliche Koexistenz zu erörtern.«

Das Geschöpf kippte den Kopf nach hinten und lachte. Maden fielen ihm aus dem Mund und landeten am Kinn, festgehalten von dünnen Fäden aus grünem Speichel. »Diplomaten? Wir haben keine Diplomaten, Picard. Wir wüßten ohnehin nichts mit ihnen anzufangen.«

Die kalten Schauer wurden stärker. Picard schluckte möglichst unauffällig und zwang sich dazu, auch weiterhin zum Wandschirm zu blicken – obwohl ihn die Maden mit Ekel erfüllten und das Erscheinungsbild des Wesens neues Entsetzen in ihm keimen ließ. »Die Repräsentanten unserer Völker sprechen mit Ihren Beauftragten. Wenn Sie uns erklären, mit welchen Absichten Sie hierhergekommen sind, so können wir vielleicht …«

»Sie, die Unreinen, bieten uns Hilfe an?« donnerte das Wesen, und Picard wich unwillkürlich einen Schritt zurück, als es in den Augen des Fremden rot glühte. »Wollen Sie uns auf die gleiche Weise helfen wie unserem ersten Schiff? Einst herrschten wir über diesen Bereich des Weltraums, und er wird erneut uns gehören. Sie können dann unsere Anweisungen entgegennehmen. Wir lehnen Verhandlungen ebenso ab wie den Austausch von Diplomaten. Unser Weg ist einfacher.«

Picard wagte nicht, sich vorzustellen, welche Konsequenzen sich aus diesen Worten ergeben konnten. »In diesem Quadranten arbeiten wir zusammen«, betonte er. »Wir sind auch zur Kooperation mit Ihnen bereit.«

»Sie werden nicht mit uns arbeiten, sondern für uns.« Das Wesen hob die Hand, und sichtbar wurden lange, krumme und spitze Fingernägel. »Wir verwandeln Sie in unsere Marionetten. Jede Bewegung und jedes Gefühl wird dann von uns kontrolliert.«

Die Furcht nahm so sehr zu, daß Picard die Zähne zusammenbeißen mußte, damit sie nicht klapperten.

Das Geschöpf beugte sich vor, so als hätte es eine private Mitteilung für den Captain der *Enterprise*. »Und wir werden jeden einzelnen Schrei von Ihnen genießen, Picard.«

Das rote Gesicht verschwand vom Schirm. Picard taumelte zurück und verharrte erst, als er fast den Kommandosessel erreicht hatte. Er fühlte sich so, als hätte jemand seine Eingeweide erst zusammengepreßt und dann in die Länge gezogen. Seine Muskeln schmerzten. Er sehnte sich danach, die Augen zu schließen und sie nie wieder zu öffnen.

Statt dessen sank er in seinen Sessel, spürte dabei Schweiß am Rücken. Die Brückencrew war nicht erneut der Furcht zum Opfer gefallen. Die Männer und Frauen beherrschten sich auch weiterhin, blieben rational. Picard fragte sich, ob die letzte Woge aus Furcht allein ihm gegolten hatte.

»Sir?« fragte Riker besorgt.

Picard atmete mehrmals tief durch. »Die Fremden verstehen es, die am tiefsten in uns verwurzelten Ängste zu stimulieren, Nummer Eins.«

»Ich weiß, Sir«, erwiderte Riker.

»Aber die Furcht ist künstlichen Ursprungs.« Picards Worte galten nicht nur dem Ersten Offizier, sondern auch ihm selbst. Er versuchte, die Gedanken erneut von den Empfindungen zu trennen.

Einmal mehr holte er tief Luft. »Aus Kirks Logbüchern geht hervor, daß es die Crew der damaligen *Enterprise* nicht mit einer derartigen Furcht zu tun bekam. Ihre emotionalen Belastungen gingen in erster Linie auf das Erscheinungsbild der Fremden zurück.«

Picard sah sich auf der Brücke um. »Doch an Bord unseres Schiffes wurden praktisch alle Besatzungsmitglieder von Entsetzen überwältigt – obwohl viele von ihnen gar keine Gelegenheit hatten, die visuelle Übertragung vom Furienschiff zu sehen.«

»Eine Waffe«, grollte Worf. »Es muß eine Waffe sein.«

Picard nickte. »Das glaube ich auch. Die Furien haben irgendeine Möglichkeit gefunden, unsere Gefühle zu manipulieren. Es ist …« Er schnappte nach Luft, als ihn neue Angst erfaßte und heftig erzittern ließ. Riker riß die Augen auf. Picard biß sich auf die Lippe und trachtete danach, das Schaudern zu unterdrücken.

»Es ist nur logisch, von einer solchen Annahme auszugehen«, fuhr er fort. »Wir haben einmal den Sieg über die Fremden errungen. Jetzt kehren sie stärker zurück und nutzen jene Informationen, die sie damals über uns sammelten.«

Riker nickte. »Auch wir wissen heute mehr.«

»In der Tat, Nummer Eins«, bestätigte der Captain. »Bitte begeben Sie sich jetzt in den Maschinenraum. Der erste emotionale Angriff wirkte sich auch dort aus, und Geordi braucht bestimmt Hilfe. Sorgen Sie dafür, daß seine Leute die Arbeit an dem Projekt fortsetzen, das uns eine neue Form der Abschirmung geben soll – einen Schild, der uns vor der Gefühlsmanipulation schützt. Wir brauchen ihn so schnell wie möglich, Nummer Eins.«

»Aye, Sir.« Riker schien froh darüber zu sein, etwas zu tun zu haben. Er stand rasch auf und eilte zum Turbolift, erweckte dabei fast den Eindruck, von der Brücke fliehen zu wollen. Doch auf dem Weg zum Lift blieb er kurz bei Fähnrich Iket stehen und sprach einige leise Worte, bevor er den Kontrollraum verließ.

Trotz seiner Furcht fand der Erste Offizier Zeit und Kraft genug, anderen Mitgliedern der Crew Trost zu spenden.

Picard konnte sich glücklich schätzen, daß Riker ein eigenes Kommando abgelehnt hatte. In kritischen Situationen brauchte er jemanden, auf den er sich absolut verlassen konnte.

Außerdem habe ich auch noch Data, dachte der Captain. »Mr. Data …«, sagte er laut. »Ihre Beobachtungen.«

Der Androide wandte sich von seiner Konsole ab. »Die Furien sind sich ihrer Macht ziemlich sicher. Aus den Überlieferungen vieler verschiedener Kulturen geht hervor, daß sie die Völker in diesem Raumsektor über Jahrtausende hinweg versklavten. In der terranischen, vulkanischen und klingonischen Geschichte gibt es deutliche Hinweise auf maßgeblichen Einfluß und sogar Dominanz der Furien.«

Picard nickte. »Fahren Sie fort.«

Data wirkte ein oder zwei Sekunden lang verwirrt. »Ich glaube, der Kommandant des Furienschiffes hat nicht mit einer solchen Reaktion auf seine erste Botschaft gerechnet. Ihr Verhandlungsangebot verwirrte ihn, und er zögerte, als Sie Botschafter erwähnten.«

»Zögerte er deshalb, weil er mein Angebot in Erwägung zog?« fragte Picard. Er war so sehr darauf konzentriert gewesen, seine Gefühle zu kontrollieren, daß er gar nicht versucht hatte, den Gesichtsausdruck des fremden Wesens zu interpretieren.

»Nein, Sir. Ich vermute vielmehr, daß er den Begriff nicht kannte. Wahrscheinlich haben die Furien in ihrer jüngeren Geschichte keine Verhandlungen geführt. Vielleicht wußten sie damals nicht einmal, was Captain Kirk beabsichtigte. Aus den Aufzeichnungen wissen wir, daß Kirk den Kampf hinauszögern und Gespräche mit den Furien führen konnte, weil sie nach einem Beweis dafür suchten, ihre alte Heimat erreicht zu haben. Als sie ihn fanden, griffen sie an.«

Picard preßte die Fingerspitzen aneinander. »Spekulieren Sie ein wenig, Mr. Data. Wenn die Fremden nicht hier sind, um Verhandlungen zu führen – warum sind sie dann nur mit fünf Schiffen gekommen?«

»Dafür kämen mehrere Erklärungen in Frage, Captain. Wenn Ihre Hypothese stimmt und die Furien eine Waffe entwickelt haben, die uns mit Furcht lähmt ... In dem Fall könnten sie der Ansicht sein, daß fünf Schiffe völlig ausreichen. Der historische Präzedenzfall sowie die üblichen militärischen Taktiken weisen darauf hin, daß es sich bei den fünf Schiffen um eine Vorhut handelt, um Scoutschiffe sozusagen.«

Picard spürte, wie er schauderte. Hoffentlich sah man es ihm nicht an.

»Auf der Basis dieser Überlegungen habe ich Analysen in Hinsicht auf die Strategie angestellt«, sagte Data. »Die fünf Schiffe scheinen jenen Raumbereich zu bewachen, an dem ihr Retransfer stattfand, den sogenannten Furienpunkt. Wir vermuten dort ein Wurmloch, aber selbst nach achtzig Jahren aufmerksamer Beobachtungen haben wir keine Möglichkeit gefunden, es so zu benutzen wie zum Beispiel das Wurmloch in der Nähe von Bajor. Es scheint ganz und gar der Kontrolle durch die Furien zu unterliegen. Entweder wissen sie, wann es sich öffnet, oder es wurde künstlich geschaffen.«

Datas Ausführungen beruhigten Picard. Er empfand es als große Erleichterung, jemanden rational sprechen zu hören.

»Was glauben Sie?«

»Ich gehe von einer künstlichen Natur des Wurmlochs aus«, erwiderte Data. »Wenn die Ankunft der Furien im Alpha-Quadranten von der Öffnung des Wurmlochs abhinge, so wären sie bestimmt mit einer großen Invasionsflotte gekommen. Woraus folgt: Wenn die fünf Schiffe eine Art Vorhut bilden, so ist das Wurmloch künstlichen Ursprungs. In dem Fall müssen wir bald mit dem Eintreffen weiterer Schiffe rechnen.«

Picard schluckte. Noch mehr Furien. Es klang plausibel. Und es bedeutete, daß ihnen nicht viel Zeit blieb.

»Sir«, fuhr Data fort, »während Ihres Gesprächs mit dem Kommandanten des Furienschiffes habe ich mir erlaubt, mehrere Untersuchungen durchzuführen. Dabei hielt ich Ausschau nach dem Grund für den emotionalen Streß, den die Präsenz der Furien bei Ihnen bewirkt.«

Neue Erleichterung strömte durch Picard. »Ausgezeichnet.«

»Leider gelang es mir nicht, die Ursache zu finden. Der Kom-Kontakt schien völlig normal zu sein, und die Furienschiffe setzten keine Waffen ein, die unsere Sensoren entdecken konnten.«

Woraus keineswegs der Schluß gezogen werden durfte, daß entsprechende Waffen nicht existierten. Jahrzehntelang waren Föderationsschiffe nicht imstande gewesen, einen in der Nähe befindlichen romulanischen Warbird zu orten.

»Darüber hinaus habe ich einige Tests in Hinblick auf das Raumgebiet durchgeführt, in dem wir uns hier befinden. Ich bin dabei von der Annahme ausgegangen, daß die emotionale Anspannung von einer Art Kraftfeld verursacht werden könnte.«

Es überraschte Picard, daß er nicht selbst an diese Möglichkeit gedacht hatte. Sicher lag es daran, daß zuviel mentale Energie für das Bestreben verwendet wurde, ruhig zu bleiben.

»Und?« fragte er.

»Nichts, Sir. Offenbar befinden wir uns hier in einem ganz gewöhnlichen Bereich des Alls.«

Aus irgendeinem Grund fühlte sich Picard von diesen Hinweisen nicht enttäuscht. Sie zeigten ihm, daß es Antworten gab – Antworten jenseits des von den Furien stimulierten Entsetzens.

Es kam darauf an, sie zu finden, bevor die Fremden mit dem entscheidenden Angriff begannen.

»Hervorragende Arbeit, Mr. Data«, sagte Picard. »Bitte setzen Sie Ihre Bemühungen fort. Geben Sie mir Bescheid, wenn Sie Hilfe benötigen.«

»Aye, Sir.« Data wandte sich wieder seiner Konsole zu.

Picard widerstand der Versuchung, die Finger zu kreuzen. Wenn sie eine Möglichkeit fanden, sich vor der von den Furien geschickten Angst zu schützen... Damit hätten sie die halbe Schlacht gewonnen. Vielleicht sogar noch mehr. Data entwickelte Ideen, die Picard nicht in den Sinn kamen – dieser Umstand wies deutlich auf den Vorteil hin, den die Furien durch die Furcht ihrer Gegner bekamen.

Diesen Vorteil wollte Picard ihnen nehmen.

So schnell wie möglich.

10

Mit gesenktem Kopf ging Riker durchs Schiff. Nach dem Verlassen des Turbolifts hatte er zunächst versucht, sich so zu verhalten, als sei alles in bester Ordnung. Doch das brachte er einfach nicht fertig. Er sah die Furcht in den Gesichtern der Besatzungsmitglieder, und dadurch wuchs das gleiche Empfinden in ihm. Irgendwie mußte es ihm gelingen, es aus sich zu verbannen. Captain Picard spürte die Angst ebenfalls, aber er hielt sie unter Kontrolle. Daran wollte sich Riker ein Beispiel nehmen, so schwer es ihm auch fiel.

Er verstand nun, warum sich die Klingonen von ihrem damaligen Kampf gegen die Furien entehrt fühlten. Riker hatte einmal an Bord eines klingonischen Schiffes gearbeitet und lernen müssen, mit Intrigen, ständiger Gefahr und an ihn gerichteten Herausforderungen fertig zu werden. Unruhe wurde damals zu einem ständigen Begleiter. Jetzt erfüllte ihn ein noch viel tieferes Unbehagen.

Ähnlich mußte es den Klingonen während jener ersten Schlacht ergangen sein. Mut und Tapferkeit gehörten zu ihren wichtigsten Wesenszügen. Sie verstanden es, Schwierigkeiten zu überwinden. Nie litten sie an irrationaler Furcht. Wenn sie es mit Angst zu tun bekamen, so stellten sie sich ihr, um den Sieg über sie zu erringen.

Ein Klingone schätzte das Risiko ein und zog dann in den Kampf. Doch damals war ein klingonischer General in Panik geraten und hatte ausgerechnet die Föderation um Hilfe gebeten. Kein Wunder, daß sie nie die Schlacht gegen die Furien erwähnten, nicht einmal in ihren Legenden.

Riker fragte sich, wogegen er derzeit kämpfte. Vielleicht gegen sich selbst?

Überall im Schiff zeigten sich die Auswirkungen der emotionalen Flut. Manche Besatzungsmitglieder lagen bewußtlos auf dem Boden. Andere hockten in Ecken und stöhnten. Einige Männer und Frauen liefen so durch die Korridore, als sei der Teufel höchstpersönlich hinter ihnen her – und das mochte sogar der Fall sein.

Doch viele Angehörige der Crew kamen inzwischen wieder zu sich. Sie drängten die Furcht zurück, konzentrierten sich auf ihre Umgebung und halfen jenen, die noch immer in einer Welt des Grauens gefangen waren. Sie wirkten wie gehetzt, und Riker vermutete, daß er den gleichen Eindruck erweckte. Wenn er dies überlebte, würde er seine eigenen Fähigkeiten vermutlich anders beurteilen als zuvor.

Schließlich erreichte der Erste Offizier den Maschinenraum. Drei Techniker waren bewußtlos und lagen neben der Tür. Blasse Spezialisten untersuchten den Warpkern. Hier und dort fanden Reparaturen statt.

Geordi leitete die Arbeiten, und nur seine Bewegungen verrieten, daß er ebenfalls an der Furcht litt. Wenn die Anspannung wuchs, reagierte Geordi immer mit Eile. Diesmal entfaltete er hektische Aktivität.

Riker stellte überrascht fest, daß Redbay zu den Anwesenden zählte. Jemand anders hatte den Dienstplan für diese Woche erstellt und Redbay der technischen Abteilung zugewiesen. Er beugte sich gerade über eine Konsole, preßte die Stirn an ein kühles Wanddisplay.

»Sam«, sagte Riker.

Redbay nahm sofort Haltung an, und ein derartiges

Verhalten war völlig untypisch für ihn. Normalerweise wirkte er immer träge, selbst im Kampf. Er bewegte sich immer so, als gäbe es überhaupt keine Gefahren, nur Unannehmlichkeiten. Aber jetzt existierten in seinem Gebaren keine Anzeichen von Lässigkeit mehr. Fest hielt er den Laserstift in einer Hand und nickte dem Ersten Offizier knapp zu.

Auch er sah wie gehetzt aus.

Ihre Blicke trafen sich, und jeder von ihnen wußte, was der andere durchgemacht hatte.

»Der Captain hat mich geschickt. Er glaubt, daß wir eine Möglichkeit finden können, die emotionale Flut zu blockieren.«

»Der Meinung bin ich ebenfalls«, erklang Geordis sachliche Stimme hinter Riker. »Ich vermute eine Verbindung zwischen der Furcht, die wir in der Raumstation spürten, und der Angst, die sich hier ausbreitete. Viele Besatzungsmitglieder der *Enterprise*, die von Entsetzen erfaßt wurden, haben die Furien überhaupt nicht gesehen. Hinzu kommt, daß eine nicht unbeträchtliche Anzahl von Personen an Bord aus anderen Völkern stammt und daher wohl kaum die Ängste unseres Unterbewußtseins teilt. Wenn ich von einer Hypothese ausgehen müßte, würde ich sagen, daß nur einige bestimmte Terraner von den bildlichen Metaphern entsetzt wären, die wir in der Brundage-Station sahen. Aber ich kann nicht leugnen, daß mir die Symbole einen gehörigen Schrecken eingejagt haben – obgleich ich erst an der Starfleet-Akademie von den Furien und einigen besonders phantasievollen Versionen der Hölle erfuhr.«

»Gase können wir ausschließen«, sagte Redbay. »Unsere Nasen entdecken nichts, und vom Computer wissen wir, daß die Zusammensetzung der Luft unverändert ist.«

»Ich möchte noch keine Möglichkeit ausklammern«,

erwiderte Riker. »Manche Gase sind geruchlos und können sich trotzdem auf uns auswirken.«

»Aber der Computer sollte in der Lage sein, entsprechende Fremdkomponenten in unserer Atemluft festzustellen.«

Riker schüttelte den Kopf. »Unsere Systeme sind gut, jedoch nicht perfekt. Die Furien beeinflussen irgendwie unsere Empfindungen, ohne daß unsere Sensoren etwas orten. Sie sind schon einmal in diesem Quadranten gewesen, vor achtzig Jahren. Also hatten sie genug Zeit, um eine Waffe zu entwickeln, die wir nicht entdecken können und deren Einsatz uns schwächt.«

»Wenn wir über die Art der Waffe Bescheid wüßten, wären wir einen wichtigen Schritt weiter«, sagte Geordi.

»Falls eine Waffe existiert«, schränkte Riker ein, obgleich er wußte, daß er damit zu vorsichtig war. Seiner Ansicht nach bestand kein Zweifel daran, daß die *Enterprise* angegriffen worden war.

»Es gibt eine«, betonte Redbay. »Ich bin ganz sicher.«

Riker musterte seinen Freund, und ein verstehendes Lächeln umspielte seine Lippen. Ja, es mußte eine Waffe geben – nicht etwa deshalb, weil es die Logik verlangte, sondern damit sie ihren Stolz bewahren konnten. Bevor jemand die Zulassung für ein Studium an der Starfleet-Akademie bekam, prüfte man seine oder ihre Fähigkeit, Furcht zu ertragen. Ein Kadett mußte stark sein, um mit Geschöpfen zu verhandeln, die ihn entsetzten; es kam darauf an, auch in ausweglos erscheinenden Situationen nicht den Kopf zu verlieren.

Starfleet-Angehörige sollten sich immer in der Gewalt haben.

So wie der Captain.

Riker sagte sich, daß auch er nicht dem Entsetzen

zum Opfer gefallen war. Er blieb Herr über sein Denken und Handeln, wirkte auf andere Leute vielleicht ebenso gelassen wie Picard.

Aber tief in seinem Innern befürchtete er nach wie vor, die Kontrolle über sich zu verlieren.

Er schob diese Besorgnis beiseite.

»Ich habe einige Ideen, Will«, sagte Redbay. »Ich denke über sie nach, seit...« Er zögerte und schnitt eine Grimasse. »Seit ich mein Gehirn zurück habe. Nehmen wir einmal an, daß die Furien tatsächlich eine Waffe entwickelt haben, die unsere Emotionen manipuliert. Es muß sich um etwas handeln, das aus der Ferne wirkt, über gewisse Distanzen hinweg projiziert werden kann. Um Gas durchs Vakuum zu schicken, braucht man ein Schirmfeld, das sich kaum verbergen ließe.«

»Uns ist nicht bekannt, wo die Grenzen der Furien-Technik liegen«, entgegnete Geordi. »Vielleicht sind sie imstande, ein solches Kraftfeld zu tarnen.«

»Ja, vielleicht«, sagte Redbay. »In der Raumstation kam es zu Reaktionen, die auf eine Stimulierung der Sinne hindeuten. Vor allem Geruch käme in Frage. Andererseits: Die emotionale Manipulation machte sich bei uns allen gleichzeitig bemerkbar. Sie befanden sich zu jenem Zeitpunkt in einer Jefferiesröhre, Lieutenant. Und einer der immer noch bewußtlosen Fähnriche weilte beim Warpkern, im Innern des dortigen Schirmfelds.«

»Der Bereich des Warpkerns verfügt über ein separates Filterungssystem für die Luft«, meinte Geordi.

»Und das gilt auch für die Jefferiesröhre.« Riker verstand allmählich, worauf Redbay hinauswollte. »Eine Komponente in der Luft hätte nicht überall an Bord gleichzeitig wirken können.«

»Was bedeutet, daß wir Gase und dergleichen ausklammern können«, sagte LaForge.

Riker nickte.

»Geräusche«, ließ sich Redbay vernehmen. »Sie könnten alle Personen an Bord praktisch gleichzeitig erreichen. Aber soweit ich weiß, hat Captain Picard sein Kom-Gespräch mit den Furien nicht über die internen Kanäle übertragen.«

»Nein, das hat er nicht.« Riker runzelte die Stirn. »Wenn es sich um einen akustischen Faktor handelt, so müßten die Fremden eine Wellenlänge benutzt haben, die zu ihren Kom-Signalen gehörte. Als der externe Kanal geschlossen wurde, hätte die Wirkung sofort aufhören müssen.«

»Ja«, räumte Geordi ein. »Entweder waren die Manipulierungssignale Teil der Sendung, oder sie kamen aus einer anderen Quelle und durchdrangen irgendwie die Außenhülle des Schiffes, um anschließend in uns allen Entsetzen entstehen zu lassen. Auch in diesem Fall wäre ein spezielles Schirmfeld nötig, denn im Vakuum kann sich kein Schall ausbreiten.«

»Woraus sich erneut die Frage der Tarnung eines solchen Kraftfelds ergibt«, sagte Redbay. »Ich kann mir kaum vorstellen, daß so etwas der elektronischen Aufmerksamkeit unserer Sensoren entgeht.«

»Zum betreffenden Zeitpunkt sondierte Data die Schiffe der Furien«, erwiderte Riker. »Ohne etwas zu entdecken.«

»Also verwenden die Fremden etwas Subtileres. Etwas, das nicht offensichtlich ist und auf uns alle gleichzeitig wirkt.«

»Es müßte eine Art Strahl sein, den wir nicht sofort erkennen.« Aufregung erklang nun in Geordis Stimme. »Wir sollten alle entsprechenden Möglichkeiten untersuchen.«

»Nein, nicht alle.« Riker ahnte erneut, in welche Richtung Redbays Worte zielten. »Nur die möglichen Auslöser für unsere Furchtreaktionen.«

»Geruch, Geräusche, Bilder – was sonst noch?« fragte LaForge.

Redbay schüttelte den Kopf. »Vielleicht geht es vor allem um die Reaktionen auf solche Sinnesstimuli. Was produziert der Körper, wenn er es mit solchen Dingen zu tun bekommt? Pheromone? Auf diesem Gebiet kenne ich mich nicht besonders gut aus.«

»Fällt das nicht unter die Kategorie ›Geruch‹?« erkundigte sich Riker. In dieser Hinsicht waren auch seine Kenntnisse begrenzt, aber er wußte, wen er fragen konnte.

Geordi zuckte mit den Schultern. »Ich muß da ebenfalls passen. Wir sollten mit Dr. Crusher darüber reden. Außerdem halte ich eine gründliche Untersuchung bei uns selbst für angebracht. Wir müssen ganz sicher sein, daß Sie, Data und ich nichts von der Station mitgebracht haben. Vielleicht sind wir dort in eine Falle der Furien getappt – um dann den Auslöser für die Angst zur *Enterprise* mitzunehmen. Man stelle sich eine Art Virus vor, das sich in der Luft ausbreitet und per Kom-Signal von den Furien gewissermaßen aktiviert werden kann.«

»Das ist eine Möglichkeit«, sagte Redbay.

Riker nickte. Logik teilte ihm mit, daß es für die Aktivitäten der Furien in der Brundage-Station einen guten Grund geben mußte. Sie hatten die seltsamen Symbole vermutlich nicht einfach so hinterlassen.

»Ich schlage vor, wir stellen auch in dieser Hinsicht Nachforschungen an«, meinte Riker. »Der Captain wies übrigens darauf hin, daß der nächste emotionale Angriff noch stärker sein könnte.«

»Brachten die Furien auch damals eine solche Waffe zum Einsatz?« fragte Redbay.

»In den historischen Aufzeichnungen wird sie nirgends erwähnt«, antwortete Riker. »Die damaligen Furchtreaktionen schienen sich in erster Linie auf das

Aussehen der Fremden zu beziehen. Kirk und seine Leute wiesen nicht darauf hin, daß die Furien eine emotionale Waffe verwendeten.«

»In den alten Berichten ist die Rede von kulturellen Dämonen und Teufeln«, sagte Geordi langsam. »Von Gestalten aus Mythen und dergleichen. Für die Klingonen spielen solche Dinge eine große Rolle, selbst heute noch. Deshalb baten sie damals ausgerechnet Kirk um Hilfe. Erinnern Sie sich an Worfs Reaktion auf die Rückkehr von Kahless?«

Riker nickte.

»Hier liegt der Fall anders«, fuhr LaForge fort. »Als mich in der Jefferiesröhre die Angst packte, dachte ich an ein Feuer, das ich als Fünfjähriger erlebte. Ich hätte schwören können, daß alles an Bord der *Enterprise* brannte.«

»Ich erlebte noch einmal das Grauen jenes Tages, als meine Eltern starben«, sagte Redbay.

Riker hatte nie ein derartiges persönliches Entsetzen empfunden, und daher gab es für ihn nichts, das er mit der Furcht in Verbindung bringen konnte. Aus irgendeinem Grund beunruhigte ihn das. »Worauf wollen Sie hinaus, Geordi?« fragte er und zwang seine Gedanken fort von der Furcht. Er wollte nicht länger darüber nachdenken, ob er sie kontrollieren konnte oder nicht.

»Als uns die Angst erfaßte, fand unser Selbst keine externe Ursache, suchte deshalb nach Erlebnissen, die ein ähnliches Empfinden verursachten. Auf dieser Grundlage schuf unser Bewußtsein eine Scheinrealität. Ich schließe daraus, daß es sich nicht um eine kulturelle Angelegenheit handelt. Es steckt etwas anderes dahinter.«

»Womit wir wieder bei einer Waffe wären«, pflichtete Redbay dem Chefingenieur bei. »Eine Waffe, die Reaktionen bewirkt, wie sie sonst von Gerüchen, Geräuschen und Bildern hervorgerufen werden.«

Geordi lächelte. »Wenn es eine solche Waffe gibt, so entdecken wir sie und finden eine Möglichkeit, uns vor ihr zu schützen.«

Auch Riker lächelte. Die Furcht existierte noch immer, wie das Summen einer Maschine im Hintergrund, aber sie wurde erträglich. »Wir müssen mit einer systematischen Suche beginnen.«

»Ja«, bestätigte Redbay.

Picards Stimme erklang aus den Interkom-Lautsprechern. »Führungsoffiziere zum Konferenzzimmer.«

Die Anweisung ließ Riker schaudern. Er wollte gar nicht wissen, zu welchem neuen Notfall es gekommen war.

Darin kam seine Furcht zum Ausdruck.

Er holte tief Luft. Geordi klopfte ihm auf die Schulter und wandte sich dann an Redbay. »Fangen Sie mit der Suche an, Lieutenant. Ich kehre so schnell wie möglich zurück.«

Redbay nickte und beugte sich zu den Konsolen vor. Riker und Geordi verließen den Maschinenraum mit langen Schritten.

»Sam ist einfallsreich«, sagte der Erste Offizier, als sie den Turbolift betraten. »Bestimmt findet er heraus, was vor sich geht.«

»Hoffentlich«, erwiderte Geordi. »Ich habe nämlich das unangenehme Gefühl, daß uns nicht mehr viel Zeit bleibt.«

11

Beverly Crusher blieb vor der Tür von Deannas Quartier stehen. Sorge führte dazu, daß ihr das Herz bis zum Hals empor schlug. Oder lag es vielleicht an der gestaltlosen Furcht, die noch immer in ihr prickelte? Sie gab sich einen Ruck, klopfte an.

Keine Antwort.

»Und jetzt?« hauchte sie. Verwirrte und benommene Besatzungsmitglieder wankten durch den Korridor. Einige Meter entfernt lag eine junge Frau am Boden, die Arme vor dem Gesicht – offenbar war sie bestrebt gewesen, sich vor irgend etwas zu schützen, bevor sie das Bewußtsein verlor.

Beverly zögerte und rang mehrere Sekunden lang mit der Versuchung, sich der Ohnmächtigen zu nähern und sie zu behandeln. Dann erinnerte sie sich wieder daran, warum sie hierhergekommen war. Mit neuer Entschlossenheit strich sie ihr Haar zurück und sagte: »Computer, medizinische Priorität.«

Mit einem leisen Zischen glitt das Schott vor ihr beiseite. Dahinter lag Deanna, das Gesicht an den Teppichboden gepreßt, eine Hand gehoben, die andere unter ihrem Körper verborgen.

Offenbar hatte sie versucht, zur Tür zu kriechen, um einem schrecklichen Etwas hinter ihr zu entkommen.

Beverly begriff, daß ihre Sorgen berechtigt gewesen waren.

Sie kniete neben der Counselor und holte ihren medizinischen Tricorder hervor. Deanna hatte die Augen verdreht, und ihre Lider zitterten. Der Mund war geöffnet. Die Wangen fühlten sich feucht und klamm an.

Die Ärztin aktivierte den Tricorder und begann mit der Untersuchung. Sie stellte einen zu hohen Puls fest, was auch für Blutdruck und Adrenalinspiegel galt. Doch Deanna Troi rührte sich nicht. Ihre Biodaten ähnelten denen von Lieutenant Young.

Offenbar erging es der Counselor ebenso wie dem jungen Mann von der Brundage-Station:

Sie starb.

Beverly nahm ihren Injektor zur Hand und zögerte dann. Wenn sie Deanna jetzt weckte, so erlebte sie die Hölle. Die Anzeigen des Tricorders deuteten darauf hin, daß sie bewußtlos war, was jedoch nicht die enorme Anspannung aus ihr vertrieb. Ein Erwachen bedeutete, daß ihr Bewußtsein mit dem ganzen emotionalen Streß fertig werden mußte – was vermutlich zuviel für sie gewesen wäre.

Die Ärztin entschied, Deanna ein Sedativ zu verabreichen, etwas, das sie vor den psychischen Emanationen der anderen Besatzungsmitglieder schützte. Es gab einige dafür geeignete Mittel, doch sie befanden sich in der Krankenstation.

»Computer«, sagte Beverly, »transferiere alle Daten über betazoidische Empathie und entsprechende Neutralisierungsmittel in die Terminals der Krankenstation.«

»Transfer durchgeführt.«

»Der erste Schritt«, sagte die Ärztin zu sich selbst. Sie fand das gesuchte Sedativ in ihrer Medo-Tasche und injizierte es Deanna. Die Augen der Counselor schlossen sich langsam, und sie schien etwas ruhiger zu atmen.

»Computer, befindet sich jemand in den Transporterräumen?«

»Die Transporterräume sind leer.«

Ausgerechnet jetzt. Beverly hätte am liebsten laut geflucht.

»Computer, lokalisiere Chief Anderson.«

»Transporterchef Anderson befindet sich im Maschinenraum.«

Beverly klopfte auf ihren Insignienkommunikator. »Anderson, hier ist Crusher. Ich benötige einen Nottransfer zur Krankenstation.«

»Tut mit leid, Doktor«, antwortete Anderson. »Die hiesigen Transporterkontrollen sind beschädigt worden. Haben Sie bei den Transporterräumen nachgefragt?«

»Ja, Chief. Dort befindet sich zur Zeit niemand.«

»Ich könnte einen von ihnen aufsuchen …«

»Ich bitte Sie darum. Beamen Sie mich zur Krankenstation, wenn ich sie bis dahin noch nicht erreicht habe.«

»Aye, Sir.«

Beverly schlang sich den Riemen der Medo-Tasche um die linke Schulter und hob Deanna hoch, den einen Arm unter ihrem Rücken und den anderen unter ihren Knien. Langsam richtete sie sich auf.

»Ich schaffe es«, sagte sie sich. »Ein Schritt nach dem anderen. Es ist nicht unmöglich.«

Langsam ging sie zur Tür, und als sie den Korridor erreichte, wuchs ihre Zuversicht. Es war schon eine ganze Weile her, seit sie zum letztenmal jemanden getragen hatte. Aber sie konnte es schaffen. Es kam vor allem darauf an, tief zu atmen und gleichmäßig zu gehen.

Plötzlich tönte Captain Picards Stimme aus den Kom-Lautsprechern. »Führungsoffiziere zum Konferenzzimmer.«

»Gutes Timing, Jean-Luc«, murmelte Beverly.

Lieutenant Worf erreichte den Konferenzraum als letzter. Er hatte zunächst sein Quartier aufgesucht, um das von Kahless stammende Bat'leth zu berühren, ein Symbol seines Mutes.

Seine erste Reaktion auf die Furien entsetzte ihn. Er wußte, wie damals die Klingonen auf den ersten Angriff der Fremden reagiert hatten, und er war sicher gewesen, daß ein moderner Klingone nicht derart in Panik geraten konnte.

Er hatte sich dazu hinreißen lassen, den Captain darauf hinzuweisen, daß Furcht auch positiv und angebracht sein konnte.

So als müßte er seine eigene Angst rechtfertigen.

Nur Feiglinge versuchten, Rechtfertigungen für ihre Furcht zu finden.

Und Worf war kein Feigling.

Er betrat das Konferenzzimmer und versuchte, ganz normal zu wirken. Riker und LaForge waren kurz vor ihm eingetroffen. Worf sah die Vermutung bestätigt, durch den kurzen Abstecher in seine Unterkunft keine Zeit verloren zu haben.

Und selbst wenn er sich verspätet hätte: Es war wichtig, daß er sich an die klingonische Ehre erinnerte, nicht an die klingonische Schande.

Captain Picard stand neben seinem Sessel. Die anderen saßen bereits, und zwei Plätze blieben leer.

Dr. Crusher und Counselor Troi fehlten.

Deannas Platz schleuderte Worf eine jähe Botschaft entgegen, nannte ihn einen Narren und Feigling.

Er sah zur Tür. Er hätte daran denken sollen, wie überwältigend die emotionale Flut auf Deanna wirkte. Sie alle waren von der Furcht überrascht worden. Niemand von ihnen hatte Gelegenheit bekommen, sich darauf vorzubereiten, auch Deanna nicht.

Riker starrte ebenfalls zu dem leeren Sessel. Vermutlich gingen ihm ähnliche Gedanken durch den Kopf, was Worf jedoch keinen Trost bescherte.

Beide Männer setzten sich gleichzeitig in Bewegung und gingen zur Tür.

»Ich habe Sie zu einer Besprechung hierhergerufen«, sagte Picard ruhig.

»Aber Deanna …«, begann Worf.

Picard nickte. Er verstand. »Sie wird kommen, wenn sie dazu imstande ist.«

»Sollte nicht jemand feststellen, wie es ihr geht?« fragte Riker.

»Von der Krankenstation habe ich erfahren, daß sich Dr. Crusher um sie kümmert.« Der Captain legte die Hände auf den Rücken. Worf kannte die Bedeutung dieser Geste: Picard hielt diesen Punkt für geklärt.

Doch der Klingone konnte es nicht dabei belassen.

»Ich bitte um Verzeihung«, sagte er. »Aber ich bin trotzdem der Ansicht, daß wir nach ihr sehen sollten.«

»Ich verstehe Ihre Besorgnis, Lieutenant, doch bei Dr. Crusher ist Deanna in guten Händen. Derzeit brauche ich Sie hier.«

Worf atmete tief durch. Er kannte seine Pflicht. Aber er wußte auch, wie wichtig Deanna für das Schiff war.

Und für ihn.

Er drehte sich um, kehrte zum Tisch zurück und nahm Platz. Commander Riker stand noch immer an der Tür und wirkte so unschlüssig wie nie zuvor.

»Ich brauche auch Sie, Will«, sagte Picard. »Wir alle sind besorgt um Deanna, doch im Augenblick müssen wir uns um andere Dinge kümmern. Ich habe gerade eine verschlüsselte Nachricht von Admiral Kirschbaum erhalten. Die *Madison* und die *Idaho* …«

Es zischte leise, und die Tür öffnete sich. Beverly Crusher kam herein. Rotes Haar klebte an ihrer schweißfeuchten Stirn, und Schweißflecken zeigten sich an der Uniform.

»Bitte entschuldigen Sie die Verspätung, Captain«, sagte sie und sank in den nächsten Sessel.

Furcht und Entsetzen quollen erneut in Worf empor, und er brauchte seine ganze geistige Kraft, um dieses Empfinden zurückzudrängen. Aus einem Reflex heraus ballte er die Fäuste. »Was ist mit der Counselor?« brachte er hervor.

Dr. Crusher sah ihn an, und ihre Lippen bildeten einen Strich. »Ich habe sie zur Krankenstation gebracht und ihr ein Sedativ verabreicht. Außerdem bekam sie einige spezielle empathische Neutralisierungspräparate. Als ich sie fand, litt sie an einem emotionalen Streß, der bei ihr eine besonders hohe Intensität gewann. Die Belastung war einfach zu groß für sie.«

»Ähnelt ihr Zustand dem von Lieutenant Young?« erkundigte sich Riker.

»Eine gewisse Ähnlichkeit ist tatsächlich vorhanden«, erwiderte Dr. Crusher. »Wir alle haben das Entsetzen gespürt, doch Deanna nahm es auf eine wesentlich stärkere Weise wahr. Ich glaube nicht, daß ihr Zustand auf einen individuellen Faktor zurückgeht, denn nach der Betäubung ihres empathischen Zentrums ließ sich eine deutliche Verbesserung des Allgemeinzustands feststellen.«

»Wann kommt sie wieder zu sich?« fragte der Captain.

»Ich halte es nicht für eine gute Idee, sie zu wecken, bevor diese Sache vorüber ist«, antwortete Dr. Crusher. »Ich weiß nicht, wieviel sie ertragen kann.«

»Es wird bestimmt noch schlimmer«, gab Worf zu bedenken. »Wenn es zu einer direkten Konfrontation mit den Furien kommt. Bisher bekamen wir es nur über eine recht große Distanz hinweg mit ihnen zu tun.«

»Rechnen Sie mit einer unmittelbaren Begegnung, Mr. Worf?« fragte der Captain.

»Ja, Sir. Was wir in der Brundage-Station fanden und über die Geschichte der Furien wissen, deutet meiner Ansicht nach darauf hin, daß es zu einem direkten Kampf kommen wird.«

»Wenn sich die Fremden hier an Bord der *Enterprise* zeigen oder einen Kontakt mit Deanna herstellen...«, sagte Dr. Crusher. »In dem Fall könnte ich ihre geistige Gesundheit nicht mehr garantieren. Und unsere ebensowenig. Ich hatte auf Deannas Hilfe bei der Behandlung von Lieutenant Young gehofft. Ich glaube, seine Schwierigkeiten sind in erster Linie psychischer und nicht physischer Natur.«

»Hmm.« Der Captain verstand ganz offensichtlich, in welche Richtung die Worte der Ärztin zielten.

Worf stimmte Crusher zu. Er war davon überzeugt gewesen, vor solchen Dingen geschützt zu sein, aber das Entsetzen der Furien hatte auch ihn berührt. Er mußte sich eingestehen, daß er genauso reagierte wie seine Vorfahren – auch er war in Panik geraten.

Der Captain hatte es mehrfach betont: Um die gegenwärtige Krise zu überwinden, mußten sie ihre Furcht unter Kontrolle bringen.

Worf wollte sich alle Mühe geben, nicht nur um seiner selbst willen, sondern auch, um Unheil von Deanna abzuwenden.

»Es dürfte am besten sein, Deanna und Lieutenant Young Ihrer Pflege zu überlassen, Beverly«, sagte der Captain.

Er bewegte die Hände und schien nicht recht zu wissen, was er mit ihnen anfangen sollte. Schließlich faltete er sie. »Admiral Kirschbaum hat sich erneut mit mir in Verbindung gesetzt. Die *Madison* und die *Idaho* treffen in drei Stunden ein. Die Klingonen und Vulkanier schicken ebenfalls Hilfe. Zwei der nächsten klingonischen Kriegsschiffe erreichen uns etwa zur gleichen Zeit wie die genannten Starfleet-Einheiten. In vier

Stunden können wir mit der vulkanischen *T'Pau* rechnen.«

»Nur zwei Schiffe?« fragte Worf. Erneut regte sich in ihm die Furcht, die er in einen fernen Winkel seines Selbst zu verbannen versuchte. Die Klingonen wollten nicht erneut Schande über sich bringen ...

»Man hat mir mitgeteilt, daß die klingonische Heimatwelt zwei Verteidigungslinien vorbereitet, Mr. Worf. Die eine befindet sich hier, und die andere, wichtigere erstreckt sich tiefer im Innern des Imperiums. Die Föderation trifft ähnliche Vorbereitungen. Wir sind gewissermaßen die Front. Hier findet die erste Schlacht eines möglicherweise sehr langen und verlustreichen Krieges statt.«

Eine zweite Verteidigungslinie war nicht typisch für das klingonische Militär. Worf verschränkte die Arme und zwang sich, still zu bleiben. Beim ersten Kontakt mit den Furien hatte sein Volk sehr impulsiv reagiert. Es ergab durchaus einen Sinn, daß es jetzt mehr Vorsicht walten ließ.

»Es glaubt also niemand, daß wir diese Sache überleben«, sagte Commander Riker. Ein Hauch Bitterkeit erklang dabei in seiner Stimme.

»Starfleet geht von Captain Kirks Annahmen aus, Nummer Eins. Der ersten *Enterprise* gelang es mit Mühe und Not, den Sieg über ein Furienschiff zu erringen. Zugegeben, es unterschied sich von den fünf Raumern, mit denen wir es jetzt zu tun haben. Aber wie dem auch sei: Kirk vermutete damals, daß die Furien bei ihrem nächsten Erscheinen stärker sein würden. Daß sie nicht erneut mit nur einem Schiff kamen, sondern mit fünf, scheint diese Theorie zu bestätigen.«

»Wir sind jetzt ebenfalls stärker«, warf Geordi ein.

»Ja, Mr. LaForge. Und wir können nur hoffen, daß die Furien nichts davon wissen. Doch derartige Hypothesen können wir nicht zur Basis unserer Verteidigungsstrategie machen. Seit achtzig Jahren gibt es bei Starfleet ein Szenario in Hinsicht auf die Furien. Das erste Schiff im Krisengebiet soll versuchen, mit den Fremden zu verhandeln. Wenn entsprechende Bemühungen erfolglos bleiben, müssen wir davon ausgehen, daß ein Krieg bevorsteht.«

»Unmittelbar nach ihrem Erscheinen griffen die Furien die Brundage-Station an«, erinnerte Worf.

Picard nickte. »Was einen deutlichen Hinweis auf ihre feindlichen Absichten liefert. Bei dem Kampf gegen sie werden wir alle unsere Möglichkeiten nutzen, aber Starfleet glaubt, daß es die Furien schaffen, unsere Verteidigungslinie zu durchstoßen und andere Regionen dieses Quadranten zu erreichen. Deshalb bleibt das Gros unserer Streitkräfte in Reserve.«

»Starfleet Command könnte uns eine Chance geben, bevor wir einfach so abgeschrieben werden«, brummte Geordi.

Worf pflichtete dem Chefingenieur bei, schwieg jedoch. Manchmal bestand die Pflicht eines Kriegers darin, in den Tod zu gehen. In vorderster Front zu sterben, brachte in jedem Fall Ehre.

»Man hat uns nicht abgeschrieben, Mr. LaForge«, sagte der Captain. »In dem Fall würde man wohl kaum weitere Schiffe hierherschicken. Doch aufgrund der ersten Begegnung mit den Furien wissen wir, daß Vorsicht angebracht ist. Bei unserem Gegner handelt es sich nicht um ein anderes raumfahrendes Volk, das im großen und ganzen über die gleiche Technik verfügt wie wir. Die Fremden haben einst über den ganzen Quadranten geherrscht, vermutlich zweitausend Jahre lang, und sie erheben erneut Anspruch darauf. Das sollten wir nicht vergessen.«

Worf beugte sich vor. »Wer nimmt an der größeren Schlacht teil?«

»Das wissen wir noch nicht.« Der Captain holte tief

Luft, so als hätte er bisher gezögert, die nächste Information preiszugeben. »Die Romulaner lehnen es ab, uns zu helfen. Die Cardassianer haben beschlossen, zunächst den Ausgang des ersten Kampfes abzuwarten. Angeblich gilt ihre Besorgnis nicht nur diesem Raumsektor, sondern dem ganzen Quadranten.«

Rikers Kommentar bestand aus einem abfälligen Schnauben.

»Und das Wurmloch in der Nähe von *Deep Space Nine*?« fragte LaForge. »Ist eine Warnung übermittelt worden?«

»Überall im Quadranten weiß man von der Gefahr und trifft Vorbereitungen. Admiral Kirschbaum hofft, daß wir im Lauf der Zeit mehr Unterstützung bekommen. Einige Welten verfügen nur über ein kleines, unzureichendes Verteidigungspotential. Es liegt an uns, dafür zu sorgen, daß die Furien nicht in andere Raumbereiche vorstoßen können.«

Worf stimmte dem Captain zu. Der wichtigste Kampf fand hier statt. Die Föderation und das Imperium verloren ihren Vorteil, wenn es dem Feind gelang, mit seinen Streitkräften bis ins nächste Sonnensystem und darüber hinaus zu gelangen.

»In diesem Zusammenhang ergibt sich ein Problem, Captain«, wandte Dr. Crusher ein. »Zwar kam es bisher nur zu einem peripheren Kontakt, aber die Reaktionen der Crew sind besorgniserregend. In der Krankenstation befinden sich siebenundzwanzig Besatzungsmitglieder, die ich mit starken Sedativen behandeln mußte. Wer sich einigermaßen unter Kontrolle hat, hilft den anderen, die noch immer unter der Furcht leiden. Besonders problematisch wird die Situation in Hinsicht auf die Familien. Viele von ihnen brauchen medizinische und psychologische Hilfe. Ich weiß nicht, wie viele Besatzungsmitglieder bei einem direkten Angriff der Furien fähig wären, auf ihren Posten zu bleiben.«

Picard lächelte schief. »Ich weiß, Doktor. Bevor wir uns den Furien zuwenden, müssen wir unsere Angst besiegen. Haben Sie in dieser Hinsicht bereits etwas herausgefunden, Mr. LaForge?«

»Noch nicht, Sir«, erwiderte der Chefingenieur. »Aber wir arbeiten an mehreren Theorien. Lieutenant Redbay glaubt, daß unsere Furchtreaktionen künstlich ausgelöst werden, und zwar mit Hilfe eines Strahls. Ich neige dazu, ihm zuzustimmen. Derzeit versucht er, die Ursache der emotionalen Manipulation zu finden und eine Art Schirmfeld zu entwickeln, das uns schützt.«

»Wie lange braucht er dafür?« fragte der Captain.

Geordi schüttelte den Kopf. »Das läßt sich kaum abschätzen, Sir. Wir gehen nur von Annahmen und Vermutungen aus. Da wir nicht wissen, wonach es Ausschau zu halten gilt, können wir auch nicht sagen, wann wir zur Entwicklung eines Schirmfelds in der Lage sind.«

»Ich glaube, Lieutenant Redbay arbeitet auf der Basis der richtigen Theorie«, meinte Data. »Nach meiner Analyse sind die Furchtreaktionen an Bord weitaus stärker als bei der Crew von Captain Kirks *Enterprise*. Außerdem zeichnen sie sich durch eine andere Struktur aus.«

Picard nickte. »Wenn wir dem emotionalen Angriff nicht von außen begegnen können, müssen wir etwas von innen dagegen unternehmen.«

Worf war mit dem inneren Kampf vertraut. Klingonen fochten ihn fast ihr ganzes Leben lang. »Im Imperium gibt es eine Technik namens KloqPoq, die uns helfen könnte.«

»Ich weiß nicht, ob dies der geeignete Zeitpunkt dafür ist«, erwiderte Riker.

»Das KloqPoq erfordert nicht unbedingt ein Ritual«, erklärte Worf. »Bei der kurzen Version werden nur einige Worte der Kraft gesprochen, während man ein wenig Öl auf die Stirn streicht.« Im Lauf der Jahre hatte er dieses Ritual des öfteren bei sich selbst durchgeführt, und immer mit Erfolg.

»Unter den gegenwärtigen Umständen bin ich bereit, es mit jedem Mittel zu versuchen«, sagte der Captain. »Nummer Eins, bitte wenden Sie sich mit einem Hinweis an die Crew, der sich auf solche besondere Rituale bezieht. Einige davon wurzeln vielleicht in prähistorischen Kontakten unserer Vorfahren mit den Furien. Wir sollten nichts außer acht lassen. Aber weisen Sie darauf hin, daß die Anwendung entsprechender Rituale nicht zu Lasten des Dienstes gehen darf, Nummer Eins. Je kürzer sie sind, desto besser.«

Picard sah den klingonischen Sicherheitsoffizier an. »Mr. Worf, Sie können die kurze Version des Kloq-Poq bei jedem Besatzungsmitglied anwenden, das Sie darum bittet.«

Worf nickte. »Danke, Sir.« Es freute ihn, daß der Captain ihm die Erlaubnis gab, konkrete Hilfe zu leisten.

»Gibt es medizinische Möglichkeiten, die emotionale Manipulation zu verhindern, Dr. Crusher?«

Beverly strich sich eine Strähne des roten Haars aus der schweißfeuchten Stirn. »Bei Menschen stehen mehrere Methoden zur Verfügung, Captain, aber vor einem Kampf möchte ich lieber keinen Gebrauch davon machen. Sie wirken sich auch auf andere Reaktionen aus.«

»Wir müßten einen Weg finden, allein die Furchtstimulation zu unterbinden.«

»Ich habe mehrere Theorien«, räumte die Ärztin ein. »Allerdings hatte ich bisher nicht genug Zeit, mich eingehender mit ihnen zu befassen.«

»Wie lange würde es dauern, eine Ihrer Theorien auszuprobieren?«

»Etwa eine Stunde.«

Der Captain nickte. »In Ordnung, Beverly. Wenn es gelänge, unsere Angst zu blockieren... Es wäre die beste Verteidigung gegen den nächsten Angriff der Furien.«

»In der Tat«, pflichtete ihm die Ärztin bei.

Picard wandte sich den anderen Offizieren zu. In seinen Bewegungen kam Entschlossenheit zum Ausdruck – er schien einen Plan zu haben. Ob ein solcher Plan tatsächlich existierte oder nicht, spielte eine untergeordnete Rolle. Wichtig war vor allem, daß sich der Captain so verhielt, als *hätte* er einen. Dadurch weckte er Hoffnung in den Führungsoffizieren und inspirierte die Crew.

»Vielleicht gibt es noch ein weiteres Problem«, sagte der Captain. »Derzeit haben wir es mit fünf Schiffen der Furien zu tun, doch wir können nicht sicher sein, daß es dabei bleibt. Möglicherweise stellen die fünf Raumer nur eine Art Vorhut dar, dem eine wesentlich größere Invasionsflotte folgt. Wenn das der Fall ist, können wir die Furien selbst mit Hilfe der anderen bald eintreffenden Schiffe nicht daran hindern, in andere Raumgebiete vorzustoßen.«

Worf schauderte innerlich. »Haben Sie unmittelbare Anhaltspunkte für eine solche Vermutung, Sir?«

»Bisher ist es nur eine Theorie, Mr. Worf.«

»Mir erscheint sie ausgesprochen plausibel«, meinte Data. »Alles deutet darauf hin, daß die fünf Schiffe auf etwas warten – vermutlich auf eine zweite, größere Streitmacht.«

Worf nickte. Eine solche Vorgehensweise entsprach guter militärischer Taktik: Man schicke erst eine Vorhut, um nicht sofort die ganze Flotte der Gefahr auszusetzen.

Picards Blick wanderte über die Gesichter der einzelnen Offiziere, und Worf straffte die Schultern.

»Ich möchte vermeiden, daß sich eine Invasionsflotte

durch das Wurmloch transferiert«, sagte er mit besonders fester Stimme. »Es dürfen keine weiteren Furienschiffe in diesem Quadranten eintreffen. Woraus folgt: Wir müssen nicht nur einen Weg finden, uns vor den emotionalen Angriffen der Fremden zu schützen; es geht auch darum, das Wurmloch zu schließen.«

Stille folgte diesen Worten.

Bisher schien noch niemand richtig darüber nachgedacht zu haben, was ein Krieg gegen die Furien bedeuten konnte. Die Vorstellung einer Invasionsflotte erschien Worf plötzlich sehr real. Die Schiffe der Fremden mußten aufgehalten und das Wurmloch geschlossen werden – darin bestand ihre Aufgabe.

Worf fühlte sich zum Kampf bereit.

Der Captain schritt um den Tisch herum und blieb hinter dem Androiden stehen. »Mr. Data, bitte befassen Sie sich in erster Linie mit dem Wurmloch. Finden Sie eine möglichst effektive Methode, es zu schließen – und zwar so schnell wie möglich.«

»Aye, Sir«, erwiderte Data.

Picard begegnete dem Blick aller Offiziere. Als er Worf ansah, nickte der Klingone. Das Vertrauen des Captains erfüllte ihn mit Zuversicht, wodurch sich seine Kraft erneuerte. Er spürte, wie mit jeder verstreichenden Sekunde mehr von der Schwäche aus ihm wich, die von der Furcht hervorgerufen worden war.

»Ich brauche wohl nicht extra auf die Wichtigkeit unserer Mission hinzuweisen«, sagte Picard. »Dies ist das Flaggschiff der Föderation, und nie zuvor habe ich mit einer besseren, tüchtigeren Crew gearbeitet. Die *Enterprise* hat schon einmal den Sieg über die Furien errungen. Sie wird ihnen auch diesmal eine Niederlage beibringen.«

Aus irgendeinem Grund glaubte Worf in diesem Augenblick, daß der Captain die Wahrheit sprach.

12

Kälte breitete sich im Schiff aus. Die Luft wurde immer dünner, die Nahrung knapp. Offenbar vernachlässigte irgendein Funktionär seine Pflichten.

Schon wieder.

Vergo Vedil schob sich aus dem Kommandosessel und stöhnte dabei. Die Brücke der *Erinnye* war von Ak'lins konzipiert worden. Die schwimmfüßigen Geschöpfe hatten nie in Erwägung gezogen, daß der Kommandant ein Zebub sein mochte. Vedil mußte ständig achtgeben, um auf dem schlüpfrigen Boden mit seinen Hufen nicht auszurutschen.

Es entsprach sicher nicht der Würde eines Vergo, das Gleichgewicht zu verlieren und auf den dornigen Rükken zu fallen. Vedil kratzte sich hinter einem Horn und brach sich dabei fast den Fingernagel ab. Anschließend atmete er zischend ein und spürte, wie kleine Leckerbissen am grünen Speichel festklebten, der seine Zähne bedeckte. Der Blick des Vergo reichte fast bis zur anderen Seite der Brücke, was bedeutete, daß die Atmosphäre viel zu dünn war. Er nahm sich vor, die Sache in Ordnung zu bringen und den Verantwortlichen zu bestrafen.

Langsam streckte er die Glieder. Das Warten erschien ihm immer unerträglicher. Beim Aufbruch mit der Vorhut hatte er sich die Freuden der Invasion ausgemalt – ohne zu ahnen, daß die Stunden zwischen der ersten Attacke und dem Eintreffen der Flotte nur Langeweile bringen würden.

Ythion hatte sich dagegen ausgesprochen, einen der Unreinen am Leben zu lassen, und Vedil erinnerte sich ganz deutlich an das Vergnügen, die anderen in den Tod zu schicken. Die an Bord der Raumstation zurückgebliebenen Zeichen sollten die anderen Unreinen so sehr entsetzen, daß sie keinen klaren Gedanken mehr fassen konnten. Einige Sekunden lang gab sich der Vergo einer sehr verlockenden Vorstellung hin. Er dachte daran, die Seelen der Feinde zu ergreifen und sie langsam aufzuschlitzen, ihren Inhalt zu verstreuen…

Er tastete nach der an seiner Seite hängenden Puppe. Groß und dick war sie, wies damit auf ein langes, ereignisreiches Leben hin. Natürlich drohte seiner Seele keine Gefahr, aber es beruhigte ihn, sie gelegentlich zu berühren.

Vedil blickte zum Hauptschirm und beobachtete das Raumschiff der Unreinen, die erneut versucht hatten, sich mit ihm in Verbindung zu setzen. Vielleicht war ihm bei seiner Vorgehensweise ein Fehler unterlaufen – er hätte sich dabei nicht nur auf die Spezies des Gefangenen konzentrieren sollen. Das Ergebnis der Sondierung seines Bewußtseinsinhalts wies darauf hin, daß sich die Crew des Schiffes aus den Angehörigen verschiedener Völker zusammensetzte. Vielleicht wäre es besser gewesen, beim Kom-Kontakt auch einen Sakill zu zeigen, ein Wesen mit gefurchter Stirn und langem, geflochtenen Haar. Oder einen Jequat, einen steinernen Riesen – der Blick dieses einäugigen Giganten hätte den winzigen Kommandanten des anderen Schiffes sicher sofort zum Schweigen gebracht.

Noch hatten die Unreinen nicht angegriffen. Vielleicht entschlossen sie sich nie dazu. Vielleicht würde sich Vedils Rolle auch weiterhin darauf beschränken, den Transferpunkt zu bewachen. *Hat man mich in einen Kampf geschickt, der gar nicht stattfindet*? fragte er sich.

»Vergo, die Unreinen haben eine weitere Mitteilung erhalten.« Die Erste Assistentin verbeugte sich vor ihm. Die Schlangen in ihrem Haar neigten sich hin und her, öffneten und schlossen ihr Maul in der dünner werdenden Luft.

Vedil nahm eine Made von der Wange und beobachtete, wie sie an seinem längsten Fingernagel entlangkrabbelte. Dann strich er den Nagel am linken Reißzahn ab. Die Made erwies sich als saftig und süß; er genoß ihren herrlichen Geschmack.

Die Brückencrew wußte, was sein Verhalten bedeutete. Wenn er so ungeniert aß, verstieß er gegen die allgemeine Etikette und brachte damit Mißfallen zum Ausdruck. Hände, Klauen und Flossen verharrten an den Kontrollen, warteten auf die nächste Anweisung oder den nächsten Zornesausbruch.

»Und natürlich wissen wir, was es mit der Mitteilung auf sich hat, Dea.« Vedil drehte den Kopf, bis die Spitze eines Horns die nächste Schlange berührte.

Die Assistentin zuckte so heftig zusammen, als hätte Feuer ihren Leib erfaßt. »Nein, Vergo. Aber wir arbeiten daran.«

»Sie arbeiten daran? Was für eine alte, längst überkommene Ausdrucksweise. Die Kommunikationssignale sind recht einfach strukturiert, und wir kennen die Codes, die damals Kirks Schiff verwendete. Wir sollten also in der Lage sein, die Botschaft zu verstehen.«

Die Assistentin schluckte. Die ihr Haupt umgebenden Schlangen klappten wie aus Anteilnahme das Maul zu. »Ja, Vergo.«

»Es freut mich, daß wir uns verstehen«, sagte Vedil. Ruckartig bewegte er den Kopf, wodurch das Horn die nächste Schlange köpfte. Grüner Schleim spritzte, und einige kleine Käfer stoben davon. Vedil saugte sie mit einem jähen Atemzug durch die Zähne.

Die Assistentin blinzelte in offensichtlichem Schmerz. »Ich werde mir noch mehr Mühe geben, Vergo.«

»Ihnen bleibt auch gar nichts anderes übrig, wenn Sie nicht degradiert werden wollen«, sagte Vedil. »Suchen Sie die weiter unten gelegenen Nahrungstanks auf und stellen Sie fest, warum die Atmosphäre so dünn geworden ist. Erhöhen Sie das Niveau der Nährstoffe in der Luft.«

Dea nickte. Die Schlangen starrten zum Vergo, wirkten ebenso wachsam wie die Assistentin. »Ich mache mich sofort auf den Weg, Vergo.« Auf kleinen Füßen, die denen der Unreinen ähnelten, eilte sie zur Rolltreppe, während die Schlangen auf ihrem Kopf über den toten Artgenossen herfielen. In ihrer Gier zerfetzten sie den Kadaver regelrecht.

Auf solche Weise verhielten sich die Angehörigen von Vedils Volk, wenn sie Schwäche spürten.

»B'el«, sagte er. »Überwachen Sie das Schiff der Unreinen.«

B'el nickte mit dem mittleren der drei Köpfe. Die Aufmerksamkeit der beiden anderen galt verschiedenen Displays. »Die Unreinen setzen sich mit uns in Verbindung, Vergo«, meldete der erste Kopf.

Vedil schnaubte. »Haben diese Geschöpfe denn nichts anderes im Sinn als nur leeres Gerede?«

Es handelte sich um den dritten Kommunikationsversuch – ein Umstand, der den Vergo beunruhigte. Nach den Entdeckungen an Bord der Raumstation und dem ersten Kom-Kontakt hätten die Unreinen der Panik zum Opfer fallen müssen.

Er wandte sich an die Ak'lin, die vor den Kontrollen der wissenschaftlichen Station saß. »Ist unser Strahl deaktiviert, O'pZ?«

»Nein, Veeerrrgo.« Angesichts ihres schnabelartigen Munds bekam O'pZ immer wieder Probleme mit der Aussprache. Vedil hatte zunächst mit dem Gedanken gespielt, ihr einen Posten zu geben, der beim Kampf kaum verbale Aktivität erforderte. Doch Ak'lins standen in dem Ruf, über besondere Talente auf den Gebieten Technik, Architektur und Wissenschaft zu verfügen. O'pZ war die beste Wissenschaftlerin, die Vedil kannte.

Und daher äußerst wertvoll.

»Welche Anzeichen gibt es für die Wirksamkeit des Strahls?«

O'pZ senkte den schuppigen Kopf und beugte sich vor, schien auf diese Weise bestrebt zu sein, den weichen Unterleib zu schützen. »Keine, Vergo. Offenbar wirkt der Strahl nicht.«

»Wir sollten das Schiff der Unreinen vernichten«, sagte ihr Partner namens Prote. Er entfaltete seine nutzlosen Schwingen, stieß dadurch fast gegen B'el.

»Aber dann verlieren wir das kostbare Wissen in ihren Köpfen und in den elektronischen Systemen.« Vedil stützte sich am Kommandosessel ab, als er erneut mit einem Huf auf dem glatten Boden ausglitt.

Er sah sich um und traf eine Entscheidung. »Erhöhen Sie die Intensität des Strahls. Uns bleiben noch zehn Stunden, um die Unreinen zu besiegen, ohne ihr Schiff zu zerstören. Die Flotte soll von uns eine Trophäe bekommen und nicht durch eine Wolke aus Trümmern fliegen.«

»Die Trümmer eines kleinen Schiffes stellen überhaupt keine Gefahr für die aus zweihundert Kampfeinheiten bestehende Flotte dar, Vergo«, sagte Prote.

Vedil richtete einen durchdringenden Blick auf ihn. »Der Verlust eines Navigationsoffiziers dürfte unsere Rückkehr in die alte Heimat kaum behindern.«

Prote legte die Schwingen wieder an und neigte den Kopf. »Ja, Vergo.«

»Der Strahl hätte längst wirken sollen«, meinte die Ak'lin. »Ich habe es für einfacher gehalten, die Unreinen zu unterwerfen.«

»Es wird einfach sein«, erwiderte Vedil. »Denken Sie nur daran, wie leicht es uns fiel, die Raumstation zu übernehmen. Wenn uns die Unreinen sehen, können sie sich unserer Dominanz nicht länger widersetzen.«

Er lächelte, und die Brückencrew beobachtete ihn aufmerksam.

»Wir spielen noch ein oder zwei Stunden lang mit ihnen, um sie dann zu unseren Sklaven zu machen. Ich möchte ihnen zunächst zeigen, wie hilflos sie uns gegenüber sind. Sie sollen erkennen, daß ein Kampf gegen uns nicht den geringsten Sinn hat.«

»Wenn die Flotte eintrifft, dürfte den Unreinen klar sein, daß wir als Eroberer kommen«, sagte Prote in dem Versuch, einen Ausgleich für seinen vorherigen Fehler zu schaffen.

»Das erfahren sie schon vorher«, entgegnete Vedil. »Noch vor dem Eintreffen der Flotte wird das kleine Schiff der Unreinen bereit sein, uns zu Welten zu führen, deren Bewohner fortan Frondienste für uns leisten werden. Es dauert nicht mehr lange, bis wir unsere alte Herrschaft fortsetzen.«

13

Redbay betrachtete die Displays. Wenn er sich auf die Arbeit konzentrierte, riskierte er nicht, von der Furcht überwältigt zu werden, von den Erinnerungen an jenes schreckliche Jahr, in dem er seine Eltern verlor und allein in den Resten der Nyo-Kolonie überleben mußte. Manchmal stieg das Entsetzen ganz plötzlich in ihm empor, und dann brauchte er seine ganze Kraft, um es wieder zurückzudrängen. Bei anderen Gelegenheiten spürte er, wie er zu frösteln und zu schaudern begann. Er zog sogar in Erwägung, Fähnrich Moest zu bitten, ihn zu umarmen. Allerdings blieb es bei dem Gedanken. Moest war eine durchaus attraktive Frau, aber Redbay hatte schon früh eine Lektion gelernt: Man fange nie ein Verhältnis an Bord eines Raumschiffs an. Wenn dabei etwas schiefging, konnte man sich nirgends verstecken.

Er lächelte. An Frauen zu denken, war viel angenehmer, als alten Erinnerungen nachzuhängen.

Redbay besann sich wieder auf seine Aufgabe. Je eher sie einen Schutz vor der emotionalen Manipulation durch die Furien fanden, desto schneller normalisierte sich die Situation an Bord.

Er experimentierte mit verschiedenen Subraum-Trägerwellen, in der Hoffnung, dabei irgend etwas zu entdecken. Seiner Ansicht nach kamen für das Senden von Manipulierungssignalen nur Subraum oder Interraum in Frage. Wenn der Captain mit seinen Vermutungen recht hatte, waren die Furien imstande, Wurmlöcher zu schaffen, woraus folgender Schluß gezogen werden konnte: Über die Physik von Sub- und Interraum wußten sie mehr als die Spezialisten der Föderation.

Die Untersuchungsergebnisse erschienen in Form von buntem Licht auf den Schirmen vor Redbay. Die wogenden Muster ließen eine sonderbare Kälte in ihm entstehen. Nach dem Tod seiner Eltern hatte der Anblick von buntem Licht genügt, um ihn mit Grauen zu erfüllen. Die Föderation stellte damals Ermittlungen auf Nyo an, fand dabei jedoch keine Hinweise auf Lichtgeschöpfe. Einige Psychologen gingen von der Annahme aus, daß Redbay sie erfunden hatte, um mit dem erlittenen Trauma fertig zu werden. Sie vermuteten, daß die Kolonisten irgendeiner Krankheit zum Opfer gefallen waren.

Sie glaubten nicht an Mord.

Doch Redbay wußte, daß ihm seine Phantasie keinen Streich spielte. Seinen Erinnerungsbildern mangelte es nicht an Klarheit. Er hatte die seltsamen Wesen gesehen und sich vor ihnen versteckt, war ihnen dadurch entkommen.

Außer ihm gab es keine anderen Überlebenden.

Doch jetzt befand er sich hier, an Bord der *Enterprise*.

Er blinzelte. Das Bemühen, die Angst im Zaum zu halten, beeinträchtigte sein Reaktionsvermögen. Erst nach einigen Sekunden begriff er die Bedeutung der kegelförmigen Darstellung in einem Projektionsfeld.

»Geordi ...«, sagte er, und Aufregung vibrierte in seiner Stimme. »Ich habe etwas entdeckt.«

LaForge eilte sofort zu ihm und beugte sich zu den Anzeigen vor.

»Hier.« Redbay deutete auf das betreffende Display.

Bei seinen Untersuchungen hatte er verschiedene Darstellungsformen ausprobiert, um keine Möglichkeit außer acht zu lassen. In diesem Fall handelte es sich um eine zweidimensionale Grafik, die auf moderne 3D-Komponenten verzichtete.

Schwarze Kreise neben dem gelben Glühen des Furienpunkts symbolisierten die fünf Schiffe der Fremden. Ein schwarzes Quadrat repräsentierte die Brundage-Station, und darunter zeigte sich ein kleiner Schweif aus silbernen Punkten, wie Regen im All. Redbay wußte nicht genau, was es damit auf sich hatte, obwohl die eine oder andere Theorie in ihm heranzureifen begann. Wie dem auch sei: Derzeit hielt er das Phänomen für nebensächlich. Wichtiger waren die bunten Lichtbahnen, die über den ganzen Schirm reichten und von der *Enterprise* ausgehende Sondierungssignale darstellten.

Als die Lichtbahnen nach den Furienschiffen tasteten, erschien ein rosaroter Kegel, der bis zur *Enterprise* reichte.

»Meine Güte«, sagte LaForge, als der Kegel sichtbar wurde. »Läßt sich der Fokus darauf richten, damit wir das Phänomen besser untersuchen können?«

Redbay berührte einige Schaltflächen. Das bunte Licht verschwand, und nur der rosarote Kegel blieb.

»Bei unserer gegenwärtigen Position beträgt der Kegelradius über tausend Kilometer. Er erstreckt sich über die Reichweite unserer Sensoren hinaus.«

»Aber was projizieren die Furien?« fragte LaForge, als er sich zur nächsten Konsole vorbeugte und die Justierungen der Displays veränderte.

Redbays Finger huschten über weitere Schaltelemente. »Es liegen noch keine Daten über die Art des Strahls vor, aber eins steht fest: Damit manipulieren die Fremden unsere Gefühle. Bei dieser Frequenz im Interraum durchdringt der Strahl alles, auch unsere Köpfe.«

Die beiden Männer sahen sich an, und Redbay spürte, wie es ihm kalt über den Rücken lief. Die

Furcht in ihm nahm zu, so als hätte jemand einen entsprechenden Intensitätsregler betätigt.
Vielleicht war das tatsächlich der Fall.

»Wenn die Furien etwas senden, das Angst in uns weckt…«, überlegte LaForge laut. »Wir sollten imstande sein, uns gegen solche Signale abzuschirmen.« Er zögerte kurz. »Sie erwähnten den Interraum?«

Redbay nickte. »Was auch immer die Fremden projizieren – es erreicht uns durch den Interraum.«

Der Chefingenieur ging unruhig umher und kehrte dann zu den Konsolen zurück. »Interraum. Ich glaube, als die erste *Enterprise* damals den Tholianern begegnete, bekam sie es auch mit dem Interraum zu tun. Vielleicht…« LaForge schien mit sich selbst zu sprechen.

Redbay dachte an jenen Teil des Geschichtsunterrichts zurück. Die Begegnung mit den Tholianern brachte die erste *Enterprise* in große Gefahr. Es gelang Captain Kirk schließlich, alle Probleme zu lösen. An mehr konnte sich Redbay nicht erinnern, offenbar im Gegensatz zu LaForge.

»Möglicherweise ist jener Strahl in unserem Universum völlig harmlos«, spekulierte Geordi. »Aber wenn er in seinem Einflußbereich eine Verbindung zum Interraum schafft… Wir wissen, daß der Interraum sehr negative Wirkungen auf das menschliche Nervensystem haben, zu Paranoia und Wahnsinn führen kann. Vielleicht ist es den Furien irgendwie gelungen, diesen Effekt zu kontrollieren und zu verstärken.«

Redbay lächelte. »Da könnte etwas dran sein. Ich beginne sofort mit den Analysen.«

Unter der Furcht regte sich jetzt ein anderes Empfinden: Begeisterung. Von einem Augenblick zum anderen fühlte sich Redbay viel besser.

Was ihn in die Lage versetzte, sich mühelos zu konzentrieren.

»Wir haben die Ursache gefunden«, sagte er mit Nachdruck.

LaForge nickte. »Ich gebe dem Captain Bescheid. Er freut sich bestimmt.«

»Ebenso Dr. Crusher.«

Geordi zögerte. »Der Bordarzt von Kirks *Enterprise* fand eine Möglichkeit, den Effekt des Interraums zu neutralisieren, nicht wahr?« Er schnippte mit den Fingern. »Vielleicht haben wir gerade einen zweiten wichtigen Punkt entdeckt.«

Im Anschluß an diese Worte eilte er fort.

Redbay wandte sich wieder den Konsolen zu und ließ seine Finger über die Schaltflächen tanzen. Arbeit wartete auf ihn, und jetzt konnte er sicher sein, Fortschritte zu erzielen.

Beverly Crusher fühlte sich so, als sei sie die einzige Ärztin, die gegen eine Epidemie kämpfte.

Sie seufzte und strich das rote Haar zurück. Ihre Augen brannten so sehr, als hätte sie schon seit Tagen auf Schlaf verzichtet. Müde neigte sie die Stirn an ein kühles Display und versuchte einmal mehr, die Furcht ganz aus sich zu verbannen.

Geduld, Beverly, dachte sie. *Laß dir Zeit.*

Im Lauf der Jahre hatte sie gelernt, daß sie schneller vorankam, wenn sie sich Zeit ließ. Wenn sie sich beeilte, unterliefen ihr Fehler.

Sie trank einen Schluck vom bajoranischen Kräutertee, der beruhigend wirken sollte – die warme Flüssigkeit schmeckte recht bitter.

Ihr Blick glitt durchs Fenster des Forschungsbereichs in die Krankenstation. Die Grippe-Patienten lagen reglos in ihren Betten. Sie waren vor einer Weile erwacht, davon überzeugt, sterben zu müssen. Beverly hatte sie nicht beruhigen können und ihnen deshalb starke Sedative verabreicht, in der Hoffnung, daß sie nicht nur das Bewußtsein betäubten, sondern auch die Gefühle. Vielleicht stimmte das, denn sie schienen inzwischen nicht mehr an Alpträumen zu leiden.

Auch Deanna rührte sich nicht. Nach ihrer Rückkehr zur Krankenstation war Beverly an die Liege der Counselor herangetreten und hatte auf eine leichenblasse Deanna herabgesehen.

Eine andere Art von Furcht zitterte in der Ärztin, wenn sie daran dachte, daß Deanna tatsächlich sterben konnte.

Es gab auch noch andere Patienten: Besatzungsmitglieder, die bei der ersten Flut manipulierter Emotionen verletzt worden waren. In den meisten Fällen handelte es sich um blaue Flecken und Hautabschürfungen, die aufgrund der Angst viel zu große Bedeutung gewannen.

Manche Leute waren von Freunden und Kollegen eingeliefert worden – die Panik hatte sie so sehr überwältigt, daß sie ihre Verletzungen überhaupt nicht zur Kenntnis nahmen. Beverly hatte ihre Namen notiert, um Deanna später darauf hinzuweisen; sie hielt in diesen Fällen eine spezielle psychologische Untersuchung für angebracht.

Doch erst mußte sich Deanna erholen.

Beverly seufzte erneut, trank noch einen Schluck Tee und schnitt eine Grimasse.

Dann zögerte sie, bewegte die bittere Flüssigkeit im Mund hin und her, bevor sie schluckte.

Ein Teil des Gefühls war aus der Zunge gewichen. Taubheit breitete sich vom Rand her aus.

Sie hatte den bajoranischen Kräutertee schon oft getrunken, nach langen, arbeitsreichen Nächten – ohne jemals zu beobachten, daß er ihr geistiges Leistungsvermögen beeinträchtigte.

Er half ihr, den Streß zu überwinden.

Und jetzt drängte er die Furcht in ihr zurück.

Sie schauderte nicht mehr. Seit der ersten Tasse hatte sie nicht mehr geschaudert.

Beverly lächelte, griff nach einem Reagenzglas und gab etwas von dem Tee hinein. Die Flüssigkeit hinterließ orangefarbene Spuren an den Seiten des Glases. Anschließend stellte sie die Probe in einen speziellen Scanner. Als das Gerät mit einer Analyse des Tees begann, stand die Ärztin auf, betrat den Hauptbereich der Krankenstation und ging zu den Grippe-Patienten, die noch immer auf den Diagnoseliegen ruhten. Sie schaltete mehrere Displays ein und ließ sich von ihnen die aktuellen Biowerte anzeigen.

Die Erkrankung nahm ihren üblichen Verlauf, was bedeutete: In ein oder zwei Tagen konnten die Betroffenen entlassen werden. Doch Beverlys Interesse galt nicht etwa dem Virus, sondern Hirnwellen und Hinweisen auf REM-Schlaf.

Die Patienten schienen tief und fest zu schlafen, und ihre physischen Symptome bestätigten diesen Eindruck. Puls, Atmung und Blutdruck – alles war normal. Beziehungsweise so normal, wie es angesichts der xotischen Grippe sein konnte.

Beverly sah sich die Daten der vergangenen Stunden an, seit sie den Kranken das Sedativ verabreicht hatte.

Keine Träume mehr.

Offenbar war die Furcht wirklich betäubt.

Beverly betrat wieder den Forschungsbereich, wo ihr der Bildschirm des Scanners die chemische Zusammensetzung des bajoranischen Tees zeigte. Das Getränk wirkte tatsächlich wie ein leichtes Beruhigungsmittel, ohne irgendeine Beeinträchtigung des Intellekts. Es verringerte die Intensität gewisser Empfindungen, indem es die chemischen Komponenten jener Emotionen im Körper blockierte. Die motorischen Fähigkeiten litten darunter ebensowenig wie das geistige Potential.

»Dr. Crusher?« Die Stimme des Chefingenieurs LaForge drang aus dem Kom-Lautsprecher.

»Ich höre«, antwortete die Ärztin.

»Wir glauben, daß der gefühlsmanipulierende Strahl die Effekte des Interraums kontrolliert und verstärkt«, erklärte Geordi.

»Des Interraums?« Beverly dachte darüber nach. Warum kam ihr diese Möglichkeit erst jetzt in den Sinn?

»Ja, Doktor«, bestätigte LaForge.

»Verdammt«, murmelte sie.

»Wic bitte?«

»Entschuldigen Sie, Geordi.« Beverly lachte leise. »Ich beschäftige mich sofort damit. Viellcicht kann ich ein Gegenmittel finden.«

»Gut. LaForge Ende.«

Crusher richtete den Blick wieder aufs Display und berührte einige Schaltflächen, um die Theragen-Formel auf den Monitor zu rufen, zusammen mit Angaben über Entwicklung und Verwendung. Während der nächsten Minuten las Beverly und informierte sich über Einzelheiten. Die Substanz war zunächst von den Klingonen eingesetzt worden, und zwar als Nervengas. Doch Dr. McCoy, Bordarzt der ersten *Enterprise,* hatte mit einer abgeschwächten Form – einem sogenannten Theragen-Derivat – die Auswirkungen des Interraums auf die Crew verringert.

Beverly befaßte sich mit McCoys Arbeit. Er hatte das Theragen damals mit Alkohol gemischt, doch Crusher hielt den bajoranischen Tee für geeigneter – auf diese Weise wurde nicht nur die Furcht blockiert, sondern auch noch eine beruhigende Wirkung erzielt.

Sie bat den Computer um eine Bestätigung der Analyse, und er erfüllte ihr diesen Wunsch. Die Replikation der Substanz war sowohl in flüssigem als auch in gasförmigem Zustand möglich.

Beverly lächelte. Mit Geordis Hilfe war sie schneller in der Lage gewesen, eine Lösung zu finden, als sie zunächst für möglich gehalten hätte.

Dadurch schaffte sie es, im von Picard gesetzten Zeitlimit zu bleiben.

Sie klopfte auf ihren Insignienkommunikator. »Captain?«

»Hier Picard.« Seine Stimme klang sehr fest, und sie fragte sich, wie er das fertigbrachte. Immerhin litt auch er unter der emotionalen Manipulation.

»Ich habe eine Möglichkeit gefunden, der Besatzung zumindest einen Teil ihrer Furcht zu nehmen.«

»Ausgezeichnet. Beginnen Sie sofort mit der Behandlung, wenn Sie glauben, daß es etwas nützt.«

Beverly hörte Anspannung in seinen Worten.

»Ich sollte auf folgendes hinweisen, Captain: Zu dem Mittel gehört auch ein leichtes Sedativ.«

»Ein Sedativ?« Picard hob die Stimme. »Doktor, uns steht eine Konfrontation mit dem gefährlichsten Feind der Föderation bevor, und Sie wollen der Crew ein Sedativ verabreichen?«

»Ja, Sir.« Crusher lächelte. Sie hatte eine solche Reaktion von ihm erwartet – es war besser, dieses Problem sofort aus der Welt zu schaffen. »Das Sedativ wirkt sich nur auf die Gefühle aus, bleibt jedoch ohne Einfluß auf die motorischen Fähigkeiten und den Intellekt. Nun, ich konnte keine vollständigen Tests durchführen und weiß daher leider nicht, wie lange die Wirkung andauert.« Sie holte tief Luft. »Ich muß dem Beruhigungsmittel auch kleine Mengen von Theragen-Derivat beimischen, um die Effekte des Interraums zu blockieren.«

Der Captain antwortete nicht sofort. Beverly begriff, daß es gar nicht notwendig gewesen wäre, sich um negative Folgen des Gegenmittels auf den Intellekt Sorgen zu machen. Die Furcht erledigte das bereits.

Für gewöhnlich brauchte Picard nicht so lange, um Entscheidungen zu treffen.

»Wieviel Zeit benötigen Sie für die Impfung der ganzen Besatzung?«

»Eine Impfung ist gar nicht erforderlich«, erwiderte die Ärztin. »Die Mischung aus Sedativ und Theragen-Derivat läßt sich in Form eines Gases einsetzen, das alle Personen an Bord erreicht, wenn wir es im Belüftungssystem freisetzen. Ich gebe Geordi Bescheid, damit in diesem Fall die Filter des Systems inaktiv bleiben. Die Crew dürfte kaum etwas merken – sie spürt nur, wie ihre Ängste allmählich nachlassen.«

»Fangen Sie sofort an«, sagte Picard.

Beverly trank noch einen Schluck Kräutertee, sah auf den Becher hinab und lächelte. Dann beugte sie sich vor und übermittelte dem Computer die notwendigen Befehle. Es ging nun darum, genug Tee zu synthetisieren und ihn mit dem Theragen-Derivat zu vermischen.

Vielleicht hatten sie das Problem wirklich gelöst. Beverly hoffte es sehr.

Commander Riker atmete tief durch und ließ die Arme sinken. Allein der Umstand, neben dem Captain auf der Brücke zu sitzen, beruhigte ihn. Und die neue Ruhe wuchs in ihm. Er bekam sich wieder ganz unter Kontrolle, auch ohne Dr. Crushers Hilfe. Und wenn sich das Gas überall im Schiff ausbreitete… Riker hoffte, dann endlich wieder ganz er selbst zu sein.

Der große Wandschirm zeigte Redbays Entdeckung: einen kegelförmigen Strahl, der die Gefühle manipulierte, indem er eine Verbindung zum Interraum schuf. Die *Enterprise* befand sich in seinem Einflußbereich. Der Strahl brachte Angst und Entsetzen, indem er die negativen Auswirkungen des Interraums auf das Denken und Fühlen verstärkte.

Je mehr sich Riker mit den von Redbay und LaForge

ermittelten Daten befaßte, desto stolzer wurde er auf die Crew der *Enterprise*. Sie hatten einem ausgesprochen heimtückischen Angriff standgehalten, ohne den Verstand zu verlieren.

»Wenigstens wissen wir jetzt, daß die seltsamen Empfindungen tatsächlich künstlichen Ursprungs sind«, meinte Picard.

»Was insbesondere die Angehörigen der technischen Abteilung erleichterte«, sagte Riker.

»Ja, kann ich mir denken.« Picard stand auf und strich seinen Uniformpulli glatt. »Ich hoffe, daß es wirklich gelingt, uns vor dem Manipulierungsstrahl abzuschirmen.«

»Lieutenant Redbay hält das für möglich«, sagte Riker. »LaForge und er untersuchen den Zwischenfall, zu dem es damals mit der ersten *Enterprise* kam. Sie versprechen sich den einen oder anderen Hinweis davon.«

Picard nickte zustimmend.

»Captain...«, erklang Worfs Stimme. »Wir haben eine kurze codierte Mitteilung von der *Madison* empfangen. Sie trifft innerhalb einer Stunde ein.«

»Und die *Idaho*?«

»Beide Schiffe sind gemeinsam unterwegs, Sir.«

Picard nickte erneut. Er blickte noch immer zum Wandschirm, der die Daten des Interraumstrahls zeigte.

»Die *Madison* und *Idaho* werden direkt in den Strahl hineinfliegen, Captain«, gab Riker zu bedenken.

»Sie bekommen es mit ihm zu tun, noch bevor sie uns erreichen«, fügte Data hinzu. »Die Intensität des kegelförmigen Strahls ist am Rand zwar schwächer, aber die Besatzungsmitglieder der beiden Schiffe spüren die Auswirkungen immer deutlicher, je mehr sie sich uns nähern.«

»Wenn sie ohne jede Vorwarnung das Entsetzen

fühlen, das uns in solche Schwierigkeiten brachte ...«, sagte Riker.

»Ich verstehe, Nummer Eins«, erwiderte der Captain. »Wir müssen irgendeine Möglichkeit finden, eine Warnung zu übermitteln – ohne den Furien zu verraten, daß wir uns vor den emotionalen Manipulationen schützen können.«

»Das sollte nicht zu schwer sein, Sir«, ließ sich der Erste Offizier vernehmen. »Captain Kiser ist ein guter Pokerspieler. Ich habe ihn bei einem galaktischen Turnier auf Rigel kennengelernt.«

Picard nickte und holte tief Luft, schien erleichtert aufzuatmen.

Riker fühlte sich fast versucht zu lächeln. Vielleicht machte sich die Mischung aus Dr. McCoys Theragen-Derivat und Dr. Crushers Sedativ bereits bemerkbar. Die Furcht hatte eindeutig nachgelassen. Sie existierte nach wie vor, stellte jedoch keine so große Belastung mehr dar.

»Kiser und ich blieben als einzige Menschen im Turnier übrig«, sagte Riker. »Wir einigten uns auf bestimmte Signale, um unsere Rivalen zu eliminieren ...«

»Haben Sie gemogelt, Nummer Eins?«

»Nicht unbedingt«, entgegnete Riker. »Uns wurde schnell klar, daß es sich nicht um ein faires Turnier handelte – die Ferengi-Sponsoren wollten einige von ihnen favorisierte Leute gewinnen lassen. Wir, äh, haben nur verhindert, daß sie ihre Pläne verwirklichen konnten.«

»Ich verstehe nicht ganz, wie Sie Ihre Glücksspieltaktik einsetzen wollen, um Captain Kiser eine Botschaft zu übermitteln«, sagte Data. »Mit Poker lassen sich keine Informationen transferieren.«

»Ich glaube, Commander Riker will auf folgendes hinaus, Mr. Data«, sagte Picard. »Er und Captain Kiser haben eine Methode entwickelt, etwas zu sagen und etwas ganz anderes damit zu meinen. In einer entsprechenden Botschaft müssen wir nicht nur Dr. Crushers Formel für das Sedativ unterbringen, sondern auch unsere Theorien in Hinsicht auf die Verwendung des Interraums bei der emotionalen Manipulation. Die Pokersignale weisen Kiser nur auf die Existenz einer verborgenen Botschaft hin.«

Data nickte.

»Ja, Sir«, bestätigte Riker. »Ich werde Captain Kiser mitteilen, daß wir neue Bilder von der Brundage-Station haben, mit denen er sich sofort befassen sollte. Er hat die Aufzeichnungen bereits gesehen und kann daraus den Schluß ziehen, daß es neue, verborgene Informationen gibt.«

»Die Daten sollten auch an die klingonischen und vulkanischen Schiffe weitergeleitet werden«, sagte Worf.

»Ich werde Captain Kiser um einen Transfer bitten«, meinte Riker. »Bei ihm ist die Wahrscheinlichkeit einer Überwachung der Kom-Signale durch die Furien geringer.«

»Glauben Sie, daß die Fremden mithören?« fragte Fähnrich Eckley, die jetzt wieder an ihrem Posten saß. Zwar wirkte sie noch immer recht mitgenommen, aber sie war jetzt wesentlich ruhiger als noch vor wenigen Minuten.

»Wir überwachen ihre Sendungen doch auch, nicht wahr?« erwiderte Riker.

Picard lächelte. »In der Tat, Nummer Eins. Zeichnen Sie die Botschaft für Captain Kiser auf und verschlüsseln Sie sie. Bitten Sie um eine codierte Antwort. Sie können das Kom-Gerät im Bereitschaftsraum verwenden.«

Riker nickte und schritt durch den Kontrollraum.

»Und noch etwas, Nummer Eins...«, fügte Picard hinzu. »Richten Sie Captain Kiser einen Gruß von mir aus. Und weisen Sie ihn darauf hin, daß wir bislang die schlechteren Karten haben.«

»In Ordnung.« Riker zögerte. »Aber ich werde auch betonen, daß wir das Blatt zu unseren Gunsten wenden können. Kiser hat interessante Herausforderungen immer zu schätzen gewußt.«

»Nun...« Picard kehrte zum Kommandosessel zurück. »Ich hoffe, er mag Herausforderungen nicht nur um des Risikos willen.«

»Kiser ist auch ein Mann, der nicht gern verliert«, sagte Riker und erinnerte sich an das inzwischen schon einige Jahre zurückliegende Pokerturnier.

»Gut.« Picards Blick glitt zum Wandschirm, der nun wieder die Schiffe der Furien zeigte. »Nur mit einer solchen Einstellung können wir diese Sache lebend überstehen.«

14

Der Gesellschaftsraum im zehnten Vorderdeck war leer. Alle Besatzungsmitglieder befanden sich im Dienst, während die Familien in ihren Quartieren saßen oder sich in besonderen, von Beverly Crusher eingerichteten Sicherheitsbereichen eingefunden hatten.

Picard verharrte an der Tür und staunte über die Größe von Zehn-Vorne. Guinan war hinter der Theke beschäftigt, drehte sich dann um und begrüßte den Captain mit einem Lächeln. Sie trug einen purpurnen Umhang sowie einen großen Hut in der gleichen Farbe, der ihrem Erscheinungsbild etwas Würdevolles verlieh. Picard hatte schon oft in Guinans kluge, wissende Augen geblickt, in der Hoffnung auf Hilfe. In vielerlei Hinsicht hielt er diese geheimnisvolle Frau für einen seiner besten Freunde, obgleich er nur wenig von ihr wußte. Er vertraute ihr vorbehaltlos, und im Lauf der Jahre hatte sie ihn nicht ein einziges Mal enttäuscht.

»Sie sollten besser hier Platz nehmen«, sagte Guinan und deutete auf einen Barhocker. »Derzeit wird nicht mehr an den Tischen serviert.« Sie stellte einen Becher mit dampfendem Earl Grey auf die Theke – es handelte sich um echten Tee, nicht um replizierten. Ein würziger, verlockender Duft ging davon aus.

»Ich habe nicht viel Zeit, Guinan«, sagte Picard.

»Ich weiß, aber Sie sind aus einem bestimmten Grund hier.« Die dunkelhäutige Frau schob den Becher vor. »Setzen Sie sich.«

Der Captain betrat den Gesellschaftsraum und fühlte sich dabei ein wenig schuldig. Es wäre besser gewesen, Vorbereitungen für den Angriff zu treffen, doch diese Aufgabe hatte er an die Spezialisten in den einzelnen Abteilungen delegiert. Er selbst konnte nur warten.

Und sich Sorgen machen.

Die Bürde des Kommandanten.

»Sie bereiten sich auf den Angriff vor«, sagte Guinan, als er näher kam. »Hören Sie auf, sich schuldig zu fühlen.«

»Ist es so offensichtlich?« Picard nahm auf dem Barhocker Platz, und der Teeduft stieg ihm in die Nase. Er griff nach dem Becher, spürte seine Wärme und trank einen Schluck. Der Geschmack war köstlich.

»Für andere Leute vielleicht nicht. Aber ich kenne Sie schon seit vielen Jahren.«

»Ja«, bestätigte der Captain. »Daher wissen Sie auch, daß ich nie zuvor mit einer solchen Situation konfrontiert worden bin.«

»Da irren Sie sich.« Guinan musterte ihn, und Mißbilligung zeigte sich in ihrem Gesicht. »Jene Entscheidungen, mit denen Sie es hier zu tun haben, müssen Sie praktisch jeden Tag treffen – immer dann, wenn Sie ins Unbekannte vorstoßen.«

Picard schüttelte den Kopf. »Nein. Diesmal ist es anders. Hier geht es nicht um Forschungen und neue wissenschaftliche Erkenntnisse. Wir sind hier, um zu kämpfen, und ich habe mein ganzes Leben dem Frieden gewidmet.«

»Aber Sie gehören zu Starfleet«, sagte Guinan sanft.

»Starfleet tritt für den Frieden ein«, erwiderte der Captain.

»Manchmal muß man etwas gegen die Zerstörung unternehmen, um den Frieden zu sichern.« Guinan zog sich einen Hocker heran, nahm ebenfalls Platz und stützte die Ellenbogen auf die Theke. Plötzlich sah *sie* aus wie jemand, der nach Hilfe suchte.

»Ja«, räumte Picard ein. »Aber ich werde das Gefühl nicht los, daß wir hier etwas übersehen. Die Furien erscheinen, und sofort sind wir im Krieg. Admiral Kirschbaum forderte mich zu Verhandlungen auf, aber das schien nur pro forma zu geschehen, Guinan. Achtzig Jahre lang haben wir auf die Schlacht gewartet, und nun bekommen wir eine.«

»Die Furien haben über lange Zeit hinweg Schrecken und Entsetzen in diesen Raumsektoren verbreitet«, sagte Guinan. Sie richtete einen nachdenklichen Blick auf den Captain, und ihr Gesicht blieb dabei völlig ausdruckslos. Picard versuchte vergeblich, irgendwelche Hinweise darin zu erkennen.

»Sie glauben, daß wir uns falsch verhalten, nicht wahr?«

»Das habe ich nicht gesagt«, erwiderte Guinan. »Ich glaube allerdings, daß Angst nicht die beste Grundlage für vernünftige Entscheidungen ist.«

»Da bin ich ganz Ihrer Meinung. Aber ich habe versucht, mit den Furien zu verhandeln. Sie sind nicht zu Gesprächen bereit, versuchen statt dessen, uns einzuschüchtern. Sie richten einen Strahl auf uns, manipulieren unsere Gefühle.«

»Der Überfall auf die Brundage-Station war eine bewußte Provokation«, sagte Guinan.

Picard nickte. »Aber ich habe schon vor langer Zeit erfahren, daß man selbst dann Frieden erreichen kann, wenn eine Seite einen Krieg zu beginnen versucht.«

Guinan hob den Kopf, und ihre Brauen zogen sich zusammen, als sie die Stirn runzelte. »Sie haben Angst vor den Fremden«, stellte sie fest. Es klang fast wie eine Offenbarung. »Das stimmt doch, oder?«

»Ich habe die vom Strahl verursachte Furcht gespürt«, entgegnete Picard.

Guinan schüttelte den Kopf. »Nein, ich meine, Sie haben wirklich Angst. Tief in Ihrem Innern. Im Kern Ihres Selbst.«

Unruhe erfaßte den Captain. Er hatte sich diese Frage ebenfalls gestellt – und sich, welche Ironie, vor der Antwort gefürchtet. Vielleicht war er deshalb hier im Gesellschaftsraum, um mit Guinan zu reden.

»Jene Geschöpfe erschienen in den Alpträumen meiner Kindheit«, sagte er. »In Paris sieht man ihre Bilder überall. In Form von Wasserspeiern zieren sie Gebäude. Aus dem Mittelalter stammende Gemälde im Louvre zeigen sie ebenso wie die Buntglasfenster alter Kirchen. Wenn wir damals nach einem Besuch der Stadt heimkehrten, erschienen mir im Traum Wasserspeier, die von Gebäuden herunterkletterten, durch die Straßen stapften und es auf mich abgesehen hatten. Als ich den Anführer der Furien sah, wurde für mich ein Alptraum Wirklichkeit.«

Guinan nahm den leeren Becher des Captains und füllte ihn wieder. Aber sie stellte ihn nicht sofort wieder auf die Theke, hielt ihn statt dessen wie unschlüssig in der Hand und musterte Picard.

Diesmal glaubte der Captain, in ihrem Gesicht etwas Vertrautes zu entdecken. Guinan wußte viel übers Universum, und nur mit großer Vorsicht ließ sie andere daran teilhaben. Immer achtete sie darauf, niemanden zu beleidigen und nicht mehr zu verraten, als der jeweilige Zuhörer unbedingt wissen mußte. Sie ging so mit ihren Kenntnissen um, als handelte es sich dabei um eine potentielle Waffe.

»In Ihren kindlichen Alpträumen haben Sie falsche Vorstellungen mit dem Bösen verbunden, Jean-Luc.« Sie sah nicht den Captain an, sondern blickte in den Tee. »Was wissen Sie von Wasserspeiern?«

»Abgesehen von ihrem architektonischen Zweck, meinen Sie?«

Guinan lächelte und stellte den Becher ab. Dampf stieg auf, schien Picards Hand zu streicheln. »Es liegt mir fern, irgendwelche ornamentalen Dinge mit Ihnen zu erörtern.«

»Nun, solche Figuren aus Stein wurden an mittelalterlichen Gebäuden recht oft angebracht. Auch im zwanzigsten Jahrhundert hat man sie noch verwendet.«

»Sie sprechen noch immer von Architektur«, sagte Guinan. »Man brachte jene Figuren an Häusern an, um Dämonen fernzuhalten. Sie verwechseln die Beschützer mit den Feinden, Jean-Luc.«

Der Captain wölbte die Hand um den Becher, suchte Trost in der Wärme. »Worauf wollen Sie hinaus?«

»Die Angst tief in Ihrem Innern ist genetischer Natur, Jean-Luc.« Guinan sah ihn jetzt an, und Mitgefühl zeigte sich in ihren dunklen Augen – eine Anteilnahme, die aus irgendeinem Grund Unbehagen in Picard weckte. »Vor Jahrtausenden terrorisierten die Furien Ihr Volk. Auch die Vulkanier, Klingonen und sogar die Ferengi fielen ihnen zum Opfer.«

Der Captain nickte. »Ich weiß.«

»Glauben Sie?« Guinan maß ihn mit einem skeptischen Blick und schien zu bezweifeln, daß er verstand.

»Nach tausend Jahren der Herrschaft über dieses Raumgebiet kam etwas und verbannte die Furien. Die Klingonen sprechen in diesem Zusammenhang vom Chaos.«

Guinan stand auf und sah dem vor ihr sitzenden Mann in die Augen. »Die Vulkanier schrieben allein vom Grauen des Kampfes. Bei den Menschen hingegen kam es zu verschiedenen Reaktionen auf ihre Beschützer. Die alten Griechen machten sie zu Göttern. Die Mauren und Heiden beurteilten das Geschehen ebenso wie die Klingonen. Ihre bildhaften Darstellungen der ›Retter‹ waren grotesk. Im Lauf der Zeit wurden sie stilisiert und zum Beispiel als Gartenschmuck verwendet.«

Sie zögerte kurz, bevor sie leise hinzufügte: »Und sie manifestierten sich in Form von Wasserspeiern.«

»Aber wenn uns jene Gestalten schützen sollten – warum fürchtete ich sie dann?« fragte Picard. »Gibt es auch dafür einen genetischen Grund?«

»Vielleicht«, erwiderte Guinan. »Die falsche Art von Schutz kann verheerend wirken.«

Der Captain lächelte schief. »Das sagen Sie aus einem ganz bestimmten Grund.«

Sie erwiderte das Lächeln wie ein Kind, das bei etwas Verbotenem ertappt worden war. »Sie kennen mich ebenfalls ziemlich gut, Jean-Luc. Ja, ich sage das tatsächlich aus einem bestimmten Grund.«

»Das Kriegsgerede bereitet Ihnen Sorgen.«

Guinan nickte. »Sie sollten sehr darauf achten, daß Ihnen kein Fehler unterläuft. Kämpfen Sie nicht allein deshalb gegen die Fremden, weil Sie sich vor ihnen fürchten. Und ziehen Sie keine voreiligen Schlüsse in Hinsicht auf ihre Mission in diesem Quadranten. Sie wissen noch nicht, warum die Furien hier sind.«

»Ich habe mit ihnen zu verhandeln versucht«, erwiderte Picard.

»Wirklich?« fragte Guinan.

»Zweimal habe ich mit ihnen gesprochen und darauf hingewiesen, wer wir sind.«

»Das wissen sie, Jean-Luc. Einst haben sie Ihrem Volk Schrecken gebracht. Beim letzten Transfer durch den Furienpunkt lernten sie die Föderation kennen. Ihnen zu sagen, wer Sie sind – das ist kein Verhandeln.«

Picard trank erneut einen Schluck Tee. »Sie haben recht. Wir müssen von einer Position der Stärke aus mit den Fremden reden.«

Guinan schüttelte den Kopf. »Darum geht es mir

ganz und gar nicht. Sie sollten einen aufrichtigen Versuch unternehmen, den Kampf zu verhindern. Finden Sie einen friedlichen Kompromiß und bieten Sie ihn mit Ihrem ganzen Herzen an.«

»Mein Herz haßt die Furien, Guinan. Und Sie wiesen eben auf die genetische Natur dieses Hasses hin.«

»Offenbar sind Sie auf den Kampf aus, Jean-Luc. So etwas beobachte ich bei Ihnen zum erstenmal.«

»Sie meinen, ein rationaler Mann müßte imstande sein, über sein genetisches Erbe hinauszuwachsen?« fragte Picard mit einem Hauch Ironie.

»Ja.« Guinan lächelte nicht. Sie meinte es ernst, wirklich ernst.

Rikers Stimme durchbrach die plötzlich entstandene Stille im Gesellschaftsraum. »Captain Picard zur Brücke.«

»Bestätigung.« Er sah Guinan an und ergriff ihre Hand. »Vielen Dank für Ihren weisen Rat«, sagte er und ging.

Als Picard die Brücke betrat, standen Riker und Data an der wissenschaftlichen Station.

»Sir …« Riker nahm Haltung an. »Das Wurmloch hat sich verändert.«

Datas Blick blieb auf die Displays gerichtet, und der Captain spürte, wie sich in seiner Magengrube etwas zusammenkrampfte. Der angenehme Geschmack des Earl-Grey-Tees verwandelte sich plötzlich in etwas Bitteres. Er war noch nicht auf eine Konfrontation vorbereitet, nicht so kurz nach dem Gespräch mit Guinan. Er brauchte Zeit, um über ihre Worte nachzudenken.

Doch genau daran mangelte es, an Zeit.

»Analyse, Mr. Data.«

»Das Wurmloch ist fünfzig Zentimeter größer geworden. Es dehnt sich mit einer Geschwindigkeit von zwei Zentimetern pro Minute aus.«

Picard konnte die Veränderung des Wurmlochs nicht sehen, aber er wußte, daß er sich auf die Genauigkeit von Datas Angaben verlassen durfte.

»Die energetischen Emissionen nehmen ebenfalls zu, und zwar in einem wesentlich stärkeren Maß«, sagte der Androide. »Außerdem kommt es in der Nähe des Wurmlochs zu einem geringfügigen Masseschwund.«

»Was zeigen die Sensoren sonst noch an?« fragte Picard. »Gibt es Hinweise auf den bevorstehenden Transfer weiterer Schiffe?«

»Nein, keine direkten«, antwortete Data. »Aber die derzeitigen energetischen Strukturmuster ähneln denen, die die Brundage-Station einige Stunden vor dem Eintreffen der ersten Schiffe feststellte.«

»Die fünf Furienraumer haben sich ein wenig von dem Wurmloch entfernt, um nicht vom Masseschwund erfaßt zu werden«, sagte Riker.

»Das ergibt durchaus einen Sinn«, kommentierte Picard.

»Wenn sich der frühere Transfervorgang jetzt wiederholt, könnten innerhalb von sechs Stunden weitere Schiffe eintreffen«, erklärte der Erste Offizier.

Weitere Schiffe. Wie viele? Eine ganze Flotte?

Picard stand steif und gerade, achtete darauf, daß seine Miene ausdruckslos blieb. Sechs Stunden. Sechs Stunden, um seine Furcht zu kontrollieren, um über sein ›genetisches Erbe hinauszuwachsen‹. Sechs Stunden, um diesen Teil der Galaxis vor dem Verderben zu bewahren.

»Hat sich Mr. LaForge gemeldet?« fragte der Captain.

»Ja, Sir«, entgegnete Riker. »Er meinte, daß wir uns vielleicht vor dem Strahl der Furien abschirmen könnten, wenn wir die Schilde auf dem Subraum-Niveau modifizieren.«

»Nannte er einen Zeitpunkt?«

»Inzwischen müßte er eigentlich damit fertig sein, Sir.«

Picard drehte sich um. »Maschinenraum.«

»Ich höre, Captain«, erklang die Stimme des Chefingenieurs.

»Sind Sie für einen Test der Abschirmung bereit?«

»Ja, Sir. Schirmfeld wird jetzt aktiviert.«

»Gute Arbeit«, sagte Picard.

Noch während er diese beiden Worte formulierte, löste sich die Furcht tief in seinem Innern auf, floß fort wie Wasser durch eine Rinne. Sofort stellte sich Erleichterung ein. Picard sah sich um – die Gesichter der Brückenoffiziere wiesen darauf hin, daß diese ebenso empfanden.

Er wandte sich an Data. »Teilen Sie den anderen Schiffen mit, auf welche Weise sie sich vor dem Manipulierungsstrahl der Furien schützen können.«

»Aye, Sir«, bestätigte der Androide.

»Sir.« In Worfs Stimme vibrierte Sorge, was bedeutete: Die Situation wurde kritisch. »Zwei Furienschiffe beschleunigen und fliegen in unsere Richtung.«

»Alarmstufe Rot.« Picard drehte sich um und sah zum großen Wandschirm. Drei Schiffe der Fremden wahrten ihre bisherige Position, doch die beiden anderen näherten sich nun der *Enterprise*. Ein Konflikt mit den Furien widerstrebte dem Captain. Er wollte weder jetzt noch irgendwann sonst gegen sie kämpfen. Wie dem auch sei: Wenigstens belastete ihn jetzt keine Furcht mehr, was seine Überlebenschancen ebenso verbesserte wie die der anderen Personen an Bord.

»Gefechtsstationen besetzen.«

Der Captain nahm im Kommandosessel Platz und beobachtete die beiden Schiffe. *Die Fremden wollen uns erledigen, bevor wir Hilfe bekommen*, dachte er. *Aber sie werden kein leichtes Spiel haben.*

»Öffnen Sie einen externen Kom-Kanal, Mr. Worf.«

»Sie gehen in Angriffsposition, Sir.«

»Öffnen Sie einen externen Kanal, Mr. Worf!«

»Aye, Sir.«

Die beiden Raumer setzten den Anflug fort, während sich die drei anderen Schiffe nicht von der Stelle rührten.

Picard befeuchtete sich die Lippen und schmeckte einen Rest des Tee-Aromas. Er hatte Guinan versprochen, einen Kommunikationsversuch zu unternehmen – dieser Versuch fand jetzt statt.

»Keine Antwort, Sir«, sagte Worf.

»Captain, von den beiden Schiffen gehen jetzt ebenfalls Manipulierungsstrahlen aus«, sagte Riker ruhig. »Offenbar soll die Wirkung des Hauptstrahls verstärkt werden.«

Data räusperte sich demonstrativ. »Ich glaube, ein solches Verhalten kann als Angriff gewertet werden. Die Starfleet-Vorschrift Vier Strich …«

»Ich kenne die Vorschriften, Mr. Data.« Picard schloß die Hände fest um die Armlehnen des Kommandosessels. »Mr. Worf, Sie haben sich mit der Fähigkeit des ersten Furienschiffes befaßt, destruktive Energie zu absorbieren. Sind inzwischen Gegenmaßnahmen ergriffen worden?« Der Captain kannte die Antwort auf diese Frage, aber er wollte ganz sicher sein, die letzten Reste von Zweifel aus sich verbannen.

»Ja, Sir«, antwortete der Klingone. »Unsere Phaser und Photonentorpedos sind so modifiziert worden, daß eine Absorption ihrer Energie nicht mehr möglich ist.«

»Wir erhöhen also nicht das energetische Potential der Furien, wenn wir auf sie feuern?« vergewisserte sich Picard, während sein Blick auf den Wandschirm gerichtet blieb.

»Nein, Sir«, brummte Worf.

Picard beobachtete noch immer die sich schnell

nähernden Schiffe. »Na schön. Richten Sie die Zielerfassung der Phaser auf die beiden Raumer. Volle Energie. Eröffnen Sie das Feuer, sobald Sie bereit sind.«

»Ja, Sir«, sagte Worf.

Eine Sekunde später erbebte die *Enterprise,* als sie von den Strahlblitzen der Furien getroffen wurde.

15

Es war viel zu heiß. Deanna mußte durch den Mund atmen, um Luft zu bekommen. Auf ihrer Zunge bewegten sich Dinge, krochen hin und her, glitten ihr durch die Kehle.

Kleine, schleimige Dinge.

Eklige Geschöpfe.

Sie versuchte, zu spucken und zu würgen, aber irgend etwas hinderte sie daran. Ein Teil von ihr brauchte die kleinen Lebewesen ebenso dringend wie Atemluft.

Konzentrier dich, Deanna, sagte ihre Mutter.

Laß mich in Ruhe. Ich schlafe.

Man sollte nicht am Schlaf festhalten, wenn man an einem Alptraum leidet, Teuerste.

Deanna blickte auf den Bildschirm vor ihr.

Die *Enterprise* zeigte sich als kleine Scheibe in der Ferne, der Hauptrumpf nur eine dünne Linie unter dem Diskussegment. Das Schiff wirkte winzig, unbedeutend.

Bestimmt war es leicht zu besiegen.

Das hoffte sie jedenfalls.

Deanna.

Laß mich allein, Mutter.

Nein, Schatz. Du weißt doch, wie sehr ich es verabscheue, wenn du so beunruhigt bist.

Mutter, bisher hast du Beunruhigung meinerseits nie zur Kenntnis genommen.

Ich spüre deinen Schmerz wie meinen eigenen, Tochter. Wach jetzt auf.

Schweiß rann ihr über die Wange und erreichte die Lippen. Deanna leckte ihn fort und fühlte, wie ihr etwas über den Hals krabbelte.

Sie keuchte.

Und hustete.

Und öffnete die Augen.

Beverly Crushers Gesicht schwebte über ihr.

Sie spürte die Besorgnis der Ärztin, als Beverly versuchte, mit einem Lächeln über ihr Empfinden hinwegzutäuschen.

»Freut mich, daß Sie wach sind.«

»Mhm«, brachte Deanna hervor. Sie wußte nicht, was sie sonst sagen sollte. Die Traumbilder waren noch immer sehr nahe – so nahe, als stammten sie überhaupt nicht aus einem Traum. Sie gewann den Eindruck, einen wichtigen Aspekt in ihnen übersehen zu haben. Wenn sie sich konzentrierte, fand sie den fehlenden Faktor vielleicht. Ihm kam große Bedeutung zu...

»Ein Alptraum?«

Deanna nickte. Unter Beverlys Sorge gab es noch andere Gefühle. Furcht. Schrecken. Und Entsetzen. Tief verwurzelt und heiß – heiß genug, um ihr Selbst zu verbrennen, wenn sie nicht aufpaßte.

Der Traum verflüchtigte sich. »Was ist passiert?« fragte Deanna leise, während ihre Gedanken in einem emotionalen Strom schwammen.

»Die Furien richteten einen Interraum-Strahl auf uns und...«

»Und es trug das Grauen auf seinen Schwingen...«, murmelte Deanna.

»Wie bitte?«

Die Counselor schüttelte den Kopf. »Etwas, von dem ich geträumt habe.«

»Nun, in diesem Fall handelte es sich nicht um einen Traum«, sagte Beverly. »Die Furien griffen uns durch den Interraum an, und Sie wurden von einer jähen emotionalen Flut aus Angst und Entsetzen überwältigt. Ich habe Sie gerade noch rechtzeitig gefunden.«

Deanna erinnerte sich: Sie hatte den Insignienkommunikator abgelegt und dem Computer einige Anweisungen übermittelt, wollte sich dann auf den Weg zur Brücke machen …

Irgendwann war dann die Stimme ihrer Mutter erklungen.

»Meine Mutter ist doch nicht an Bord, oder?«

»Nein«, antwortete Beverly. »Warum?«

Deanna schüttelte den Kopf. Ein alter Schrecken, basierend auf der Befürchtung, daß ihre Mutter alles wußte. »Jene Angst, die sich bei der Crew ausbreitete … Sie sitzt sehr tief, nicht wahr?«

»Ja«, erwiderte Beverly. »Es ist mir gelungen, einen Teil davon zu blockieren, und Geordi hat eine spezielle Abschirmung entwickelt, aber wir wissen nicht, wie lange wir geschützt sind.« Sie hob den Kopf, sah aufs Display am Kopfende der Liege und las die aktuellen Biodaten der Counselor.

Deanna wollte sie nach ihrem Zustand fragen, doch ihr Gaumen war viel zu trocken. Der emotionale Strom gewann eine etwas deutlichere Ausprägung. Die Gefühle pulsierten unter einem sonderbaren Dunst, so als hätte sie jemand mit Gaze bedeckt.

»Die Biodaten deuten darauf hin, daß Ihre mentale Belastung steigt, Deanna. Ich glaube, ich muß Ihnen erneut ein Sedativ geben.«

»Sie haben mich geweckt, nicht wahr?«

Beverly nickte. »Als sich die Lage an Bord beruhigte. Und weil ich Sie etwas fragen muß. Anschließend sediere ich Sie wieder, damit Sie vor den fremden Emotionen geschützt sind. Sie brauchen Gelegenheit, sich zu erholen und Ihre Kräfte zu erneuern.«

Deanna war jetzt imstande, die einzelnen Furcht-Emanationen zu isolieren. Fähnrich Mael konnte sein Entsetzen kaum unter Kontrolle halten. Und jemand in der Nähe steckte so voller Grauen, daß er allmählich den Verstand verlor.

Die Counselor drehte den Kopf, blickte zur Seite und sah einen ihr unbekannten Mann auf der nächsten Liege.

»Er stirbt«, sagte sie.

»Ich weiß«, erwiderte Beverly. »Bei ihm läßt sich mit Sedativen nichts gegen die Alpträume ausrichten. Noch schlimmer wäre es, ihn zu wecken.«

Deanna ballte die Fäuste. Ein Teil ihres empathischen Potentials war blockiert, aber trotzdem spürte sie, wie das von dem Mann ausgehende Entsetzen nach ihr tastete, durch ihren emotionalen Kosmos kroch.

»Wie lautet Ihre Frage?« Sie mußte Bescheid wissen, bevor sie die Fähigkeit verlor, klar zu denken.

»Ich kann ihm nicht helfen, Deanna. Er stirbt, und es gibt keine physische Ursache.«

»Wer ist er?« hauchte die Counselor.

»Lieutenant Young.«

»Der Mann, der den Furien begegnete?«

Beverly nickte.

Er ertrank in einem Meer aus Grauen. Deanna fühlte es ganz deutlich. Er hatte nichts, woran er sich festhalten konnte, versank immer tiefer im Schrecken.

»Wenn er erwacht, wird es sicher noch schlimmer für ihn.«

Deanna schüttelte den Kopf. »Er muß erfahren, daß keine Gefahr mehr droht. Sie müssen ihm zeigen, daß er in Sicherheit ist. Andernfalls verlieren Sie Ihren Patienten. Darauf kommt es in erster Linie an: Geben Sie ihm das Gefühl, in Sicherheit zu sein.«

Beverlys Besorgnis wuchs – sie wußte offenbar, daß Deanna riskierte, die Kontrolle über sich zu verlieren. »Was ist mit Ihnen?« fragte sie. »Kann ich Ihnen auf die gleiche Weise helfen?«

Die Counselor schüttelte den Kopf. »Meine Welt unterscheidet sich von seiner. Träume können für ihn tödlich sein; die Bilder in seinem Geist überwältigen ihn. In meinem gegenwärtigen Zustand kann ich mich vor seinen Emotionen ebensowenig abschirmen wie vor denen anderer Personen. Deshalb habe ich das Bewußtsein verloren.«

Beverly streckte die Hand nach einem kleinen Tisch aus und ergriff einen Injektor. »Ich gebe Ihnen erneut eine Dosis des Sedativs, wenn Sie möchten.«

Deanna nickte. »Wecken Sie mich, wenn Sie mehr Hilfe brauchen. Bestimmt erhole ich mich schnell.«

»Ich werde versuchen, ohne Sie zurechtzukommen«, entgegnete Beverly.

Sie hielt den Injektor an den Hals der Counselor und zögerte, als Rikers Stimme aus den Kom-Lautsprechern drang. »Alarmstufe Rot«, verkündete er. »Gefechtsstationen besetzen.«

Wenige Sekunden später erbebte das Schiff. Beverly stützte sich am kleinen Tisch ab, und dadurch gelang es ihr, das Gleichgewicht zu wahren. Deanna klammerte sich am Rand der Diagnoseliege fest. Wellen aus Furcht durchströmten sie, aber sie versuchte, bei Bewußtsein zu bleiben.

Sie durfte nicht ausgerechnet jetzt in Ohnmacht fallen.

Ihr war gerade eingefallen, was sie in ihrem Alptraum herausgefunden hatte.

»Beverly, sagen Sie dem Captain...« Die Angst

wurde immer intensiver, und sie konnte nicht mehr feststellen, von wem die entsprechenden Gefühle stammten. Verwirrt runzelte sie die Stirn, als ihre Gedanken zerfaserten.

»Was soll ich ihm sagen, Deanna?«

Der Captain. Er sollte etwas erfahren. Aber was? O ja. Sie konzentrierte sich. »Sagen Sie ihm, daß sich die Furien ebensosehr vor uns fürchten wie wir vor ihnen. Sie fürchten uns, weil sie glauben, wir hätten sie in die Hölle verbannt.«

Beverly wirkte überrascht, doch es blieb Deanna nicht genug Zeit, Erklärungen hinzuzufügen. Schwärze flutete ihr entgegen. Sie hob die Hand, tastete nach dem Injektor …

Die Ärztin verstand und verabreichte ihr das Betäubungsmittel, als sich eine Faust aus Entsetzen um Deanna schloß und sie zu zerquetschen drohte.

Eine andere Art von Dunkelheit erfaßte sie. Die Counselor hieß jene Finsternis willkommen, denn sie brachte Ruhe und Stille.

Die beiden Furienschiffe flogen der *Enterprise* entgegen. Dr. Crushers Mittel und Geordis Abschirmung funktionierten offenbar, denn Riker fühlte nur den für einen bevorstehenden Kampf typischen Adrenalinschub, sonst nichts.

Es regte sich keine Furcht in ihm.

Er wußte, daß es die *Enterprise* wenigstens mit einem der beiden Schiffe aufnehmen konnte. *Wenn die Furien mit Angst und Entsetzen bei uns rechnen, so haben wir vielleicht die Möglichkeit, mit beiden Schiffen fertig zu werden,* dachte der Erste Offizier.

Photonentorpedos rasten den Angreifern entgegen. Die beiden Schiffe glitten auseinander: Eins flog nach oben, in bezug auf die *Enterprise,* das andere nach unten. Gleichzeitig eröffneten sie das Feuer.

Riker hielt sich an den Armlehnen seines Sessels fest und erwartete starke Erschütterungen.

Das Schiff schüttelte sich, und die Lichter flackerten kurz. Picard stand auf, und grimmige Entschlossenheit zeigte sich in seinem Gesicht.

Die Photonentorpedos trafen einen gegnerischen Raumer und verfehlten den anderen. Das grelle rote Blitzen hinterließ eine schwarze Narbe am Rumpf des getroffenen Furienschiffes.

»Status, Mr. Data«, sagte Picard scharf.

»Unsere Schilde halten«, meldete der Androide.

»Aber sie fluktuieren, Sir«, fügte Fähnrich Eckley hinzu.

»Das stimmt«, bestätigte Data. »Die Waffen der Fremden sind ganz offensichtlich mit der Fähigkeit ausgestattet, die Frequenzen unserer Schilde zu stören. Dabei handelt es sich um eine neue Eigenschaft.«

Die beiden Angreifer flogen in einem weiten Bogen um die *Enterprise* herum, wie Raubtiere, die dazu bereit waren, sich auf ihr Opfer zu stürzen. Riker beobachtete sie aufmerksam und hielt nach schwachen Stellen Ausschau.

»Können Sie unsere Schilde modifizieren, Mr. Data?« fragte Picard.

»Nein, Sir«, antwortete der Androide. »Ich glaube, diese Art von Arbeit muß im Maschinenraum geleistet werden.«

Der Captain klopfte auf seinen Insignienkommunikator. »Mr. LaForge ...«

»Ich bin schon dabei, Sir«, sagte Geordi.

Die Furienschiffe kehrten zurück.

»Es steht ein zweiter Angriff bevor, Captain«, warnte Riker.

»Mr. Worf ...«

»Photonentorpedos aufs Ziel gerichtet, Sir«, ließ sich der Klingone vernehmen.

»Feuer!« befahl Picard.

Erneut rasten Torpedos durchs All, und diesmal wurden beide Schiffe getroffen. Die energetischen Druckwellen waren stark genug, um die Furienraumer aus ihren bisherigen Flugbahnen zu schleudern. Es gelang ihnen nicht, die destruktive Energie zu absorbieren. Tatsächlich schien das Gegenteil zu geschehen. In der Struktur der fremden Schiffe gab es allem Anschein nach einen Faktor, der die zerstörerische Wirkung der Photonentorpedos noch verstärkte.

»Ins Schwarze getroffen!« entfuhr es Riker. Er hätte fast gejubelt.

»Ausgezeichnet, Mr. Worf«, sagte Picard. »Richten Sie die Zielerfassung diesmal auf den Heckbereich – ich glaube, dort befinden sich die Triebwerke.«

»Das stimmt«, pflichtete Data dem Captain bei.

»Fokus ausgerichtet«, sagte Worf.

»Feuer!«

Weitere Torpedos rasten durchs All, den beiden Schiffen entgegen, deren Fluglage sich noch nicht wieder stabilisiert hatte.

»Sir, die Kapazität unserer Schilde liegt bei fünfzig Prozent«, berichtete Data. »Im Bereich der Decks sechs und sieben weisen sie Strukturlücken auf.«

»Mr. LaForge?«

»Ich weiß, Sir. Geben Sie mir zehn Sekunden Zeit.«

»Sie haben fünf«, erwiderte Picard.

»Aye, Sir.«

Die Photonentorpedos trafen auch diesmal, doch zunächst geschah nichts. Riker hielt unwillkürlich den Atem an. Wenige Sekunden später glühte es rot am Heck eines Schiffes.

Energetische Entladungen gingen davon aus, tasteten rankenartig über den Rumpf des Raumers zum Bug, um von dort aus wieder in Richtung Heck zurückzukehren. Ein elektrischer Sturm schien zu wüten, verstärkte sowohl das rote Glühen als auch die Blitze.

Das Schiff geriet ins Trudeln, drehte sich um die eigene Achse – und explodierte.

Die Wucht der Detonation fegte das zweite Schiff fort. Es machte von seinen Waffen Gebrauch, doch die Strahlblitze verfehlten die *Enterprise*.

Worf grollte leise und brachte auf diese Weise tiefe Zufriedenheit zum Ausdruck. Riker fühlte sich versucht, seinem Beispiel zu folgen, aber er blieb still und sah zum Wandschirm. Sein Blick galt dem zweiten Schiff, und Picard beobachtete es ebenfalls. Ein seltsamer Ausdruck zeigte sich im Gesicht des Captains. Er schien mit sich selbst zu ringen, einerseits zufrieden zu sein und andererseits voller Kummer über die jüngste Entwicklung der Ereignisse.

Riker empfand nichts als Freude über den Sieg.

»Mr. Worf...« Picards Stimme klang fest, verriet nichts von dem Konflikt in seinem Innern. »Richten Sie die Zielerfassung der Photonentorpedos auf das zweite Schiff.«

»Fokus ausgerichtet, Sir.«

Riker lächelte. Worfs schnelle Reaktion ließ vermuten, daß er den Zielerfassungsfokus schon vorher ausgerichtet hatte.

»Das Schiff entfernt sich von uns«, sagte Data.

Riker ballte die Fäuste. *Wir sollten trotzdem das Feuer eröffnen*, dachte er – obwohl dies den Starfleet-Prinzipien widersprach. Der Gedanke kam tief aus seinem Innern, aus einem Bereich seines Wesens, der ihm bisher fremd geblieben war. Er wurzelte in der Furcht, die die Manipulierungswaffe der Furien geschaffen hatte.

»Captain...«, sagte Data. Er schien zu glauben, daß Picard ihn nicht gehört hatte. »Das Schiff kehrt zu den drei anderen Raumern am Furienpunkt zurück.«

Picard schwieg noch immer und sah zum Wandschirm.

»Sollen wir das Feuer eröffnen, Sir?«

Auch diesmal gab der Captain keine Antwort. Die gemischten Gefühle waren inzwischen aus seinem Gesicht verschwunden.

»Vermuten Sie einen Trick, Sir?« fragte Riker.

Picard ließ den Atem entweichen. Offenbar hatte er ihn angehalten.

»Wir haben die Schilde im Bereich der Decks vier, fünf und sechs verloren«, meldete Data.

Das weckte Picards Aufmerksamkeit. Unterdessen setzte das fremde Schiff den Flug zum Furienpunkt fort.

»Sollen wir das Feuer eröffnen, Sir?« fragte Worf noch einmal. Leise Verachtung erklang in seiner Stimme und wies darauf hin: Wenn es allein nach ihm gegangen wäre, hätte er längst die Entscheidung getroffen, auch den zweiten Angreifer zu vernichten.

»Nein, Mr. Worf.« Picard kehrte zum Kommandosessel zurück. »Deaktivieren Sie die Zielerfassung der Photonentorpedos und bringen Sie uns dann in unsere ursprüngliche Position zurück.«

Er wandte den Blick nicht vom Wandschirm ab. Auch Riker sah wieder zum großen Projektionsfeld und beobachtete, wie das Schiff vor dem dritten Furienraumer verharrte. Irgendwie wirkte es dort fehl am Platz, so als sei die Formation nicht komplett.

Ein Eindruck, der sicher stimmte.

»Wir haben sie überrascht, Nummer Eins«, sagte Picard. »Das wird uns nicht noch einmal gelingen.«

Riker schluckte. Wieder regte sich Furcht in ihm, wenn auch nur für einige wenige Sekunden. »Ich weiß.« Das Überraschungsmoment hatte ihnen wenigstens einen Erfolg ermöglicht.

»Mr. Data ...« Picard wandte sich an den Androiden. »Wann treffen die *Madison* und *Idaho* ein?«

»In zweiundfünfzig Minuten, Sir.«

Riker kehrte ebenfalls zu seinem Platz zurück. Das Gefecht hatte weniger als zehn Minuten gedauert, aber aus irgendeinem Grund war es ihm viel länger erschienen.

»Die klingonischen Schiffe erreichen uns zur gleichen Zeit«, sagte Worf.

»Danke für den Hinweis.« Picards Blick glitt zum Androiden. »Mr. Data, wann ist das Wurmloch Ihrer Meinung groß genug, um den Transfer von weiteren Furienschiffen zu ermöglichen?«

»Nach meinen Berechnungen erlaubt das Wurmloch in einundachtzig Minuten die Passage von Furienraumern, Sir. Ich muß allerdings einschränkend hinzufügen, daß wir nichts über den Status des Wurmlochs auf der anderen Seite wissen.«

Einundachtzig Minuten. Einmal mehr sah Riker zum Wandschirm. Er zeigte vier fremde Raumschiffe, die mit Relativgeschwindigkeit null im All schwebten, nicht weit von einem unsichtbaren Wurmloch entfernt, das rasch wuchs. Wenn es groß genug geworden war, transferierte sich vielleicht eine gewaltige Invasionsflotte, um den ganzen Quadranten zu erobern.

Derzeit stand ihr nur die *Enterprise* im Weg.

Riker verstand nun, wie vor vielen Jahrhunderten die Klingonen empfunden hatten, als die Herq angriffen. *Sie müssen sich klein und hilflos gefühlt haben*, dachte er. *Dem Untergang geweiht*.

»Ich hoffe, Ihre Schätzungen sind richtig, Mr. Data.«

Der Androide drehte sich um. »Warum sollte ich Ihnen unrichtige Schätzungen nennen, Sir?«

Riker schüttelte den Kopf. Die anderen Brückenoffiziere wußten, was Picard meinte. Wenn die Daten nicht präzise waren, wenn das Wurmloch exponentiell und nicht linear wuchs – dann erfolgte die Passage der Invasionsflotte vor dem Eintreffen der Verstärkung. In dem Fall war die erste Schlacht verloren, noch bevor sie richtig begann.

Dann begann etwas, neben dem der Angriff auf die Brundage-Station wie ein gemütlicher Abend auf dem Ferienplaneten Risa wirkte.

16

»Das war knapp«, sagte LaForge. Er schloß eine Verkleidungsplatte und sank in den nächsten Sessel.

Redbay befestigte die Platte mit einem speziellen Werkzeug und spürte, wie ihm der schweißfeuchte Uniformpulli am Rücken festklebte. LaForge hatte recht. Es war knapp gewesen, sehr knapp.

Als Picard ihnen nur fünf Sekunden für die Modifizierung der Schilde ließ … Redbay hatte es für unmöglich gehalten. Doch der Chefingenieur blieb unbeeindruckt. Zwei Sekunden später versagten fünf energetische Ebenen der Deflektoren, und Geordi setzte die Arbeit fort. Nach vier Sekunden war es ihm gelungen, den größten Teil der notwendigen Veränderungen vorzunehmen.

»Sie haben doch gesagt, es seien zehn Sekunden erforderlich«, meinte Redbay verwundert.

»Der Captain setzt immer kürzere Zeitlimits für Reparaturen«, erklärte LaForge. »Wenn man seinen Angaben eine entsprechende Sicherheitsmarge hinzufügt, erweckt man bald den Eindruck, Wunder wirken zu können.«

»So etwas wäre mir nie in den Sinn gekommen«, erwiderte Redbay.

»Mir auch nicht so ohne weiteres«, sagte LaForge und nahm sich eine neue Verkleidungsplatte vor. »Ich habe den Tip von einem Fachmann, und ich muß sagen: Es funktioniert.«

Nach einigen Minuten nahm sich LaForge die Hauptkonsole vor, während Redbay Schaltflächen berührte und sich vom Computer Diagramme zeigen ließ. Irgend etwas am Angriff der Furien beunruhigte ihn. Die Kapazität der Schilde hätte nicht so schnell nachlassen dürfen. Den Fremden war es irgendwie gelungen, die Schildfrequenzen zu stören. Aber trotz der Strukturlücken in den Deflektoren hatte die von ihm und LaForge entwickelte Abschirmung standgehalten, die Crew vor der emotionalen Manipulation geschützt. Allerdings war nicht garantiert, daß jenes Schirmfeld auch weiterhin stabil blieb.

Redbay warf einen kurzen Blick über die Schulter. Drei Besatzungsmitglieder bemühten sich, die beschädigten Schildgeneratoren in Ordnung zu bringen. Andere waren nach wie vor am Warpkern beschäftigt. Vier Techniker hatten sie durch den ersten Angriff mit dem emotionalen Manipulierungsstrahl verloren, und hinzu kamen ›gewöhnliche‹ Ausfälle durch Krankheit.

Er richtete seine Aufmerksamkeit wieder auf die Konsole. »Es erstaunt mich, daß es die Furien nicht schafften, uns das gesamte Deflektorpotential zu nehmen.«

»Vielleicht hielten sie das gar nicht für notwendig«, erwiderte LaForge. Er wirkte besorgt, als seine Finger über Kontrollelemente hinwegtanzten. »Sie glaubten wahrscheinlich, wir seien aus Angst vor ihnen wie gelähmt. Vermutlich nahmen sie an, wir würden uns schon nach der ersten Salve ergeben.«

Redbay nickte. Die Ausführungen des Chefingenieurs klangen durchaus plausibel, aber sie betrafen nicht das, was Unruhe in ihm schuf. In ihm verdichtete sich der Eindruck, daß sie einem ganz bestimmten Situationsaspekt nicht genug Aufmerksamkeit schenkten.

»Aber wenn die Furien gleich noch einmal angreifen, erwischen sie uns«, fügte LaForge hinzu. »Die Stabilität des Abschirmfelds ist beeinträchtigt. Ich glaube, es kollabiert innerhalb der nächsten zehn Minuten.«

Genau das war es – die Ursache der vagen Unruhe. Redbay blickte auf die Displays und sah dort die Bestätigung: Sie würden ihren Schutz tatsächlich bald verlieren.

»Es sollte nicht weiter schwer sein, die Sache in Ordnung zu bringen«, sagte er. Erneut betätigte er Schaltflächen, woraufhin ein Monitor neue graphische Darstellungen präsentierte: Sie verdeutlichten die einzelnen Phasen der Instandsetzung.

»Gute Idee«, meinte LaForge. »Aber wir können die Schilde wohl kaum reparieren, ohne sie vorher zu deaktivieren.«

Ein jäher Kloß formte sich in Redbays Kehle. Das Entsetzen war aus ihm verschwunden. Er spürte nur noch eine leichte Anspannung, etwas weniger intensiv als damals während der Akademie-Ausbildung. Nie wieder wollte er jenes gräßliche Grauen ertragen müssen.

Nie wieder.

»Unmöglich«, sagte Redbay.

»Ich weiß.« Geordi holte tief Luft und klopfte auf den Insignienkommunikator.

»LaForge an Brücke.«

»Hier Picard.«

»Captain ...«, begann der Chefingenieur. »Innerhalb der nächsten zehn Minuten verlieren wir das Abschirmfeld. Ich kann es reparieren, aber dazu ist eine Deaktivierung erforderlich.«

»Ausgeschlossen, Mr. LaForge.«

Redbay glaubte fast, einen Hauch Panik in der Stimme des Captains zu hören. Picard hatte sofort begriffen: Wenn sie das Abschirmfeld deaktivierten, fiel die Crew wieder dem Entsetzen zum Opfer.

»Es ist möglich, wenn wir uns weit genug vom Furienpunkt entfernen, Sir«, sagte Geordi.

Redbay fühlte, wie sich ein Teil seiner Anspannung verflüchtigte. LaForge hatte recht. Eine Veränderung ihrer Position würde helfen.

»Soweit ich weiß, hat der von den Furien generierte emotionale Manipulierungsstrahl eine große Reichweite«, sagte Picard. »Wir müßten also ziemlich weit fliegen, um seinen Wirkungsbereich zu verlassen. Dazu fehlt uns schlicht und einfach die Zeit.«

»Die Intensität des Strahls wird mit zunehmender Distanz geringer«, sagte der Chefingenieur.

Redbay gab so rasch wie möglich Zahlen ein. Eine Reparatur ließ sich durchführen, wenn die emotionale Belastung nicht über das gegenwärtige Niveau hinausging.

»Ich bin nach wie vor skeptisch, Mr. LaForge.«

Innerhalb weniger Sekunden fand Redbay die Stelle und zeigte sie Geordi auf dem Schirm.

LaForge nickte ihm bestätigend zu. »Wir brauchen keine sehr große Strecke zurückzulegen, Sir. Wenn wir uns sieben Minuten lang mit Warp acht vom Furienpunkt entfernen, erreichen wie einen Ort, wo wir auch bei deaktiviertem Schirmfeld nicht mehr Furcht verspüren als jetzt. Die Reparatur des Generators nimmt nicht viel Zeit in Anspruch. Ich schätze, wir können innerhalb einer halben Stunde hierher zurückkehren.«

Der Captain schwieg. LaForge und Redbay wechselten einen Blick.

»Warum antwortet er nicht?« flüsterte Redbay. Er schauderte, als er sich vorstellte, erneut der vollen Intensität des Manipulierungsstrahls ausgesetzt zu sein.

»Er prüft nach, wann die Verstärkung eintrifft«, raunte Geordi.

»Na schön, Mr. LaForge«, sagte Picard schließlich.

»Wir verlassen diesen Bereich für genau eine halbe Stunde. Länger bleiben wir nicht fort. Haben Sie verstanden?«

»Ja, Sir.«

»Unterrichten Sie die anderen Schiffe mit einer verschlüsselten Nachricht von den Modifikationen. Sie sollen geschützt sein, wenn sie es mit den Furien zu tun bekommen.«

»Aye, Sir«, sagte LaForge.

»Picard Ende.«

»Mr. Anderson«, sagte Geordi, »Sie überwachen die Veränderungen von hier aus, zeichnen die Daten auf und verschlüsseln sie für eine Kom-Übertragung zu den anderen Schiffen.«

Anderson verließ seinen Posten beim Warpkern. »Die Reparaturen des Kerns sind noch nicht beendet, Sir.«

»Dies hat derzeit Priorität«, erwiderte LaForge.

»Aye, Sir.« Anderson nahm an einer freien Konsole Platz und wartete.

Eine Sekunde später heulte das Triebwerk wie Wind in einer Höhle, als die *Enterprise* den Warptransfer einleitete und vom Furienpunkt fortraste.

»Das klingt nicht besonders gut«, kommentierte Redbay. Selbst die Warptriebwerke von Frachtern hörten sich besser an.

»Keine Sorge«, sagte LaForge. »Der Kern hält durch. Dies ist ein gutes Schiff.«

Redbay sah LaForge an und runzelte die Stirn. »Auch auf gute Schiffe ist nicht mehr hundertprozentig Verlaß, wenn sie beschädigt sind.«

Geordi lächelte. »Da bin ich ganz Ihrer Meinung. Allerdings habe ich mir den Warpkern selbst angesehen und weiß daher, daß die Beschädigungen nur oberflächlicher Natur sind. Unsere Hauptsorge gilt derzeit den Schilden. Wir müssen schnell und präzise arbeiten, um die notwendigen Modifikationen innerhalb so kurzer Zeit vorzunehmen.«

Anderson sah zu LaForge – offenbar hatte er den besonderen Unterton in der Stimme des Chefingenieurs gehört. Wenn die Reparaturen länger dauerten oder nicht korrekt durchgeführt wurden, so litten nicht nur die Besatzungsmitglieder der *Enterprise*, sondern auch die Personen an Bord der *Madison* und *Idaho*.

»Ein wenig Druck sorgt dafür, daß die Arbeit interessant bleibt«, meinte Redbay.

LaForge klopfte ihm auf den Rücken. »Freut mich, daß Ihnen die Sache gefällt.«

Redbay schüttelte den Kopf. Die Sache gefiel ihm ganz und gar nicht. Wie hatte es Will nur geschafft, solche Belastungen über Jahre hinweg zu ertragen? Im Vergleich dazu erschien es ihm geradezu entspannend, die Prototypen neuer Shuttles zu testen. Sein alter Freund mußte über eine beneidenswerte innere Festigkeit verfügen.

Die Luft war jetzt viel dichter und enthielt jede Menge Leckerbissen. Dea hatte gute Arbeit geleistet, zu Vedils großer Überraschung. Aber sie irrte sich, wenn sie glaubte, dadurch eine Kommandoposition zu erhalten.

Dunstschwaden filterten das Licht der Lampen. Die Feuchtigkeit fühlte sich gut an auf der scharlachroten Haut.

Vedil saß im Kommandosessel und streckte die Hufe von sich.

Etwas in Hinsicht auf die Unreinen besorgte ihn.

Er klopfte mit den langen Fingernägeln auf die Armlehnen des Sessels und betrachtete die Darstellungen eines Displays, das zum Kommandosessel gehörte – angesichts der dichten Dunstschwaden reichte der Blick kaum weiter als bis zur Navigationsstation.

Der Bildschirm zeigte Vedil Trümmer, die Reste von Sses Schiff.

Sse war keine besonders gute Kommandantin gewesen. Vor dem inneren Auge sah er ein Erinnerungsbild: eine Frau mit flauschigem rosarotem Pelz und großen blauen Augen. Nicht alle Furien waren Ungeheuer.

Doch die Zerstörung des Schiffes konnte er nicht der Inkompetenz Sses zur Last legen. Sie wies vielmehr auf die Fähigkeiten des Gegners hin.

Die Experimente mit dem Bewußtsein des jungen Terraners an Bord der Wachstation wiesen auf folgendes hin: Eigentlich sollten die Unreinen überhaupt nicht imstande sein, mit einer solchen Zielstrebigkeit zu agieren. Das Entsetzen hätte sie lähmen sollen.

»Nehmen Sie eine gründliche Sondierung vor«, ordnete Vedil an.

»Vergo, Euer Eminenz, Sir«, sagte Prote, »es entstanden Strukturlücken in den Schilden, bevor die *Kalyb* abdrehte.«

»Und das bedeutet?« fragte Vedil.

»Die Unreinen sollten unsere Macht zehnmal so stark spüren wie vorher. Ich habe unseren Strahl überprüft und seine Intensität verstärkt, so wie Sie befahlen.«

Vedil klopfte auch weiterhin mit den Fingernägeln. Die dicke, feuchte Luft schien das Klicken und Klacken schon nach wenigen Metern zu verschlucken. »Ja«, sagte er langsam. »Ja, sie sollten unsere Macht spüren. Aber ich sehe keine Anzeichen dafür.«

»Vergo, Sir«, sagte B'els zweiter Kopf. »Es wurden zwei weitere Kom-Nachrichten gesendet.«

»Wie lauten sie?« fragte Vedil, obgleich er die Antwort bereits kannte.

»Uns ist noch keine Entschlüsselung gelungen, Vergo«, antwortete B'els zweiter Kopf. »Offenbar wird bei jeder Sendung der Basiscode gewechselt.«

»Wir haben einen überlegenen Intellekt«, verkündete Vedil. »Wir sollten in der Lage sein, jeden Code zu knacken.«

»Wir haben den ersten entschlüsselt, Vergo«, berichtete B'els dritter Kopf.

»Warum erfahre ich das erst jetzt?«

»Weil die Mitteilung unwichtig war. Es handelte sich nur um einen Bericht über den Status der Brundage-Station.«

Vedil klopfte jetzt so hart mit den Nägeln, daß sie Kratzer im Metall der Armlehnen hinterließen. Mußte er denn an alles selbst denken? »Wenn die Mitteilung wirklich unwichtig war – wieso wurde sie dann verschlüsselt?«

»Das weiß ich nicht, Vergo«, antwortete B'els erster Kopf.

»Sie wissen es nicht, weil Sie solchen Dingen nicht genug Aufmerksamkeit schenken! Untersuchen Sie die Nachricht noch einmal. Stellen Sie fest, ob sich ein Code in ihr verbirgt.«

»Ja, Vergo.«

»Und finden Sie eine Erklärung dafür, warum sich jene Wesen nicht vor uns fürchten.«

»Wasss veranlaßt Sie zu einer sssolchen Annahme?« zischte O'pZ.

»Sie setzen sich auf sehr wirkungsvolle Weise zur Wehr und gerieten bei unserem Angriff nicht in Panik. Sie senden verschlüsselte Nachrichten. Sie ...«

»Sie fliehen, Vergo«, unterbrach Prote den Kommandanten. Verblüfft breitete er die Schwingen aus, und ihre klebrigen Spitzen durchbohrten einige Maden.

Vedil sah wieder auf den Schirm. Das fremde Schiff drehte sich, beschleunigte und verschwand in einem kurzen Lichtblitz.

»Na bitte!« entfuhr es Prote. »Sie fürchten sich doch vor uns.«

»Mir erscheint es ssseltsam, daß sie nach dem Angriff so lange bisss zur Flucht warteten«, sagte O'pZ.

Vedil starrte aufs Display, und Falten bildeten sich in seiner roten Stirn. Die Fremden hatten sich tatsächlich erstaunlich viel Zeit gelassen. »Untersuchen Sie die Kom-Mitteilungen«, sagte er. »Die Unreinen waren diesmal auf uns vorbereitet. Sie warteten am Transferort und schickten ein Schiff, das eine von unseren Einheiten vernichtete. Vielleicht versuchen sie derzeit, uns in eine Falle zu locken.«

»Oder sie sind jetzt unterwegs, um mehr Schiffe zu holen«, vermutete B'els zweiter Kopf.

»Ich glaube, sie fliehen«, beharrte Prote.

»Vielleicht«, sagte Vedil. »Aber vielleicht auch nicht.« Er lehnte sich zurück. Im Gegensatz zu vielen anderen Angehörigen seiner Crew hatte er sich mit den Unreinen befaßt und immer wieder jene Daten analysiert, die damals von der *Rath* übermittelt worden waren. Er hatte seine Studien auch nach der Eroberung der kleinen Wachstation fortgesetzt und war dabei zu folgendem Ergebnis gelangt: Individuelle Unreine konnten leicht überwältigt und versklavt werden. Doch in der Gruppe erwiesen sie sich als erstaunlich stark.

Das Scheitern der ersten Mission vor einer Generation wies deutlich auf die Entschlossenheit der Unreinen hin.

Vielleicht flohen sie wirklich. Aber Vedil bezweifelte es. Sie planten etwas. Er mußte herausfinden, worum es dabei ging, bevor sich die Flotte transferierte.

17

Picard fühlte Erleichterung, als sich die *Enterprise* vom Furienpunkt entfernte. Er hatte geglaubt, durch die Bemühungen von Dr. Crusher und Mr. LaForge von der Furcht befreit zu sein. Doch die wachsende Entfernung schuf gerade in psychologischer Hinsicht einen großen Unterschied.

Guinan hatte recht. Diese Empfindungen wurzelten sehr tief in ihnen.

Der Captain saß im Kommandosessel und spürte jetzt keine Unruhe mehr. Die Brückenoffiziere konzentrierten sich auf ihre Arbeit, während er LaForges Modifizierungspläne prüfte und genehmigte. Anschließend stellte er fest, wie es um die Besatzung stand. Den meisten Personen an Bord ging es gut, trotz der überwältigenden Emotionen, die ihnen der Manipulierungsstrahl beschert hatte. Sie erholten sich schnell, und nur einigen wenigen war es noch nicht gelungen, die Kontrolle über sich zurückzugewinnen.

Zu ihnen gehörte Deanna, die aufgrund ihrer empathischen Fähigkeiten besonders empfindlich war. Picard brauchte sie. Ohne ihren Rat fühlte er sich in gewisser Weise blind. Erst jetzt wurde ihm klar, wie oft er sich auf die Counselor verließ, wenn er glaubte, seinen eigenen Gefühlen nicht trauen zu können.

»Wir haben den Zielort erreicht, Sir«, meldete Fähnrich Eckley.

»Relativgeschwindigkeit null«, sagte Picard. »Mr.

Data, wie stark ist hier der emotionale Manipulierungsstrahl?«

Der Androide bediente noch immer die Kontrollen der wissenschaftlichen Station. Der Strahl der Furien, ihre Möglichkeiten und das Wurmloch – diesen Dingen galt das beträchtliche Potential seiner Aufmerksamkeit.

»Seine Intensität ist hier auf zehn Prozent der ursprünglichen Stärke gesunken.«

»Ausgezeichnet«, sagte Picard. LaForge behielt also recht, wie so oft.

Dic Brückenoffiziere richteten erwartungsvolle Blicke auf ihn. Sie wußten, was nun bevorstand. Eckley versteifte sich und schloß die Hände so fest um den Rand der Konsole, daß die Fingerknöchel weiß hervortraten.

Picard sah sich um. Worf schnitt wie üblich eine grimmige Miene. Der neben dem Captain sitzende Riker hatte die Hände locker im Schoß gefaltet. Alles wirkte normal. Doch das würde sich gleich ändern. Zehn Prozent der ursprünglichen Intensität – damit war der Strahl noch immer recht stark und konnte das innere Gleichgewicht der stabilsten Person erschüttern.

Picard klopfte auf seinen Insignienkommunikator. »Sind Sie bereit, Mr. LaForge?«

»Ich warte nur noch auf Ihre Anweisung, Sir«, erwiderte LaForge.

»Bleiben Sie in Bereitschaft«, sagte Picard. »Öffnen Sie die internen Kom-Kanäle, Mr. Worf.«

Worf sah auf die Konsole, ohne den Kopf zu bewegen. Nur sein Blick huschte hin und her – er war jetzt ganz klingonischer Krieger.

»Kanäle geöffnet, Sir.«

Picard nickte ihm zu und lehnte sich dann im Kommandosessel zurück. Er wollte nicht angespannt oder besorgt klingen. »Hier spricht der Captain. An alle Besatzungsmitglieder und Passagiere der *Enterprise*. Wie

Sie wissen, haben die Furien eine Waffe gegen uns eingesetzt, die unsere Gefühle manipulierte, Angst und Schrecken bewirkte. Mr. LaForge hat unsere Schilde durch ein spezielles Abschirmfeld erweitert, das uns vor der emotionalen Manipulation schützte. Doch jetzt müssen wir die Schilde deaktivieren, um notwendige Reparaturen vorzunehmen.«

Er holte tief Luft und fuhr fort: »Inzwischen sind wir einige Lichtjahre vom Furienpunkt entfernt, und in dieser Distanz bewirkt der Strahl keine annähernd so starke Furcht. Trotzdem: Die Angst wird gleich zurückkehren. Darauf sollten insbesondere diejenigen von Ihnen vorbereitet sein, die sich um kleine Kinder kümmern. Was die anderen betrifft: Bitte denken Sie daran, daß der emotionale Streß nur von kurzer Dauer sein wird. Ich erwarte von Ihnen, daß Sie auch weiterhin Ihre Pflicht erfüllen. Picard Ende.«

Riker nickte ihm zu. »Sie haben genau die richtigen Worte gewählt, Sir.«

Picard lächelte, obgleich die Anspannung in ihm zunahm. »Mr. LaForge ... Sie haben zehn Minuten.«

»Wir schaffen es in acht«, erwiderte der Chefingenieur.

Picard stand auf. »Fähnrich ...«, sagte er zu Eckley. »Deaktivieren Sie die Schilde.«

»Aye, Sir«, bestätigte die junge Frau.

Er atmete tief durch.

Von einem Augenblick zum anderen war die Furcht wieder da, aber sie erwies sich als nicht annähernd so schlimm wie vorher. Es handelte sich nicht in dem Sinne um Entsetzen, eher um eine von dumpfem Schrecken geprägte Unruhe. Andererseits: Wenn Picard nicht darauf vorbereitet gewesen wäre, hätte sich dieses Empfinden innerhalb kurzer Zeit in Panik verwandeln können.

Eckley erbleichte, blieb jedoch an ihrem Posten.

Riker stand auf und ging zur wissenschaftlichen Station.

Worf starrte so auf die Displays der taktischen Konsole, als könnte er von hier bis zum Furienpunkt sehen.

Picard ließ den angehaltenen Atem langsam entweichen und schritt ebenfalls zur wissenschaftlichen Station. Auch für ihn gab es etwas zu tun, während La-Forge die Schilde reparierte.

Er blieb hinter Data stehen. Vor dem Androiden sausten Datenkolonnen über die Bildschirme, so schnell, daß menschliche Augen keine Einzelheiten erkennen konnten.

»Mr. Data«, sagte der Captain, »inzwischen untersuchen Sie das Wurmloch schon seit einer ganzen Weile. Haben Sie etwas herausgefunden?«

Data schob seinen Sessel von der Konsole fort. Er erinnerte Picard an einen Professor, den er während seiner Akademie-Ausbildung kennengelernt hatte, einen Mann, der gern über die Dinge sprach, mit denen er sich auskannte – und in dem mehr Wissen steckte, als Picard jemals anhäufen konnte.

»Das Wurmloch ist eindeutig künstlichen Ursprungs, Sir«, sagte Data. Seine langen Finger glitten noch immer über Schaltflächen. Riker lehnte sich an die Konsole und forderte den Androiden damit auf, seine Aufmerksamkeit dem Captain zu widmen. »Seine Bewegungen sind viel zu präzise, als daß ein natürliches Phänomen dafür in Frage käme. Außerdem ist es rechteckig, und solche Formen kommen in diesen Ausmaßen nicht in der Natur vor. Zwei weitere Aspekte sind erwähnenswert: Das Wurmloch öffnet sich in regelmäßigen, genau vorhersagbaren Abständen; und die energetischen Emissionen enthalten modulierte Partikel.«

Data sah kurz zu den Schirmen, richtete den Blick

dann wieder auf Picard. »Trotz jahrzehntelanger Untersuchungen wissen wir nicht, warum es bei Objekten in der Nähe des Furien-Wurmlochs zu einem Masseschwund kommt. Bei jeder Öffnung wiederholt sich dieser Vorgang.«

»Kann es sowohl von dieser als auch von der anderen Seite kontrolliert werden?« fragte Picard.

»Nein, Sir«, antwortete Data. »Es sei denn, die entsprechenden Vorrichtungen befinden sich an Bord der Schiffe. Aber wenn das der Fall wäre, hätte ich nach der Zerstörung eines Raumers mit Fluktuationen beim Wurmloch gerechnet.«

»Auch ich habe in dieser Hinsicht Nachforschungen angestellt, Sir«, warf Riker ein. »Als ich nach dem Ursprung des emotionalen Manipulierungsstrahls suchte. Die Furienschiffe sitzen hier ebenso fest wie wir. Das Wurmloch wird von der anderen Seite aus kontrolliert.«

»Woher wissen Sie das?« fragte Picard.

»Das Wurmloch wird von einem Trägersignal stabilisiert, das eine Sondierung ermöglicht«, erläuterte Data. »Erzeugt wird das Signal offenbar von einem Apparat auf der anderen Seite. Alles deutet darauf hin, daß er sich in unmittelbarer Nähe des Wurmloch-Zugangs befindet. Der Sender scheint ziemlich groß zu sein, aber seine Projektoren sind klein genug, um von einem Photonentorpedo zerstört werden zu können.«

»Ein Photonentorpedo würde genügen, um den Sender des Trägersignals zu zerstören?« vergewisserte sich der Captain.

»Ja, ich glaube schon, Sir.«

»Wir brauchen also nur nahe genug heran, um den Zielerfassungsfokus auszurichten und einen Torpedo durchs Wurmloch zu schicken?« fragte Riker.

»Nein, Commander«, sagte Data. »Ich habe eine entsprechende Berechnung vorgenommen. Die Partikelfluktuationen im Wurmloch sind zwar regelmäßiger Natur, doch sie würden den Photonentorpedo im schlimmsten Fall zerstören – oder ihn zumindest vom Kurs abbringen. Es gibt nur eine Möglichkeit, den Sender zu zerstören – indem man ihn von der anderen Seite des Wurmlochs her unter Beschuß nimmt.«

Picard beugte sich zur wissenschaftlichen Konsole vor, um zu vermeiden, daß Riker und Data sein Gesicht sahen. Er hatte Guinan gegenüber versichert, eine friedliche Lösung anzustreben, den Konflikt mit den Furien ohne einen Krieg aus der Welt zu schaffen. Er hatte ihren Rat befolgt und es mit Verhandlungen versucht. Er würde auch nicht darauf verzichten, den Fremden noch einmal Verhandlungen anzubieten. Aber wenn sie damit nicht weiterkamen, gab es diese Möglichkeit.

Die Zerstörung des Wurmlochs.

Eine Mission, die Selbstmord gleichkam.

»Glauben Sie, wir könnten die *Enterprise* durchs Wurmloch steuern?« fragte Picard.

»Die Chancen dafür stehen eins zu sechshundertsechsundfünfzigtausend, Sir«, erwiderte Data.

»Wobei Sie natürlich von der Annahme ausgehen, daß es auf der anderen Seite weitere Furienschiffe gibt.«

»Ich halte es für sinnlos, von einem anderen Szenario auszugehen«, sagte der Androide. »In dieser Hinsicht können wir absolut sicher sein.«

Kälte erfaßte Picard. Er hätte lieber die ganze *Enterprise* ins Wurmloch geschickt, als das in Erwägung zu ziehen, was er für die einzige Alternative hielt. »Und ein kleineres Schiff? Zum Beispiel ein Shuttle?«

»Es gibt zu viele Variablen, um eine klare Aussage zu treffen«, sagte Data. »Einem Shuttle könnte es gelingen, unentdeckt durch das Wurmloch zu fliegen, aber es würde von den gleichen Partikelfluktuationen beeinflußt wie auch der eben erwähnte Photonentorpedo.

Und die Rumpfstruktur eines Shuttles ist nicht so widerstandsfähig wie die eines größeren Schiffes.«

»Sie glauben also, daß ein Shuttle keine Erfolgsaussichten hätte.« Picard klang fast erleichtert.

»Nein, Sir. Ich kann Ihnen nur nicht die genaue Wahrscheinlichkeit nennen. Wenn ich bei den verschiedenen Szenarien den Einsatz eines Shuttles berücksichtige, so ergeben sich Chancen zwischen eins zu hundert und eins zu zwei.«

»Was bewirkt den Unterschied?« erkundigte sich Riker.

»Der Pilot«, antwortete Data sofort. »Ich bin ziemlich sicher, daß es einem fähigen Piloten gelingen könnte, alle Variablen auszugleichen, das Wurmloch zu durchfliegen und auf der anderen Seite den Sender zu zerstören.«

»Ich bin der beste Schütze an Bord, wenn es um die manuelle Erfassung und Vernichtung von Zielen geht«, sagte Worf. Er hatte sich umgedreht und eine Faust geballt, Zeichen seiner Entschlossenheit. »Ich möchte mit dieser Mission beauftragt werden.«

»Ich gelte als einer der besten Piloten bei Starfleet«, ließ sich Riker vernehmen. »Und als der beste an Bord dieses Schiffes.«

Picard musterte die beiden Offiziere. Wenn er sie in den Einsatz schickte, würden sie nicht zurückkehren. Dann mußte die *Enterprise* fortan ohne sie zurechtkommen.

»Sir ...«, sagte Data. »Ich möchte auf meine besonderen Fähigkeiten bezüglich Datenelaboration und -korrelation hinweisen, auf meine Immunität emotionaler Manipulation gegenüber sowie auf mein mehrmals unter Beweis gestelltes Geschick beim Präzisionsflug. Ich wäre daher am besten für eine solche Mission geeignet.«

»Noch gibt es keine Mission«, erwiderte Picard.

»Derzeit spekulieren wir nur. Zunächst muß sich herausstellen, wie Mr. LaForges Schildmodifikationen wirken und ob Dr. Crushers Mittel dafür sorgen kann, daß wir auch weiterhin ruhig bleiben. Außerdem plane ich einen weiteren Versuch, mit den Furien zu verhandeln. Wir wissen noch immer nicht genau, was sie in diesem Quadranten wollen.«

»Sie wiesen darauf hin, daß sie die unumschränkte Herrschaft über die hiesigen Raumsektoren anstreben«, sagte Riker.

Picard nickte. »Vielleicht ist das nur ein Verhandlungstrick. Sie wissen schon: Man verlange alles, um sich dann mit etwas zufriedenzugeben.«

»Ich bezweifle, daß die Furien bereit sind, sich mit weniger zu begnügen«, murmelte der Erste Offizier.

»Maschinenraum an Brücke«, erklang die Stimme von Geordi LaForge.

»Sieben Minuten«, flüsterte Eckley voller Ehrfurcht.

Picard lächelte. Auf den Chefingenieur konnte man sich wirklich verlassen. »Ich höre, Mr. LaForge.«

»Wir sind mit den Reparaturen fertig, Sir. Die Schilde können jetzt wieder aktiviert werden.«

»Halten sie den emotionalen Manipulierungsstrahl der Furien von uns fern?«

»Da bin ich ganz sicher«, erwiderte Geordi voller Zuversicht. »Auf dem Weg hierher haben wir uns auch mit den Auswirkungen der fremden Waffensysteme auf unsere Schilde beschäftigt. Ich schätze, wir können jetzt mit allem fertig werden, das die Furien gegen uns einsetzen. Es spielt dabei keine Rolle, ob es sich um einen emotionalen Manipulierungsstrahl oder aber destruktive Energie handelt, die dazu dient, unsere Schildfrequenzen zu stören.«

»Und Photonentorpedos?« fragte Eckley leise. Furcht kam in ihrem Verstoß gegen das allgemeine Protokoll zum Ausdruck.

Offenbar murmelte sie laut genug, denn LaForge hörte sie. »Wir werden mit *allem* fertig«, betonte der Chefingenieur noch einmal.

»Ausgezeichnet, Mr. LaForge.« Picard beschloß, Eckleys Bemerkung keine Beachtung zu schenken. Nach dem emotionalen Aufruhr hielt er es für angebracht, ein wenig nachsichtig zu sein. »Haben Sie die Daten der Modifikationen übermittelt?«

»Ja, Sir. Mit einer verschlüsselten Kom-Nachricht.«

»Gut.« Picard schluckte. Er hatte zu lange damit gezögert, die nächste Anweisung zu erteilen. »Schilde reaktivieren. Es wartet Arbeit auf uns.«

»Ja, Sir«, bestätigte LaForge.

Picard wandte sich von der wissenschaftlichen Station ab und kehrte zum Kommandosessel zurück. Als er dort Platz nahm, fühlte er sich plötzlich stärker, so als könnte er es mit jeder Gefahr aufnehmen. Erstaunlich. Offenbar war das sein normaler Gemütszustand. Er bemerkte dieses Empfinden nur deshalb, weil es ihm vorübergehend gefehlt hatte.

»Wann erreichen die anderen Schiffe den Furienpunkt, Mr. Data?« fragte er.

»In zwölf Minuten, Sir«, antwortete der Androide.

Der Captain lächelte. »Fähnrich Eckley, richten Sie es so ein, daß wir exakt dreißig Sekunden vor den anderen Schiffen beim Furienpunkt eintreffen.«

»Kurs programmiert, Sir.«

»Beginnen Sie mit dem Warptransfer«, sagte Picard.

Als das Schiff beschleunigte, schritt auch der Erste Offizier zum Kommandobereich. »Vor den Furien wird bald eine recht eindrucksvolle Streitmacht erscheinen.«

»In der Tat, Nummer Eins«, erwiderte Picard. »Hinzu kommt: Die Fremden wissen nicht, daß wir sowohl vor dem emotionalen Manipulierungsstrahl als auch vor ihren anderen Waffen geschützt sind.«

»Das gibt uns einen Vorteil.«

»Wir werden ihn nutzen, um den notwendigen Druck auszuüben.« Picard sah ernst zum Wandschirm und beobachtete die dahingleitenden Sterne. »Diesmal werden uns die Furien zuhören.«

Picard wollte nicht gezwungen sein, seine besten Offiziere oder gar die ganze *Enterprise* – mit allen Personen an Bord – zu opfern.

Er setzte alle seine Hoffnungen darauf, daß sich die Furien diesmal zu Verhandlungen bereit erklärten.

18

Offenbar funktionierten die modifizierten Schilde, denn Beverly blieb ruhig, als sich die *Enterprise* dem Furienpunkt näherte.

Im Forschungsbereich der Krankenstation blickte sie auf den Bildschirm. Er zeigte ihr nicht etwa Patienten oder Biodaten, sondern das All. Doch die ewige Nacht zwischen den Sternen blieb schwarz; sie hielt vergeblich nach dem Wurmloch Ausschau, das sich nur mit Hilfe der Scanner und Sensoren beobachten ließ.

Das Sedativ wirkte. Diese Erkenntnis erfüllte die Ärztin mit Zufriedenheit, und sie erinnerte sich immer wieder daran. Durch die Kombination mit dem Schirmfeld funktionierte es noch besser.

Es gab allerdings ein Problem: Die Wirkung des Gases würde bald nachlassen. Beverly beabsichtigte, die chemische Zusammensetzung ein wenig zu verändern, damit das Beruhigungsmittel länger Schutz gewährte. Inzwischen lagen ihr Geordis Daten vor, und auf dieser Grundlage wollte sie die Menge des Theragen-Derivats im Gas verändern, sie dem Interraumfeld anpassen, das die *Enterprise* umgab. Eigentlich konnte sie nur raten. Und doch durfte sie sich keine Fehler leisten, denn die Crew brauchte den zusätzlichen Schutz, wenn es zum Kampf kam.

Ihr Assistent Fähnrich Orne sah zur Tür herein. »Es gibt da etwas, das Sie sich ansehen sollten, Dr. Crusher«, sagte er.

Beverly verstaute das Reagenzglas im Gestell und

stand auf. Wahrscheinlich ging es um Lieutenant Young. Sie hatte Deannas Rat beherzigt und ihn geweckt, woraufhin er zu ihr aufsah – und schrie. Damit offenbarte er eine Reaktion, die sich kein Arzt wünschte.

Doch wie sich später herausstellte, galt sein Entsetzen ihrem Haar. Daraufhin rief Beverly ihren Assistenten Restin zu sich, der einen fast völlig kahlen Schädel hatte. Sein Anblick beruhigte Young. Seit einer halben Stunde sprach Restin mit dem Patienten, dessen Furcht allmählich nachzulassen schien.

Wenigstens schrie er nicht mehr.

Restin saß noch immer bei dem jungen Lieutenant, hielt einen langsamen und ruhigen Monolog. Youngs Biodaten wiesen auf folgendes hin: Sein emotionaler Streß war jetzt, im wachen Zustand, genauso stark wie zuvor im Schlaf. Darin sah Beverly ein gutes Zeichen. Er war noch nicht außer Gefahr, aber seine Überlebenschancen verbesserten sich mit jeder verstreichenden Minute.

Fähnrich Orne führte die Ärztin nicht zu Young, sondern zu Deanna.

Ihre Lider zuckten, doch das Bio-Display an der Wand wies nicht auf REM-Schlaf hin. Die Counselor stand kurz davor, das Bewußtsein wiederzuerlangen, und das überraschte Beverly sehr. Das Sedativ hätte wesentlich länger wirken sollen.

Sie griff nach Trois Hand. »Ist alles in Ordnung mit Ihnen, Deanna?«

Die Lider der Counselor öffneten sich. Deannas Augen waren nicht etwa trüb, sondern erwiesen sich als verblüffend klar. »Etwas hat sich verändert«, sagte sie.

Die Schilde. Ein Teil von Deannas Schlaf ging also auf eine instinktive Reaktion zurück und hatte dazu gedient, sie vor zu vielen Emotionen zu schützen.

»Ich habe die Crew vor einer Weile mit einem Beruhigungsmittel behandelt, und Geordi hat die Schilde so verändert, daß sie uns vor dem emotionalen Manipulierungsstrahl der Furien abschirmen.«

»Die Leute fürchten sich noch immer«, sagte Deanna. »Aber nicht mehr so wie vorher.«

»Sie sollten jetzt keine Furcht mehr empfinden«, meinte Beverly.

Deanna schüttelte andeutungsweise den Kopf – die Bewegung ließ sich eigentlich nur erahnen. »Es ist normal«, erwiderte sie. »Vielleicht sollte ich in diesem Zusammenhang nicht von ›Furcht‹ sprechen, sondern von ›Besorgnis‹. Die Besatzungsmitglieder sind besorgt. Wie immer, wenn die *Enterprise* in Gefahr ist.«

Und Deanna war ganz offensichtlich an ein solches Ausmaß von Sorge gewöhnt. Beverly entspannte sich ein wenig.

»Es gibt eine Ausnahme.« Deanna sah nach links. »Der junge Mann. Das Entsetzen hält ihn noch immer gefangen.«

»Wir versuchen alles, um ihm zu helfen«, sagte die Ärztin.

»Aber vielleicht genügt das nicht.« Deanna schloß die Augen und seufzte. »Droht der *Enterprise* Gefahr?«

»Wir kehren zum Furienpunkt zurück, und vermutlich steht eine Konfrontation mit den Fremden bevor. Vorher versucht Jean-Luc bestimmt noch einmal, mit ihnen zu verhandeln.«

»Noch einmal?« Deanna hob die Lider wieder. »Er sollte nicht ohne mich verhandeln.«

»Sie waren wohl kaum in der Lage, ihm zu helfen, Deanna.«

»Das hat sich inzwischen geändert.«

Beverly schüttelte den Kopf. »Ich kann Sie nicht gehen lassen. Noch vor einer Stunde ähnelte Ihr Zustand dem des jungen Mannes.«

Deanna sah erneut zu Young, und in ihren Zügen kam Anteilnahme zum Ausdruck. »Wenn ich hierbleibe, habe ich gar keine andere Wahl, als mich mit ihm zu befassen. Und ich weiß nicht, ob ich mich schon wieder so starken Emotionen aussetzen kann. Außerdem: Die Furien sind sehr komplexe Wesen. Ich habe von ihnen geträumt.«

»Geträumt?« wiederholte Beverly. Sie staunte immer wieder darüber, wie Deannas empathische Talente auf die Begegnung mit neuen Lebensformen reagierten.

Die Counselor nickte. »Sie sind in meinem Unterbewußtsein, bilden dort eine Art Muster. Vielleicht liegt es an meiner menschlichen Hälfte. Dadurch wird natürlich auch der betazoidische Teil meines Selbst stimuliert. Ich habe davon geträumt, an Bord eines Furienschiffes zu sein.«

»Sie erwähnten, die Fremden fürchteten uns.«

»Ja, das stimmt«, bestätigte Deanna. »Aber jene Furcht unterscheidet sich von dem Schrecken, den ihr Manipulierungsstrahl in uns weckte. Tief in ihrem Innern haben die Furien Angst, daß wir im Lauf der Jahrtausende noch stärker geworden sind als zur Zeit ihrer Verbannung.«

Beverly lachte ungläubig. »Soll das ein Witz sein?«

»Ganz und gar nicht«, erwiderte Deanna. »Während der letzten achtzig Jahre hat sich diese besondere Furcht noch verstärkt. Nachdem Captain Kirks *Enterprise* ihr Schiff vernichtete, fühlten sie sich schwach. Der jetzige Vorstoß soll ihnen sowohl ihre Macht beweisen als auch die Rückkehr in diesen Quadranten ermöglichen.«

»Das klingt nach einem Äquivalent des Verlustes von Ehre bei den Klingonen.«

»Ja.« Ein Hauch Ironie erklang in Deannas Stimme. »Allerdings haben wir es hier mit einem größeren Maßstab zu tun. In der Kultur der Fremden scheint alles auf eine Rückkehr in die alte Heimat ausgerichtet zu sein.«

Sie schwang die Beine über den Rand der Liege. »Ich muß zur Brücke.«

»Das würde ich nicht empfehlen«, sagte Beverly. »Wenn die Schilde versagen und sich das Gas verflüchtigt ... Dann werden Sie erneut von der emotionalen Flut überwältigt. Sie haben sich noch immer nicht ganz erholt. Ein zweiter Schock dieser Art könnte zuviel für Sie sein. Vielleicht bin ich nicht noch einmal in der Lage, Ihnen zu helfen.«

Deannas Blick galt Lieutenant Young. Sein Mund war geöffnet, und Speichel rann ihm übers Kinn, tropfte aufs Kissen. Er stand kurz vor einem inneren Kollaps – um das zu erkennen, brauchte man keine empathischen Fähigkeiten.

»Ich verstehe«, erwiderte die Counselor. »Trotzdem bin ich bereit, mein Leben zu riskieren und an der Seite des Captains zu sein. Es ist wichtig, die Verhandlungschance mit den Furien zu nutzen.«

»Deanna ...«, sagte Beverly eindringlich. »Jean-Luc kennt sich mit diplomatischen Vorgehensweisen aus. Bestimmt kommt er auch ohne Sie zurecht.«

»Da bin ich mir nicht so sicher. Es fällt ihm genauso schwer wie allen anderen, ruhig zu bleiben. Aber Sie kennen den Captain ja – er läßt sich so etwas nicht anmerken.«

Beverly unterdrückte ein Lächeln. Sie alle glaubten, unersetzlich zu sein. Das war typisch für die Crew dieses Schiffes. Und deshalb arbeitete sie so gern mit ihr – meistens.

»Wie wollen Sie dem Captain helfen, wenn Sie selbst Gefahr laufen, die emotionale Kontrolle zu verlieren?« fragte die Ärztin sanft.

»Ich bin daran gewöhnt, starke empathische Emanationen zu empfangen und trotzdem klar zu denken«, konterte Deanna. »Im Gegensatz zum Captain. Unter den gegenwärtigen Umständen braucht er meine Hilfe mehr als jemals zuvor.«

Da hat sie nicht ganz unrecht, dachte Beverly widerstrebend. Deanna war tatsächlich daran gewöhnt, selbst dann einen klaren Kopf zu behalten, wenn sie starke fremde Gefühle empfing. Und den Furien ohne sie gegenüberzutreten, mochte sich als großer Fehler erweisen. Wie hatte Jean-Luc auf die Mitteilung reagiert, daß sich Deanna Troi in der Krankenstation befand? Beverly glaubte, sich an einen gemurmelten Hinweis darauf zu erinnern, daß er ihren Rat benötigte.

»Na schön«, sagte sie. »In medizinischer Hinsicht halte ich es zwar für falsch, aber ich gebe zu, daß wir uns in einer ganz besonderen Situation befinden. Sie können gehen.«

»Danke.« Deanna stand auf. »Glauben Sie mir: Sie brauchen sich keine Sorgen zu machen.«

Beverly nickte und lächelte sogar. Doch als Deanna die Krankenstation verließ, prägte sie sich alle ihre Bewegungen ein.

Sie befürchtete, die Counselor nicht lebend wiederzusehen.

Die Brückenoffiziere waren wesentlich ruhiger und erledigten ihre Arbeit mit jener Art von routinierter Eile, die deutlich darauf hinwies, daß sie nicht mehr die Bürde manipulierter Emotionen trugen.

Picard spürte die Veränderung in sich selbst. Er fürchtete die Begegnung mit den Furien jetzt nicht mehr, sondern hieß sie willkommen. Das Problem war gelöst, wenn er sie zu Verhandlungen bewegen konnte.

Über die von Data erläuterte Alternative wollte er nicht nachdenken.

Zumindest jetzt noch nicht.

Die *Enterprise* beendete den Warptransfer und nahm

ihre vorherige Position ein, verharrte vor den vier Furienschiffen. Sie wirkten jetzt ein wenig kleiner, so als seien sie durch den Verlust des fünften Schiffes geschrumpft. Aber vielleicht war es ein subjektiver Eindruck, hervorgerufen durch den Verlust der Furcht. Angst konnte Dinge größer werden lassen.

»Was ist mit dem Wachstum des Wurmlochs, Mr. Data?« fragte Picard.

»In fünfzehn Minuten wird es groß genug sein, um Furienraumer passieren zu lassen«, antwortete der Androide.

Picard zögerte. Das Wurmloch war also etwas schneller gewachsen, als Data zunächst angenommen hatte. Standen die vier Furienschiffe vielleicht mit der Streitmacht auf der anderen Seite des Tunnels durch Zeit und Raum in Verbindung? Hatte die Vernichtung des fünften Schiffes die Fremden zu einer Beschleunigung der Transferzeit veranlaßt?

Oder irgendwo in Datas Berechnungen steckte ein kleiner Fehler. Immerhin hatte er darauf hingewiesen, daß sie auf Schätzungen beruhten.

Was allerdings auch für die mögliche Zerstörung des Wurmlochs galt. Es gab keine Gewißheit.

»Fünfzehn Minuten genügen völlig«, sagte Picard und sprach mit mehr Zuversicht, als er tatsächlich empfand. Zuvor war er nicht imstande gewesen, einen echten Dialog mit den Furien zu führen – was möglicherweise an einem Mangel aufrichtiger Verhandlungsbereitschaft lag, wie Guinan vermutet hatte. Doch es dauerte nicht mehr lange, bis Verstärkung eintraf, und dann mochten die Fremden bereit sein, mit ihm zu reden. Er hoffte, daß ein vernünftiges Gespräch genügte, um den Konflikt zu beenden.

Die Tür des Turbolifts öffnete sich, und Picard drehte den Kopf. Er hatte niemanden auf die Brücke bestellt.

»Deanna«, sagte Worf fast ehrfürchtig.

Sie war blasser als sonst, und die Augen schienen den größten Teil des Gesichts zu beanspruchen. Die Counselor erweckte den Eindruck, eine lange, schwere Krankheit hinter sich zu haben. Picard wußte es natürlich besser. Noch vor wenigen Stunden war mit Deanna alles in bester Ordnung gewesen.

Sie sah Worf an und lächelte, woraufhin sich ihre Miene mit einem warmen Glanz zu füllen schien. Ihr Lächeln beruhigte nicht nur den Klingonen, sondern auch Picard. Er begriff plötzlich, wie sehr er sie in solchen Situationen brauchte.

»Worf«, sagte Deanna, setzte dann den Weg zum Kommandobereich fort und berührte dort kurz Rikers Hand. Ihre Rückkehr erleichterte den Ersten Offizier ganz offensichtlich. Nein, das Wort ›Erleichterung‹ genügte nicht, um seine Reaktion zu beschreiben. Er wirkte wie jemand, der sich darüber freute, daß ein geliebtes Familienmitglied nach einer langen Reise heimkehrte.

»Willkommen, Counselor«, sagte Picard. »Ich nehme an, Dr. Crusher hat Ihre vollständige Genesung bestätigt.«

Trois Lächeln gewann etwas Schelmisches. »Sie entließ mich aus der Krankenstation«, erwiderte sie. »Genügt das?«

»Vorerst ja«, meinte Picard.

Riker sah erst zum Wandschirm und richtete den Blick dann auf die Counselor. »Deanna, halten Sie es für klug …«

»Will«, sagte sie, und daraufhin schwieg der Erste Offizier.

»Die *Madison* und *Idaho* sind eingetroffen«, meldete Worf. »Sie sind hinter uns in Position gegangen.«

Noch mehr Anspannung wich aus dem Captain. Ein Teil von ihm – jener Teil, der vom Manipulierungsstrahl der Furien berührt worden war – hatte sich gefragt, ob die Verstärkung rechtzeitig eintraf.

Die Ankunft der beiden Schiffe rückte Deanna aus dem Mittelpunkt der Aufmerksamkeit.

»Inzwischen müßten doch auch die Klingonen hier sein, oder?« fragte Riker.

»Das sind sie.« Worf sprach ruhig, aber trotzdem vibrierte leiser Ärger in seiner Stimme. »Sie haben gerade die Tarnvorrichtungen deaktiviert. Ein Kreuzer befindet sich über uns, der andere unter uns. Die Vulkanier scheinen sich zu verspäten.«

»Zwei klingonische Schiffe«, sagte Picard. »Gut.«

»Offenbar hielt man diese Angelegenheit im Imperium für zu wichtig, um nur ein Schiff zu schicken.« Damit erinnerte Worf daran, daß nach wie vor die klingonische Ehre auf dem Spiel stand.

»Um so besser.« Picard legte die Hände auf die Armlehnen des Kommandosessels und wollte gerade aufstehen, als Troi ihn am Ärmel berührte.

»Wenn Sie mit den Furien sprechen ...«, sagte sie leise. »Denken Sie daran, daß sie sich fürchten.«

Der Captain dachte zunächst, daß Deanna die Besatzungen der gerade eingetroffenen Schiffe meinte. Dann wurde ihm klar, daß sie von den Furien sprach.

»Diese Sache ist ihnen sehr wichtig«, fügte die Counselor hinzu.

»Das ist sie für uns alle«, erwiderte Picard.

Deanna schüttelte den Kopf. »Ich meine etwas anderes. Die Furien glauben, daß unsere Vorfahren sie aus diesem Raumgebiet verbannten.«

Der Captain musterte Troi und dachte über ihre Worte nach. Er beschloß, diese Information zu verwenden, falls es notwendig werden sollte. Wie dem auch sei: Durch die Ankunft der *Idaho* stand ihm noch eine andere Waffe zur Verfügung. Er konnte nun auf die Kapsel mit den Seelen-Puppen von der *Rath* zurückgreifen.

Er klopfte Deanna dankend auf die Hand, stand auf, zog den Uniformpulli glatt und trat vor den Wandschirm. »Öffnen Sie einen Kom-Kanal zu den Furien, Mr. Worf. Und sorgen Sie dafür, daß man das Gespräch an Bord der anderen Schiffe mitverfolgen kann.«

»Aye, Sir.«

Picard zögerte kurz. Es fehlte noch ein letztes Element. »Stellen Sie außerdem eine Verbindung der Priorität Eins mit Starfleet her. Der ganze Sektor soll erfahren, was hier geschieht.«

»Erledigt, Sir«, meldete Worf. »Ein Furienschiff beantwortet unsere Kom-Signale.«

»Auf den Schirm.« Als Picard diese Worte sprach, stand Riker auf und trat neben ihn. Troi folgte seinem Beispiel. Der Captain und die beiden Offiziere rechts und links neben ihm wirkten wie eine gemeinsame Front, ebenso wie die Schiffe im All.

Die Furien sollten wissen, daß die Föderation nicht von Wesen eingeschüchtert werden konnte, die sich für mächtiger hielten.

Das Bild auf dem Wandschirm wechselte und zeigte das Geschöpf, mit dem Picard schon einmal gesprochen hatte. Das Rot der Haut wirkte jetzt matter, und die Konturen waren ein wenig verschwommen.

»Eine klarere Darstellung ist nicht möglich«, sagte Worf. »Offenbar befindet sich der Dunst an Bord des fremden Schiffes.«

»Insekten«, hauchte Troi. Ein Schwarm aus kleinen, schwarzen und mückenartigen Insekten surrte an den Hörnern des Furien-Kommandanten vorbei.

»Ich nehme an, Sie möchten mit mir reden«, sagte das Wesen, und Spott erklang in seiner Stimme. »Wie ich hörte, kämpfen Sie so gegen Ihre Feinde. Sie überreden sie zur Kapitulation.«

»Wir verhandeln«, erwiderte Picard.

»Verhandlungen ...« Mit einem langen Fingernagel

spießte der Kommandant eine Made auf, die er anschließend an einem spitzen Zahn abstrich. Picard versuchte, nicht zu schaudern. Selbst ohne den Manipulierungsstrahl bewirkten diese Geschöpfe starke emotionale Reaktionen. Derzeit spürte er allerdings mehr Ekel und Abscheu als Furcht. Auf diese Weise mußten die Besatzungsmitglieder der ersten *Enterprise* empfunden haben, damals, als den Furien noch nicht das Mittel der emotionalen Manipulation zur Verfügung stand.

»Was gibt es zu verhandeln?«

Endlich. Ein kleiner Durchbruch. »Sie kamen durchs Wurmloch, weil Sie etwas wollen«, sagte Picard. »Es ist nicht nötig, darum zu kämpfen. Vielleicht können wir Ihnen geben, was Sie wünschen. Wir halten es für besser, zuerst nach einer friedlichen Lösung zu suchen.«

»Sie haben unser Raumschiff zerstört«, sagte das Wesen kühl.

Riker ballte eine Faust, und Picard straffte die Schultern. Sollte ihnen etwa zur Last gelegt werden, daß sie sich verteidigten? Immerhin hatten die Furien mit einem Angriff den Kampf provoziert.

»Sie haben die Besatzungsmitglieder der Raumstation ermordet«, sagte Picard langsam und verlieh seinen Worten den notwendigen Nachdruck.

»Nicht alle«, erwiderte das Wesen höhnisch. Ein anderes Geschöpf näherte sich ihm: Es hatte drei unterschiedlich aussehende Köpfe, und einer davon erinnerte an klingonische Skarabäus-Statuen.

»Ein KdIchpon«, brachte Worf voller Ehrfurcht hervor.

Picard gab sich auch weiterhin Mühe, ruhig zu bleiben. »Wir haben eins Ihrer Schiffe zerstört, und Sie griffen unsere Raumstation an. Damit sind wir quitt. Das erscheint mir als guter Ausgangspunkt für Verhandlungen.«

Troi berührte ihn am Ärmel, und Picard sah die Counselor an. Sie blickte zum Wandschirm, und ihre dunklen Augen wirkten wie Kohlen in einem noch blasseren Gesicht. Er hatte die menschliche Hälfte ihres Selbst vergessen: Ebenso wie er sah sie Dämonen, die in der Tiefe ihres Ichs Angst weckten.

»Worüber sollen wir verhandeln?« fragte das wie ein Teufel aussehende Wesen.

Wenigstens sprachen sie miteinander – ein kleiner Fortschritt war also erzielt. Gespräche stellten den Beginn von Diplomatie dar.

»Die Furien wollen Zeit gewinnen«, flüsterte Troi so leise, daß Picard sie kaum verstand.

Sein Gaumen wurde trocken. »Sie kamen durch das Wurmloch, um hier etwas zu suchen. Vielleicht können wir Ihnen bei der Suche helfen, ohne daß Blut vergossen wird.«

»O ja, Sie werden uns bei der Suche helfen«, erwiderte das Geschöpf.

»Captain«, raunte Troi, »er spielt mit Ihnen.«

Offenbar hatte das Wesen sie gehört. Es lächelte, zeigte dabei spitze, von Schleim bedeckte Zähne. »Sie hat recht, Picard. Wir spielen mit Ihnen. Wir sind hierhergekommen, um früheren Ruhm zurückzugewinnen. Sie können ihn uns nicht geben. Wir müssen uns ihn mit einem Sieg verdienen.«

Picard glaubte, einen Ansatzpunkt zu erkennen. »Und wenn wir unsere Waffen niederlegen, Ihnen friedlich gegenübertreten?«

»Captain!« entfuhr es dem erschrockenen Worf.

»Dann erringen wir noch mehr Ruhm«, entgegnete das Wesen. »Weil Sie uns für zu mächtig halten, um gegen uns zu kämpfen. Sind Sie bereit zu kapitulieren, Captain Picard?«

Picard schob das Kinn vor. »Nein«, sagte er fest. »Sie werden hier keinen Ruhm erringen, weder alten noch neuen. Wir haben Sie einmal besiegt und sind imstande, Ihnen weitere Niederlagen beizubringen.«

Er holte tief Luft. »Wir haben etwas, das Sie interessieren dürfte: eine Rettungskapsel von der *Rath*, gefüllt mit Seelen-Puppen. Ich überlasse sie Ihnen, als Zeichen unseres guten Willens.«

»Was?« fauchte der Furien-Kommandant. Er sprang dem visuellen Übertragungssensor entgegen. »Wir holen uns die Puppen! Und anschließend werden Sie sterben!«

Picard trat zurück – mit einer so heftigen Reaktion hatte er nicht gerechnet. Das Gespräch war jetzt beendet. Er hatte die Oberhand gewonnen, und dabei sollte es auch bleiben.

Der Captain drehte sich um und bedeutete Worf, den Kom-Kanal zu schließen. Zorn verdrängte die Furcht aus ihm. Glaubten die Furien tatsächlich, nur durch die Versklavung der Völker in diesem Quadranten Ruhm erlangen zu können? Nun, sie würden bald feststellen, daß ihnen ein solcher Ruhm verwehrt blieb.

»Mr. Data, in wie vielen Minuten öffnet sich das Wurmloch?«

»In zehn, Sir. Aber ...« Der Androide zögerte und beugte sich zur Konsole vor. »Die energetischen Emissionen nehmen zu.« Er lehnte sich wieder zurück und wirkte so verwundert, wie es ihm möglich war. »Bei den Berechnungen muß mir ein Fehler unterlaufen sein.«

»Bedeutet das, der Transfer der Flotte erfolgt *jetzt*?« fragte Riker.

Data schüttelte den Kopf. »Nein, Sir. Ich habe allerdings erwartet, daß ein einzelnes Schiff das Wurmloch passiert. Die neuen Anzeigen deuten jedoch darauf hin, daß jeweils ganze Verbände geschickt werden. Die einzelnen Transferwellen bestehen dabei aus jeweils

Hunderten von Schiffen. Die erste Einheit trifft in zehn Minuten ein.«

»Die Invasion beginnt also«, sagte Picard ernst.

»Darauf deutet alles hin«, pflichtete Riker dem Captain bei und sah zum Wandschirm, der nun wieder die vier Schiffe der Furien zeigte.

Zusammen mit der *Madison,* der *Idaho* und den beiden klingonischen Kreuzern mochte die *Enterprise* imstande sein, jene Raumer zu vernichten. Doch es dauerte nicht lange, bis Hunderte …

… vielleicht sogar Tausende …

… von weiteren Schiffen durchs Wurmloch kamen.

Einer solchen Streitmacht waren sie hoffnungslos unterlegen.

»Captain …«, sagte Riker leise. »Wir müssen das Wurmloch schließen.«

Picard nickte. Das wußte er. Aber bisher hatte er nicht daran denken wollen, daß er zu diesem Zweck einen seiner Offiziere opfern mußte. Jetzt blieb ihm keine andere Wahl, als sich dieser Tatsache zu stellen.

Die Frage lautete: Wen sollte er in den Tod schicken?

19

Worf sah auf die taktische Konsole und betrachtete eine graphische Darstellung der beiden klingonischen Kreuzer *DoHQay* und *HohIj*. Die *DoHQay* stand unter dem Befehl von Krann, Sohn von Huy' aus dem Hause Thorne. Krann galt als guter Kommandant. Zwar war er nicht sehr kühn, aber er verteidigte die klingonische Ehre. Die *HohIj* wurde von Ko-Poch, Sohn von Karch aus dem Haus Kipsk kommandiert. KoPoch war ein willensstarker Captain, der sich nicht scheute, Risiken einzugehen. Beide stellten eine wichtige Erweiterung der Verteidigungsstreitmacht dar.

Doch die beiden Häuser waren miteinander verfeindet. Es handelte sich um einen sehr geschickten Schachzug Gowrons. Man schicke die Oberhäupter der rivalisierenden Häuser hierher. Sollten sie versuchen, sich im Kampf gegenseitig zu übertreffen – was vermutlich dazu führte, daß sie beide starben. Dann war die Fehde zu Ende, und die Ehre beider Häuser blieb gewahrt. Drei Probleme auf einen Schlag gelöst. Und wenn es außerdem gelang, die Furien abzuwehren… In dem Fall stand Gowron als Held da.

Manchmal kam der klingonische Kanzler einem Visionär gleich.

Worf runzelte die Stirn.

Aber wenn der Plan nicht funktionierte… Dann wandten sich Krann und KoPoch gegeneinander, anstatt gegen die Furien zu kämpfen, wodurch die klingonische Ehre großen Schaden nahm.

Worf hob den Kopf, als Captain Picard das Gespräch mit dem Fremden beendete. Er schloß den Kom-Kanal und berührte eine Schaltfläche, woraufhin die graphische Darstellung der Kreuzer aus dem Display verschwand.

Ein Krieg mußte vermieden werden.

Die Föderation kämpfte nicht verbissen genug, wenn es darauf ankam. Gowron schien mehr an die Lösung seiner eigenen Probleme zu denken als daran, den Quadranten vor einer Invasion durch die Furien zu schützen. Er rechnete vermutlich damit, daß die entscheidende Schlacht bei der zweiten Verteidigungslinie stattfand.

In Commander Rikers Stimme vibrierte zuviel Furcht, als er den Captain an die Notwendigkeit erinnerte, das Wurmloch zu zerstören. Worf fürchtete sich nicht vor einer solchen Mission. Ganz im Gegenteil: Er hieß sie willkommen.

Der Captain blickte in seine Richtung. Worf straffte die Gestalt und versuchte, wie ein Krieger auszusehen.

»Ein Furienschiff hat das Wurmloch passiert, Sir«, meldete Data.

Picard schien Worf zu vergessen, als er sich ruckartig umdrehte. »Auf den Schirm.«

Das gerade eingetroffene Schiff war größer als die vier anderen, die das Wurmloch bewachten.

»Sie haben doch den Transfer ganzer Flotten angekündigt«, wandte sich Riker an Data.

»Er findet statt«, erwiderte der Androide. »Die einzelnen Schiffe folgen in Abständen von jeweils fünfundsechzig Sekunden.«

»Wie viele orten Sie, Data?«

»Mindestens einhundert, Sir. Und damit meine ich nur die von den Sensoren erfaßten Schiffe. Mit wachsender Entfernung im Wurmloch werden die Anzeigen undeutlicher.«

»Wieso konnten Sie dann genaue Daten über den Sender auf der anderen Seite des Wurmlochs gewinnen?« fragte Riker.

»Nun, dabei habe ich eine besondere Sondierungsmethode verwendet, die ...«

»Die Zeit wird knapp, Mr. Data«, erinnerte Picard den Androiden.

Worf stimmte dem Captain zu. Weitere Raumschiffe der Furien waren durchs Wurmloch unterwegs. Wenn Picard nicht sofort etwas unternahm, würden sie ihren Vorteil verlieren.

»Alarmstufe Rot, Mr. Worf.«

»Aye, Sir.« Der Klingone betätigte Schaltelemente, und überall an Bord glühten die roten Indikatoren. »Wir müssen unverzüglich handeln, Captain. Schicken Sie mich durchs Wurmloch.«

Data stand auf. »Nein, Sir. Ich bin die logische Wahl dafür.«

»Aus Ihrer Analyse geht hervor, daß ein fähiger Pilot nötig ist.« Worf ließ Data einen Teil seines Ärgers spüren. »Meine Instinkte sind Ihrer Programmierung überlegen. Ein guter Pilot weiß, wann er sich auf seine Intuition verlassen muß ...«

»Mr. Worf«, warnte der Captain.

Der Klingone schwieg.

»Mr. Worfs Hinweise haben durchaus etwas für sich«, sagte Data. »Aber ich möchte betonen, daß der emotionale Manipulierungsstrahl der Furien bei mir nicht wirkt. Meine Rationalität geriete nie in Gefahr.«

»Danke, Mr. Data«, sagte Picard. »Aber ich brauche Sie hier. Wenn wir unsere Schilde verlieren, benötige ich jemanden, der auch weiterhin klar denken und die Kontrolle übernehmen kann.«

»Sie brauchen uns alle an Bord«, meinte Riker. »Aber Sie müssen sich für jemanden entscheiden, und zwar schnell.«

Worf musterte den Ersten Offizier. Riker war einer der besten Piloten bei Starfleet, konnte in dieser Hinsicht sogar bessere Leistungen vorweisen als Worf. Aber er hatte keine Ehre zu verteidigen; für ihn stand weniger auf dem Spiel. Mit dem Feuer der Blutrache konnte ein Krieger mehr leisten als ohne.

»Ich muß die Ehre bewahren, Captain«, sagte Worf. »Das erste Furienschiff brachte den Klingonen eine Niederlage bei. Bitte geben Sie mir Gelegenheit, die Ehre meines Volkes wiederherzustellen.«

»Ein weiteres Schiff kommt aus dem Wurmloch, Sir«, meldete Fähnrich Eckley.

»Mr. Worf, Sie nehmen das Shuttle *Polo* mit voller Bewaffnung. Bitten Sie Mr. LaForge, die Programmierung des Bordcomputers mit den Daten der Schild-Modifikation zu erweitern.«

»Aye, Sir.« Worf drehte sich um und eilte zum Turbolift.

»Ich habe noch nicht gesagt, daß Sie gehen können, Mr. Worf.«

Der klingonische Sicherheitsoffizier blieb stehen. Seit dem Beginn der Mission spürte er eine sonderbare Distanz zwischen dem Captain und sich selbst. Der Grund dafür war, daß er in bestimmten Situationen andere Entscheidungen getroffen hätte. »Bitte entschuldigen Sie, Sir.«

»Ihre Aufgabe besteht darin, mit der *Polo* Commander Riker zu decken.« Die Strenge wich aus Picards Zügen, als er den Ersten Offizier ansah. »Sie sind der beste Pilot an Bord, Will.«

»Danke, Sir«, erwiderte Riker.

»Ich bin der beste Schütze«, grollte Worf. Es gelang ihm einfach nicht, still zu sein.

Der Captain nickte. »Ich weiß. Deshalb sollen Sie Wills Shuttle verteidigen.«

»Sir …«, sagte Riker. »Lieutenant Sam Redbay aus

dem Maschinenraum ist ein verdammt guter Pilot. Vielleicht wäre es ratsam, ihn als zusätzliche Flankensicherung einzusetzen.«

»Einverstanden«, entgegnete Picard und nickte. »Er bekommt das Shuttle *Lewis*.«

Worf wußte, daß ihm nur noch eine Chance blieb, den Captain zu überzeugen. »Captain... Klingonen sind daran gewöhnt, für ihre Ehre zu sterben. Im Gegensatz zu Menschen.«

Picard straffte die Gestalt, wodurch die neben ihm stehende Deanna noch winziger und fragiler wirkte. Ihr Gesicht war bleich, und der Blick reichte in die Ferne, so als könnte sie nicht ertragen, was sich vor ihr abspielte.

Worf lauschte dem Echo der eigenen Worte. Ein klingonischer Kommandant hätte nicht gezögert, seine Männer in einen Kampf zu schicken, der den Tod für sie bedeutete. Der Captain schien unter dieser Bürde zu leiden.

»Ich weiß, Mr. Worf«, erwiderte Picard. »Ich verlasse mich auf dieses ausgeprägte Ehrgefühl. Commander Riker soll dadurch die Möglichkeit bekommen, mit intaktem Shuttle durchs Wurmloch zu fliegen.«

Plötzlich verstand Worf. Captain Picard glaubte nicht an die Rückkehr der Shuttles. Er schickte seine Leute los, damit sie einen ehrenvollen Tod starben. Es spielte keine Rolle, wer den entscheidenden Schuß abfeuerte und den Sender zerstörte – es kam nur darauf an, daß sich der Tunnel durch Zeit und Raum schloß.

»Ich werde alles in meiner Macht Stehende unternehmen, um es Commander Riker zu ermöglichen, ins Wurmloch zu fliegen«, sagte Worf.

»Ich zerstöre den Sender auf der anderen Seite«, versprach Riker. »Verlassen Sie sich darauf, Sir.«

»Ich hoffe sehr, daß Sie recht behalten«, erwiderte Picard. »Sie können gehen.«

Riker trat zu Worf.

Sie sahen den Captain an, und er erwiderte ihren Blick. Ein oder zwei Sekunden verstrichen, Zeit genug, um den Klingonen auf folgendes hinzuweisen: Picard war sehr stolz auf sie beide.

Damit ließ er Worf eine Ehre zuteil werden, die der Klingone in den Tod mitnehmen wollte. Kein Krieger konnte sich mehr wünschen.

Deanna trat einen Schritt auf sie zu und verharrte dann. Eine Träne rann ihr über die Wange. Riker sah sie an und lächelte stumm.

Worf nickte nur. Dies war der stolzeste Moment in seinem Leben. Deanna verfügte über genug innere Kraft, um mit dem Kummer fertig zu werden.

Die beiden Männer gingen zum Turbolift. In der Transportkapsel drehten sie sich um und fühlten die Blicke aller anderen Brückenoffiziere auf sich ruhen.

Deanna stand mit hängenden Armen neben Picard. Nie zuvor hatte Worf sie so traurig gesehen.

»Viel Glück«, sagte der Captain.

»Danke, Sir«, erwiderte Worf.

Riker drehte den Kopf, sah ihn an und sprach die traditionellen Worte des klingonischen Schlachtrufs: »Es ist ein guter Tag, um zu sterben.«

20

Dutzende von Personen arbeiteten im Shuttlehangar. Techniker hantierten an den Raumfähren oder prüften Checklisten.

Redbay sah sich um und stellte fest, daß eine Frau für den Notfall bestimmte Medo-Pakete an Bord der Shuttles verstaute. Es handelte sich um jene Art von Notausrüstung, die man mit einer Hand bedienen konnte, während die andere auch weiterhin Kontrollen betätigte. Sie diente in erster Linie dazu, das Überleben zu sichern.

Aufregung prickelte in Redbay. Picard hatte ihn angewiesen, sich bei Commander Riker im Shuttlehangar zu melden, ohne den Grund dafür zu nennen. Einzelheiten sollte er vermutlich vor Ort erfahren.

Normalerweise sprachen die Techniker miteinander, während sie ihrer Arbeit nachgingen, aber diesmal schwiegen sie fast die ganze Zeit über.

Ein weiteres Zeichen für eine ernste Mission.

Unter den gegenwärtigen Umständen kam auch kaum etwas anderes in Frage. Immerhin befanden sich die Furien dort draußen und wurden mit jeder verstreichenden Minute stärker. In einer derartigen Situation mußte jede Mission ernst sein.

Will Riker und Lieutenant Worf standen vor dem taktischen Display an der Innenwand des Hangars. Ein Fähnrich neben ihnen bemerkte Redbay und richtete entsprechende Worte an den Ersten Offizier.

Riker drehte sich um, und in seinen Augen entdeckte Redbay einen Glanz, der ihm vertraut erschien: Er verriet Entschlossenheit. Will Riker schien sich dadurch zu verändern. Er war nicht länger der Stubengenosse aus der Akademiezeit oder ein Gegner beim simulierten Luftkampf. Aus dem guten Freund wurde ein Krieger, der sich auf die Schlacht vorbereitete.

Redbay begegnete Rikers Ernst mit einem Lächeln, um die eigene Anspannung in angemessenen Grenzen zu halten.

Der Erste Offizier winkte ihn näher. Redbay ging an den Technikern vorbei, ignorierte das Streitgespräch an einem Kontrollcomputer – ein Streitgespräch, das er mit einigen wenigen Worten hätte beenden können – und setzte den Weg fort.

Riker begrüßte ihn, indem er ihm auf die Schulter klopfte.

Dafür gab es nur einen Präzedenzfall.

Damals hatten sie als Kadetten zu einem Kampfeinsatz aufbrechen müssen, weil eine Föderationsbasis in der Nähe von Chala IV angegriffen wurde.

An jenem Tag glaubten sie, in den Tod zu fliegen. *Will geht also von der Annahme aus, daß es keine Überlebenschance für uns gibt*, dachte Redbay. Kein Wunder, daß er so ernst wirkte.

»Ich habe nur wenig Zeit, um dich einzuweisen«, sagte Riker. »Je länger wir warten, desto mehr Furienschiffe passieren das Wurmloch.«

»Inzwischen sind es schon sechs«, meinte Worf.

Redbay versteifte sich unwillkürlich und sah zum nahen Monitor. Tatsächlich: Es schwebten sechs Schiffe am Wurmloch. »Der Transfer findet schneller als erwartet statt?«

Riker nickte. »Ein Raumer pro Minute. Wir wissen nicht, wie lange die Fremden noch warten, bevor sie angreifen.«

»Ich schätze, an dieser Stelle kommen wir ins Spiel«, sagte Redbay.

»Lieutenant Data hat eine Möglichkeit gefunden, das Wurmloch zu zerstören«, erklärte Worf. »Aber es läßt sich nicht mit der *Enterprise* bewerkstelligen. Nötig ist der Einsatz eines Shuttles, das einen gut gezielten Photonentorpedo abfeuert.«

Redbay schluckte. Er kannte sowohl Worfs Leistungen als auch die Wills. Ebenso wie er selbst waren sie ausgezeichnete Piloten und Schützen.

»Sieh dir das hier an.« Riker betätigte eine Schaltfläche, und eine graphische Darstellung des Wurmlochs erschien auf dem Display. Es wies Ähnlichkeit mit dem Füllhorn auf, das Redbays Mutter jedes Jahr im Herbst auf den Tisch des Speisezimmers gelegt hatte – selbst auf Nyo, wo es gar keinen Herbst gab.

Die sechs Schiffe schwebten vor dem Zugang zum Wurmloch. Auf der anderen Seite blinkte ein roter Punkt.

Das Ziel.

»Von dort aus wird das Wurmloch kontrolliert.« Riker zeigte auf den Punkt. »Ein Treffer genügt, um eine Rückkoppelung auszulösen, die den Transfertunnel zerstört. Dann können die Furien keine weiteren Schiffe zu uns schicken. Das Problem ist der Schuß. Ich schätze, wir bekommen keine zweite Chance, das Ziel zu treffen.«

Er berührte eine weitere Schaltfläche, und ein blauer Punkt erschien, am diesseitigen Ende des ›Füllhorns‹.

Die Botschaft war klar: Um den Photonentorpedo abzufeuern und das Wurmloch zu zerstören, mußte das Shuttle erst an den Furienschiffen vorbeifliegen und ins Territorium des Feindes vorstoßen. Redbay verstand plötzlich den Grund für Wills grimmige Entschlossenheit.

Im Vergleich zu diesem Einsatz erschienen ihm alle

anderen Missionen, an denen er bisher teilgenommen hatte, wie ein Kinderspiel.

»Na schön«, sagte Riker. »Data glaubt, daß die Shuttles durchs Wurmloch fliegen können, ohne entdeckt zu werden. Die Furienschiffe darin sind von Stasisfeldern umhüllt, und der Abstand zwischen ihnen ist recht gering. Das Shuttle verfügt nicht über ein solches Abschirmfeld und müßte den Transfer in einem Hundertstel der Zeit hinter sich bringen, die ein Raumer der Furien dafür benötigt.«

Redbay nickte. »Haben wir genug Feuerkraft?«

»Ein einzelner Photonentorpedo genügt«, erwiderte Riker. »Und jedes einzelne Shuttle verfügt über weitaus mehr Waffenpotential.«

»Nur einer von uns fliegt durchs Wurmloch«, betonte Worf. »Die beiden anderen sorgen für den erforderlichen Schutz.« Er hob den Kopf und begegnete Redbays Blick. Klingonen wirkten von Natur aus böse und finster. Bei Worf traf das in besonderem Maße zu. »Ich hoffe, Sie sind wirklich so gut, wie Commander Riker behauptet.«

Redbay sah zu Will, der nicht einmal lächelte.

»Er ist es, Worf, glauben Sie mir.«

»Ich fliege also eins der Shuttles«, sagte Redbay. »Und worin besteht meine Aufgabe?«

»Du deckst mich«, erwiderte Riker.

»Du fliegst zur anderen Seite?«

Der Erste Offizier nickte. »Du und Worf – ihr sollt dafür sorgen, daß ich ins Wurmloch gelange. Wenn es vier Minuten später immer noch existiert, muß einer von euch beiden einen zweiten Versuch unternehmen. Aber ich bin sicher, das ist nicht notwendig. Der schwierige Teil besteht darin, die Wachschiffe zu passieren und das Innere des Wurmlochs zu erreichen. Die Vernichtung des Ziels dürfte sich recht einfach bewerkstelligen lassen.«

»Wenn es zerstört ist – wie lange dauert es dann bis zum Kollaps des Wurmlochs?« fragte Redbay.

Riker beugte sich zur Konsole vor und berührte ein Schaltelement. Der Schirm wurde dunkel.

Der Erste Offizier schwieg und brachte damit eine unmißverständliche Botschaft zum Ausdruck.

Ein Himmelfahrtskommando.

Picard schickte seinen Stellvertreter, weil er glaubte, daß niemand sonst einen Erfolg erzielen konnte.

Mit jeder verstreichenden Minute kam ein weiteres Furienschiff aus dem Wurmloch. Das bedeutete: Die Überlebenschancen von Redbay und Worf waren gering.

Aber nicht so gering wie die Rikers.

»Sie nehmen die *Lewis*«, knurrte Worf. »Ich fliege die *Polo* und nähere mich mit Höchstgeschwindigkeit dem Wurmloch. Wenn die Furien versuchen, mich abzufangen, ändere ich den Kurs.«

»Du wiederholst das Manöver, Sam«, sagte Riker. »Wenn die Furien ein Abfangmanöver einleiten, änderst du ebenfalls den Kurs. Es sollte dir gelingen, die Aufmerksamkeit von mindestens einem Schiff auf dich zu lenken. Ich bin direkt hinter dir – und fliege ins Wurmloch.«

Es klang ganz einfach.

Es schien kaum der Rede wert zu sein.

»Was ist mit unseren Schiffen?« fragte Redbay.

»Sie führen zur gleichen Zeit Variationen des gerade beschriebenen Manövers durch und versuchen, Furienraumer vom Wurmloch fortzulocken«, entgegnete Riker. »Die Fremden fallen bestimmt nicht sehr lange darauf herein, und deshalb müssen wir schnell sein. Du fliegst hinter Worf. Noch Fragen?«

Redbay schüttelte den Kopf. Was sollte er schon fragen? Sein bester Freund und er würden in einigen Minuten sterben – darauf lief es hinaus.

»Gut«, sagte Riker. »Die Bordcomputer der Shuttles

sind mit dem Konfigurationsmuster des Ziels programmiert, und außerdem wurden die Schilde modifiziert. Ich weiß nicht, ob sie auch in unmittelbarer Nähe der Furien Schutz gewähren. Wenn die Belastungen zu groß werden… Von Dr. Crusher haben wir Beruhigungsgas bekommen. Ich schlage vor, wir verwenden es nur im Notfall. Angeblich beeinflußt es nicht die motorischen Fähigkeiten, aber ich möchte in dieser Hinsicht kein Risiko eingehen.«

»Manchmal wirkt sich auch Furcht auf die motorischen Fähigkeiten aus«, sagte Redbay und erinnerte sich an den aus der Jefferiesröhre fallenden LaForge.

»Deshalb haben wir das Gas.« Riker drehte sich um, sah sowohl Redbay als auch Worf an. »Alles klar?«

»Ja, Sir«, antworteten sie gleichzeitig.

Der Erste Offizier nickte. »Also los.«

Ohne ein weiteres Wort schritt er zum mittleren Shuttle, und Worf näherte sich dem linken.

Redbay zögerte und beobachtete, wie sein Freund in den sicheren Tod ging. Er wußte ganz genau, daß er Riker jetzt zum letztenmal sah, und deshalb erschienen ihm einige zusätzliche Worte angebracht.

»Will!«

Riker drehte sich um, blieb jedoch nicht stehen.

»Ich habe den letzten Luftkampf gespeichert und möchte ihn fortsetzen, wenn wir zurückkehren.«

Riker lächelte. »Einverstanden.«

Redbay eilte zum dritten Shuttle. Er war der beste Pilot bei Starfleet und einer der besten Schützen. Er wollte sein Geschick beweisen, indem er Riker möglichst gut deckte.

Und ihm dabei half, das Wurmloch für immer zu schließen.

Picard bewegte die Schultern und versuchte, die Anspannung aus ihnen zu vertreiben. Ohne Will und

Worf erschien ihm die Brücke seltsam leer. Data bediente noch immer die Kontrollen der wissenschaftlichen Station, und Counselor Troi war zugegen. Datas Berichte über das Wurmloch verhießen nichts Gutes: Immer mehr Schiffe warteten im Innern auf den Transfer. Deanna Troi erweckte den Eindruck, mit jeder verstreichenden Sekunde blasser zu werden – die Belastungen für sie nahmen immer mehr zu.

Die Kom-Kontakte mit den Kommandanten der anderen Schiffe nützten nicht viel. Sie bestätigten, daß LaForges Schildmodifikationen tatsächlich ihren Zweck erfüllten, und sie waren auch mit dem Angriffsplan einverstanden, doch an dieser Stelle endete die Einigkeit. Die Starfleet-Captains Higginbotham und Kiser würdigten Picards Verhandlungsversuche, während die klingonischen Kommandanten Verhandlungen für Zeitverschwendung hielten.

Insgeheim pflichtete Picard den Klingonen bei. Ohne sein Bestreben, mit den Furien zu verhandeln, hätte sich Riker vielleicht eine bessere Chance geboten, ins Wurmloch zu gelangen.

Aber wenn er keinen Versuch unternommen hätte, eine Übereinkunft mit den Fremden zu erzielen ... In dem Fall wäre er gezwungen gewesen, den Rest seines Lebens mit Selbstzweifeln und Schuldgefühlen zu verbringen. Er hätte sich immer wieder gefragt, ob der Kampf wirklich notwendig gewesen war.

Jetzt zweifelte er nicht mehr daran.

Sieben Furienschiffe schwebten in der Nähe des Wurmlochs, und es konnte nur noch wenige Sekunden dauern, bis ein weiteres eintraf. Riker wußte natürlich, wie sehr die Zeit drängte. Picard hoffte, daß ihm die Umstände Gelegenheit gaben, sich zu beeilen.

»Die Furien setzen sich mit uns in Verbindung, Sir«, meldete Data.

In Picards Magengrube krampfte sich jäh etwas zusammen. Was bahnte sich jetzt an? »Auf den Schirm. Und leiten Sie die Kom-Signale an die anderen Schiffe weiter.«

»Ja, Sir.«

Das Gesicht des Furien-Kommandanten erschien auf dem großen Wandschirm. Diesmal war das Bild etwas klarer – offenbar gab es im Kontrollraum der Fremden weniger Dunst. Außerdem wirkte der Kommandant nicht ganz so selbstbewußt wie zuvor.

»Sie behaupten, die Seelen der *Rath*-Crew zu haben?«

Darum ging es also. Vielleicht gab es doch noch eine kleine Chance, den Konflikt zu beenden, ohne daß jemand sterben mußte. Möglicherweise konnten sie mit den Puppen einen Krieg verhindern.

»Ja, das stimmt. Wir haben sie an einem sicheren Ort aufbewahrt und inzwischen hierhergebracht. Unsere Absicht bestand darin, sie Ihnen anzubieten, in Frieden.«

Der gehörnte Kommandant wechselte einen Blick mit jemandem, der auf dem Wandschirm nicht zu sehen war. Dann wandte er sich wieder an Picard. »In welchem Schiff befinden sie sich?«

Picard schüttelte den Kopf und lachte. »Derartige Informationen bekommen Sie nicht von uns. Sorgen Sie dafür, daß sich keine weiteren Schiffe Ihrer Flotte transferieren. Dann können wir die Übergabe der Puppen diskutieren.«

»Picard ...« Der Kommandant stand auf, und sein rotes Gesicht schien nun zu glühen. Zum erstenmal sah Picard die Puppe an seinem Gürtel – eine exakte Nachbildung des Wesens, das sie trug. »Wenn die Seelen beschädigt oder zerstört werden, sorge ich persönlich dafür, daß Sie einen langsamen und qualvollen Tod sterben.«

»Wenn die Puppen zerstört werden, so sind allein Sie dafür verantwortlich, nicht ich«, erwiderte Picard mit fester Stimme.

Picard bedeutete Data, den Kom-Kanal zu schließen. Er sah nun keine Möglichkeit mehr, eine Konfrontation zu verhindern.

Nun, wenn die Furien unbedingt den Kampf wollten, so sollten sie ihn bekommen.

Der Captain drehte sich um und kehrte zum Kommandosessel zurück.

»Die Shuttles starten«, meldete Fähnrich Eckley.

»Mr. Data, fordern Sie die anderen Schiffe auf, in Position zu gehen«, sagte Picard. »Es kommt jetzt darauf an, die Furienschiffe vom Wurmloch fortzulocken.«

»Aye, Sir«, bestätigte der Androide.

Trois Hände schlossen sich fest um die Armlehnen des Sessels.

»Sir ...«, ließ sich Eckley vernehmen. »Ein weiteres Schiff kommt durchs Wurmloch.«

Der Wandschirm zeigte, wie der achte Raumer vor dem Zugang des Wurmlochs verharrte. Acht Schiffe gegen fünf. Die erste *Enterprise* hatte mit Mühe und Not den Sieg über ein Furienschiff errungen. Es gab keine Zeit mehr; sie mußten sofort handeln.

»Gefechtsbereitschaft«, sagte Picard. »Mit voller Impulskraft beschleunigen. Photonentorpedos auf Ziel ausrichten und meinen Feuerbefehl abwarten.«

Die beiden anderen Starfleet-Schiffe gingen in Position. Die beiden klingonischen Kreuzer drehten wie vorgesehen ab und entfernten sich. Wenn sie eine gewisse Entfernung erreichten, würden sie ihre Tarnvorrichtungen aktivieren. Mit ein wenig Glück glaubten die Furien dann, die Klingonen hätten sich zurückgezogen – vorausgesetzt natürlich, sie wußten nichts von den Tarnschirmen. Anschließend sollten die Kreuzer zurückkehren, um den Feind von hinten und oben anzugreifen, wobei sie ihre Tarnvorrichtungen im letzten Augenblick deaktivierten.

Das Hauptziel für die Fremden war natürlich die *Enterprise.* Als sie sich in Bewegung setzte, weckte sie sofort die Aufmerksamkeit der Furien.

Grüne Strahlen gingen von ihren Schiffen aus, deuteten vielleicht auf den Einsatz anderer Waffen hin.

Die *Enterprise* schüttelte sich, als Energiefinger nach ihr tasteten.

»Schäden, Mr. Data?«

»Keine, Sir«, antwortete der Androide. »Die Schilde halten.«

Picard atmete tief durch. Der Kampf hatte begonnen – hoffentlich endete er hier und nicht auf der Erde.

»Feuer«, sagte der Captain.

21

Rikers Hände glitten über die Kontrollen des Shuttles, als stünde eine ganz normale Mission bevor. Aber das stimmte natürlich nicht. Jetzt begann der wichtigste Einsatz, den der Erste Offizier jemals geflogen hatte.

Wenn er einen Erfolg erzielte ... Es würde bedeuten, daß er, William T. Riker, die Eroberung dieses Quadranten durch die Furien verhindert und Millionen, vielleicht sogar Milliarden von Leben gerettet hatte. So etwas war zweifellos alle Anstrengungen wert.

Er lächelte. Als Nichtklingone mußte er sich erst noch an diesen Gedanken gewöhnen. Er glaubte an das Prinzip eines ehrenvollen Todes, doch er blieb lieber am Leben. Auch diesmal lag ihm nichts daran zu sterben. Er wußte nicht, wie er von der anderen Seite des Wurmlochs zurückkehren sollte, aber bestimmt fand er irgendeine Möglichkeit.

Das Hangarschott glitt beiseite. Riker nahm im Pilotensessel Platz und berührte weitere Schaltflächen. Seltsamerweise verspürte er überhaupt keine Furcht, was er nicht nur Geordis Schildmodifikationen verdankte.

Diese letzte Mission war *richtig*. Die Vorstellung, dabei ums Leben zu kommen, erschreckte ihn nicht.

Jetzt nicht mehr.

Manche Dinge waren schlimmer als der Tod. Dazu gehörte das Leben in einer von den Furien beherrschten Galaxis.

Riker steuerte sein Shuttle ins All und rief eine graphische Darstellung des Furienpunkts aufs Display. Acht Schiffe schützten inzwischen den Zugang zum Wurmloch. Worf steuerte sein Shuttle auf einer Flugbahn, die von den Furien fortführte, und Redbay folgte seinem Beispiel. Riker programmierte einen ähnlichen Kurs. Die Fremden sollten den Eindruck gewinnen, daß sie zu entkommen versuchten. Allerdings ... Die drei Raumfähren blieben zusammen, bereit dazu, praktisch von einem Augenblick zum anderen in Richtung Wurmloch zu fliegen.

Jetzt hing alles davon ab, wie gut Picards Plan funktionierte.

Er *mußte* funktionieren.

Sonst gab es für die Völker in diesem Teil der Milchstraße keine Zukunft mehr.

Riker behielt die beiden anderen Shuttles im Auge und spürte, wie seine Aufregung wuchs. Er war auf alles vorbereitet, doch die letzten Sekunden vor dem Kampf erwiesen sich wie immer als besonders schwer.

Die *Enterprise* flog direkt zum Furienpunkt, gefolgt von der *Madison*. Wenn sie nahe genug heran waren, würde die *Enterprise* nach Backbord abdrehen und die *Madison* nach Steuerbord, um dann anzugreifen.

Die *Idaho* befand sich weiter ›oben‹, ohne erkennbare Verbindung mit den derzeit stattfindenden Manövern. Aber auch sie näherte sich nach und nach dem Wurmloch.

Für die Furien gab es viel zu beobachten.

Die beiden klingonischen Kreuzer hatten sich entfernt und die Tarnvorrichtungen aktiviert – der Gegner sollte glauben, daß die Klingonen geflohen waren. In Wirklichkeit kehrten sie gerade jetzt zum Ort des Geschehens zurück. Riker wußte, daß es nicht mehr lange dauern würde, bis die Kreuzer plötzlich erschienen und das Feuer eröffneten.

Strahlblitze gingen vom nächsten Furienschiff aus und zuckten zur *Enterprise,* brachten jähe Helligkeit in die ewige Nacht des Weltraums. Riker fühlte eine willkommene Anspannung in Armen und Schultern.

Die Schlacht hatte begonnen.

Der Erste Offizier setzte den Flug fort, mit einem kleinen Schiff, dem niemand Beachtung zu schenken schien. Er wünschte sich, unsichtbar zu sein.

Die *Enterprise* erwiderte das Feuer des nächsten Furienschiffes. Die *Idaho* kam herunter, setzte Photonentorpedos und Phaser ein.

Der Kampf breitete sich aus.

Vier Furienschiffe wandten sich der *Enterprise* und *Idaho* zu. Die *Madison* nahm es mit zwei weiteren auf. Destruktive Energie glühte im All. Phaserstrahlen schufen tödliche Verbindungen zwischen den Raumern.

»Wo bleiben die Klingonen?« hauchte Riker.

Ein Furienschiff vor der *Enterprise* explodierte lautlos. Glühende Trümmer flogen in alle Richtungen.

Ein Gegner erledigt. Doch in dem Wurmloch warteten noch viele andere darauf, ebenfalls an der Schlacht teilzunehmen.

Riker sah zu den beiden Shuttles weiter vorn. Mit Worf und Redbay schien soweit alles in Ordnung zu sein.

Zumindest jetzt noch.

Die *Enterprise* nahm das nächste Furienschiff unter Beschuß, wurde dabei von der *Madison* unterstützt. Aus dieser Entfernung betrachtet, sah es aus, als hätten die beiden Starfleet-Einheiten die Situation völlig unter Kontrolle. Aber bestimmt mußte die *Enterprise* eine Menge einstecken.

Er hoffte, daß ihre Schilde hielten.

Und daß Beverlys Gas wirkte, wenn sie versagten.

»Worauf warten die Klingonen?« flüsterte er. Hoffentlich hielten auch ihre Schilde. Wenn nicht ... Dann wiederholte sich vielleicht die Katastrophe des ersten Kampfes am Furienpunkt.

Riker hätte jetzt gern Worfs Gesicht gesehen. Machte er sich ebenfalls Sorgen, weil die Klingonen noch nicht eingetroffen waren?

Plötzlich erschienen zwei imperiale Kreuzer in der Nähe des Wurmlochs. Sie wirkten wie zwei große Geier und feuerten sofort mit ihren Disruptoren, schleuderten den Furien rote Entladungen entgegen.

Die beiden feindlichen Schiffe am Wurmloch erwiderten das Feuer nicht sofort.

Sie schienen überrascht zu sein.

»Noch ein Punkt für uns«, murmelte Riker.

Er aktivierte den Kommunikator. Es war soweit. Der große Augenblick. Jetzt oder nie.

»Los!« rief er. Ein oder zwei absurde Sekunden lang fühlte er sich wie ein Trainer beim Fußballspiel.

»Aye, Sir«, antwortete Worf.

»Ja, *Sir*!« bestätigte Redbay.

Vor dem inneren Auge sah Riker, wie sein Freund scherzhaft salutierte. Er lächelte. In diesem Shuttle mochte er allein sein, aber er war nicht allein im All. Redbays Präsenz gab ihm das Gefühl, größere Erfolgsaussichten zu haben.

Worfs Shuttle änderte plötzlich den Kurs und flog zum Wurmloch.

Redbay folgte dem Klingonen.

Nach einigen Sekunden eröffneten sie beide das Feuer auf die zwei Furienschiffe. Der Gegner sollte glauben, daß es sich um einen Angriffsflug handelte.

Riker veränderte ebenfalls die Flugbahn seines Shuttles und trachtete danach, nicht mehr an den um ihn herum stattfindenden Kampf zu denken. Er konzentrierte seine ganze Aufmerksamkeit darauf, das Wurmloch zu erreichen und hindurchzufliegen.

Alles andere spielte keine Rolle.
Überhaupt keine.

»Die Schilde im Bereich der Decks drei und zehn versagen, Captain«, meldete Data.

Picard nickte und hielt sich an den Armlehnen des Kommandosessels fest, als die *Enterprise* einen weiteren Treffer einstecken mußte. Der Wandschirm zeigte, wie ein Furienschiff explodierte, zu einer sich rasch ausdehnenden Trümmerwolke metamorphierte.

»Bringen Sie uns näher an das Wurmloch heran, Fähnrich Eckley«, sagte der Captain. Wie groß auch immer die Schäden an Bord sein mochten: Sie mußten die Furien von den Shuttles ablenken. Worf und Redbay griffen inzwischen die beiden Raumer am Furienpunkt an, fügten ihre Feuerkraft dem destruktiven Potential der beiden klingonischen Kreuzer hinzu. Rikers Shuttle folgte mit gleichem Kurs, wahrte jedoch einen gewissen Abstand.

Nur noch wenige Sekunden, bis sein Transfer durchs Wurmloch begann.

Einmal mehr erbebte die *Enterprise*. Die Furien konzentrierten ihr Feuer erneut auf die Schilde und versuchten, Strukturlücken darin zu schaffen. Doch nach LaForges Modifikationen waren die Deflektoren wesentlich stabiler als vorher – sicher eine große Überraschung für die Fremden.

»Ein Schiff ist von unseren Photonentorpedos schwer beschädigt worden«, sagte Lieutenant Dreod. Sie nahm Worfs Platz an den taktischen Kontrollen ein.

Für Picard fühlte es sich noch immer seltsam an, daß zwei wichtige Brückenoffiziere fehlten. Deanna Troi saß nach wie vor neben ihm, ihr Gesicht eine ausdruckslose Maske. Dennoch bemerkte der Captain ihre Anspannung.

Unter den gegenwärtigen Umständen durfte er von der Counselor kaum Hilfe erwarten.

Picard stand auf.

»Die Schäden im Bereich der Decks drei und zehn halten sich in Grenzen«, berichtete Data. »Alle anderen Schilde sind stabil.«

Noch immer versperrte ein Furienschiff der *Enterprise* den Weg zum Wurmloch. Es stellte eine nicht unerhebliche Gefahr für Riker dar.

»Vernichten Sie den Raumer dort draußen«, ordnete Picard an.

Mehrere Photonentorpedos jagten dem fremden Schiff entgegen und explodierten an seinen Schilden. Das sollte zumindest die Aufmerksamkeit der Fremden wecken.

Vielleicht lange genug, um Riker den Flug ins Wurmloch zu ermöglichen.

Worf beugte sich zur Konsole vor. Immer wieder schlingerte sein Shuttle in den energetischen Druckwellen von Explosionen. Manchmal schüttelte es sich auch, wenn es von einem Strahlblitz getroffen wurde. Er erwiderte das Feuer mit grimmiger Entschlossenheit.

Worf, Sohn von Mogh, würde einen ehrenvollen Tod sterben – indem er sein Volk vor den Furien verteidigte und voller Stolz seine Pflichten als Starfleet-Offizier erfüllte.

Er würde den Furien einen Kampf liefern, den sie so schnell nicht vergaßen.

Das modifizierte Shuttle verfügte über erstaunlich große Feuerkraft. Worf nutzte sie voll aus, steuerte das kleine Schiff nach rechts und links, um den Salven des Gegners zu entgehen, betätigte dabei immer wieder die Phaserkanonen. Die Furien sollten ihn für den wichtigeren Gegner halten und Commander Riker in Ruhe lassen.

Von ›oben‹ näherte sich die *DoHQay* dem Furienraumer, der dem Wurmloch am nächsten war. Worf traf eine rasche Entscheidung, flog dem gleichen Schiff von ›unten‹ entgegen und feuerte dabei unablässig.

Die Schilde des Furienschiffes wurden instabil. Worf zielte auf die Stelle, an der die Deflektoren nach Auskunft des Computers besonders schwach waren. Die hellroten Phaserstrahlen zerstoben dort und hinterließen ein mattes, rosarotes Glühen. Worf spielte mit dem Gedanken, einen seiner wenigen Photonentorpedos einzusetzen, als der große Raumer schlingerte, außer Kontrolle geriet und explodierte.

Eine weitere energetische Druckwelle traf das Shuttle, stärker als die anderen, und Worf versuchte, die Fluglage wieder zu stabilisieren. Er wollte keine Zeit verlieren, den Kampf sofort fortsetzen. Die Displays zeigten ihm, daß er dem anderen Furienraumer viel zu nahe kam. Wenn er das Shuttle nicht abfangen konnte, stand eine Kollision bevor, die vermutlich beide Schiffe zerstörte – ohne Commander Riker zu helfen. Ganz im Gegenteil: Wenn er in den Glutball der Detonation geriet, drohte ihm ebenfalls die Vernichtung.

Worf zwang sein Shuttle zur Seite und verfehlte den Rumpf des großen Raumers nur um wenige Meter. Schweiß perlte auf seiner dunklen Stirn, und er seufzte erleichtert.

Doch die Furien wollten ihn nicht so einfach entkommen lassen.

Ein Strahlblitz traf die Raumfähre aus nächster Nähe und zerstörte ihre Schilde.

Das Shuttle wirbelte fort, und Worf mußte sich an der Konsole festhalten, um nicht aus dem Sitz geschleudert zu werden.

Die Bildschirme zeigten nichts mehr an. Dunkler Rauch zog durch die Pilotenkanzel. Er stammte nicht von einem Kabelbrand oder verschmorten Isolierungen – jenen Geruch kannte Worf.

Nein, für diesen Rauch gab es einen anderen Grund.

Der Warpkern.

Worf versuchte, die Schilde zu reaktivieren.

Er betätigte die Kontrollen, trachtete vergeblich danach, die Bildschirme zu neuem elektronischen Leben zu erwecken.

Er bemühte sich, die Waffen wieder einsatzbereit zu machen.

Die Luft in der Pilotenkanzel war kaum mehr atembar. Die Uniform klebte an Worfs schweißnassem Leib.

Die Sprachprozessorstimme des Computers erklang.

»Triebwerksversagen in zehn Sekunden«, ertönte es aus den Lautsprechern.

Worf klopfte auf die Konsole, doch die anderen Bordsysteme reagierten nicht.

»Sieben ...«

Er konnte kaum mehr atmen. Der Rauch schien ihm die Lungen zu verbrennen.

»Sechs ...«

Er versuchte, nicht auf den zunehmenden Druck in seiner Brust zu achten. Statt dessen betätigte er Notschalter – ohne Erfolg. Auch die Reservesysteme reagierten nicht.

»Fünf ...«

Die Stimme klang so ruhig. Selbst der tapferste Klingone hätte in dieser Situation nicht so gelassen geklungen.

»Vier ...«

Der Rauch war inzwischen so dicht, daß Worf nicht einmal mehr die eigenen Hände sehen konnte.

»Drei ...«

Warum funktionierten die Bildschirme nicht? Er wollte wissen, wie es um die Schlacht stand, ob Riker es geschafft hatte.

»Zwei ...«

Doch ihm blieb verborgen, was derzeit draußen im All geschah. Nur in einem Punkt konnte er sicher sein: Er hatte sich alle Mühe gegeben. In Gedanken verabschiedete er sich vom Ersten Offizier der *Enterprise* und wünschte ihm alles Gute.

»Eins ...«

Riker hatte recht. Es war tatsächlich ein guter Tag, um zu sterben.

22

Das Shuttle flog auf dem richtigen Kurs und würde das Ziel bald erreichen.

Riker blickte auf die Displays der Pilotenkonsole, sah dort die graphische Darstellung des Wurmlochs und versuchte, alles andere zu ignorieren.

Noch acht Sekunden.

In acht Sekunden erreichte er den Zugang des Tunnels, der eine Abkürzung durch Zeit und Raum darstellte.

Worfs Shuttle raste durchs All und drehte sich dabei um die eigene Achse – es wirkte wie ein Spielzeug, das von einem zornigen Kind fortgeworfen worden war. Riker spürte jähe Hilflosigkeit.

Sieben Sekunden.

Wenn er Worf half, gefährdete er die Mission und brachte dadurch den ganzen Quadranten in Gefahr.

Sechs Sekunden.

Die klingonischen Kreuzer feuerten auf das Furienschiff am Zugang des Wurmlochs. Immer wieder blitzte es im All; Deflektoren schimmerten und flakkerten. Redbay hatte den feindlichen Raumer ebenfalls unter Beschuß genommen und dann abgedreht, um nicht in die Flugbahnen der beiden Kreuzer zu geraten.

Fünf Sekunden.

Die *Enterprise* trat gegen das Flaggschiff der Furien an. Die *Idaho* und *Madison* nahmen es mit drei Gegnern auf.

Vier Sekunden.

Nein, er durfte Worf nicht helfen. Es gab keine Rettung für den Klingonen. Er würde als Held im Kampf sterben.

»Tut mir leid, alter Freund«, sagte Riker und bedauerte sehr, daß Worf ihn nicht hören konnte.

Mit dem Versuch, Worf zu retten, hätte Riker einen großen Fehler begangen. Der Klingone wollte bestimmt im Kampf sterben – bei seinem Volk galt so etwas als erstrebenswert. Wenn sein Tod nicht völlig umsonst sein sollte, mußte die Mission mit einem Erfolg enden, und den konnte nur Riker gewährleisten.

Drei Sekunden. Das Wurmloch wirkte plötzlich gewaltig. Und es befanden sich keine Schiffe im Zugangsbereich. Captain Picard und die anderen Kommandanten hatten ihre Aufgabe erfüllt.

Zwei Sekunden.

Riker blickte auf die Anzeigen der Waffensysteme. Die Photonentorpedos waren bereit, und er ebenfalls. Worf starb nicht umsonst.

Und dann, ohne irgendeine Vorwarnung, kam ein weiteres Furienschiff aus dem Wurmloch, direkt vor dem Shuttle.

Aus unmittelbarer Nähe gesehen wirkte es kolossal und ... dämonisch.

Riker besann sich auf sein Pilotengeschick.

Er riß das Shuttle nach Backbord und hoffte, an dem Schiff vorbeizugelangen, bevor die Furien an Bord auf ihn reagieren konnten. Vermutlich berührte er die peripheren Deflektoren des Raumers und würde von ihnen abprallen, hoffentlich in Richtung Wurmloch.

Aber die Furien bemerkten ihn.

Ihr Schiff drehte sich, und zwar erstaunlich schnell. Riker sah eine Chance und paßte das Bewegungsmuster des Shuttles dem des wesentlich größeren Schiffes an, wodurch der Weg zum Wurmloch wieder frei wurde. Ja, er konnte es schaffen …

Plötzlich blitzte es grell – ein Schuß aus nächster Nähe.

Zum zweiten Mal fühlte Riker völlige Hilflosigkeit.

Er konnte weder ausweichen noch die Schilde mit Zusatzenergie verstärken. Es blieb ihm nicht einmal genug Zeit, zu schreien oder die Hände schützend vors Gesicht zu heben.

Gerade war er noch zum Wurmloch geflogen. In der nächsten Sekunde schien sich das Shuttle in einen Glutball zu verwandeln.

»Die Schilde sind ausgefallen«, verkündete der Computer.

Unglaubliche Hitze herrschte. Konsole und Sessel wurden so heiß, daß eine Berührung zu Verbrennungen führte.

»Ambientale Systeme nicht mehr funktionsfähig«, ertönte es.

Riker streifte die Uniformjacke ab, wickelte sie sich um die Hand und betätigte dann die Stabilisierungskontrollen. Irgendwie gelang es ihm, die Rotation des Shuttles zu beenden und die Deflektoren zu reaktivieren.

Schweißüberströmt wandte sich der Erste Offizier den Displays zu. Er mußte es schaffen, das Shuttle auf den ursprünglichen Kurs zurückzubringen und ins Wurmloch zu steuern.

Doch das Furienschiff folgte ihm und feuerte erneut.

»Warnung«, erklang erneut die Stimme des Computers. »Innentemperatur erreicht kritischen Wert.«

»Großartig«, murmelte Riker. »Wirklich großartig.«

Es gab keinen Rauch, und dadurch wurde die Hitze noch besorgniserregender. Schmolzen die zentralen Bordsysteme? Stand gar ein Warpkern-Kollaps bevor?

»Warnung«, sagte der Computer. »Systemüberladung in dreißig Sekunden.«

Die Entfernung war zu groß. Er konnte es nicht einmal in einer Minute bis zum Wurmloch schaffen, geschweige denn in dreißig Sekunden.

Voller Zorn feuerte er die Phaserkanonen auf das riesige Furienschiff ab. Genausogut hätte er versuchen können, den Brand eines Hochhauses mit einer Wasserpistole zu löschen.

Ein Bildschirm zeigte ihm Worfs Shuttle. Wenn es für ihn selbst keine Rettung mehr gab... Vielleicht konnte er dem Klingonen helfen.

Nein. Auch in diesem Fall war die Entfernung zu groß.

Die Furien trafen noch einmal. Das Licht flackerte, ging aus, dann wieder an.

»Warnung. Schilde sind ausgefallen. Systemüberladung in fünfzehn Sekunden.«

Riker hatte die letzten Deflektoren verloren. Ein weiterer Treffer brachte den sicheren Tod.

Mit einer von der Uniformjacke geschützten Hand hieb er auf die heißen Kontrollen.

»Systemüberladung in zehn Sekunden.«

Zehn Sekunden – und nicht die geringste Aussicht auf einen Erfolg.

Zehn Sekunden, um darüber nachzudenken, daß er, William T. Riker, versagt hatte.

Die Bildschirme zeigten einen Alptraum. Redbay hatte an vielen Gefechtssimulationen teilgenommen, um die Leistungsfähigkeit neuer Schiffe zu testen. Aber bis vor kurzer Zeit hätte er es nicht für möglich gehalten, einmal in eine Schlacht verwickelt zu werden – und eine wichtige Rolle dabei zu spielen –, in der es um das Schicksal der Föderation und des Klingonischen Imperiums ging.

Für Föderation und Klingonen zeichnete sich nun eine Niederlage ab.

Worfs Shuttle war schwer beschädigt worden und trieb manövrierunfähig im All. Riker hatte das Wurmloch fast erreicht, als direkt vor ihm ein weiteres Furienschiff erschien. Es eröffnete das Feuer, und Wills Raumfähre wurde einfach davongeschleudert.

Glücklicherweise übersahen die Fremden Redbay, folgten Riker und feuerten erneut auf ihn.

Damit blieb nur noch Redbay übrig.

Vor ihm wartete das Wurmloch, wie ein weit geöffnetes schwarzes Maul.

Er mußte es erreichen, bevor ihm einer der großen Raumer den Weg versperrte. Rikers Versuch hatte den Furien einen wichtigen Hinweis geliefert. Sie wußten jetzt, daß die Shuttles nicht zu entkommen versuchten, sondern das Wurmloch erreichen wollten. Einige der gegen die Starfleet-Schiffe kämpfenden Furienraumer trachteten danach, sich wieder dem Wurmloch zu nähern.

Um es zu bewachen.

»Halt durch, Kumpel«, sagte Redbay, als Rikers Shuttle noch einmal getroffen wurde. »Gleich gebe ich den Burschen neuen Stoff zum Nachdenken.«

Seine Finger huschten über die Kontrollen und gaben ein bereits vertrautes Anweisungsmuster ein. Bei den Tests hatte er jenes Manöver sehr oft geflogen, nie jedoch unter realen Kampfbedingungen. Man nannte es ›Schleife‹ – und zwar aus gutem Grund. Der Pilot flog dabei in einem langsamen, weiten Bogen, um dann ganz plötzlich den Kurs zu ändern und das eigentliche Ziel anzusteuern. Der Zweck bestand darin, den Gegner zu verwirren und zu überraschen, dadurch einen kleinen Vorsprung zu gewinnen.

So lautete jedenfalls die Theorie.

Redbay gab auch den Rest der Sequenz ein. Einzelne

Szenen der Schlacht glitten über die Bildschirme, als sich das Shuttle in einem weiten Bogen vom Wurmloch entfernte.

»Noch drei Sekunden«, sagte er leise.

Der geöffnete Rachen des Wurmlochs befand sich nun auf der Backbordseite.

Redbay wartete. Und wartete noch etwas länger. »Jetzt!« rief er schließlich und betätigte die Navigationskontrollen. Das Shuttle kippte jäh nach links und beschleunigte auf maximale Impulsgeschwindigkeit. Immer größer wurde das Wurmloch auf dem zentralen Display. Er hatte es fast erreicht...

»Gleich haben wir's«, murmelte er und spürte bereits die freudige Erregung über ein weiteres gelungenes Manöver, so wie bei einem Testflug.

Unmittelbar darauf erinnerte ihn etwas daran, daß es sich nicht um einen Testflug handelte, sondern um bittere, gefährliche Realität.

Ein Strahlblitz traf das Shuttle von unten.

»Verdammter Mist!«

Er brauchte seine ganze Kraft, um im Pilotensessel zu verharren. Eine starke Entladung stieß das kleine Schiff beiseite, und dadurch flog es – wenn auch nur knapp – am Wurmloch vorbei.

Das Shuttle trudelte, doch Redbay unternahm nichts dagegen, versuchte statt dessen festzustellen, wer das Feuer auf ihn eröffnet hatte. Kurz darauf fand er es heraus: Ein Raumer der Furien hatte sich lange genug von den beiden klingonischen Kreuzern gelöst, um ihn daran zu hindern, ins Wurmloch zu fliegen. Doch eins der beiden imperialen Schiffe folgte dem Furienraumer, um ihn erneut in ein Gefecht zu verwickeln.

Disruptorstrahlen rasten durchs All, und den Fremden blieb nichts anderes übrig, als sich wieder den Klingonen zuzuwenden.

Was für Redbay bedeutete, daß er zunächst einmal in Sicherheit war. Rasch stabilisierte er die Fluglage des Shuttles und drehte es mit der Absicht, in einem weiten Bogen über den Bereich hinwegzufliegen, in dem der Kampf stattfand. Es kam darauf an, wieder vor das Wurmloch zu gelangen.

Dorthin, wo sich der Zugang befand.

»Mit der bisherigen Taktik komme ich nicht weiter«, sagte er. »Und ich sollte endlich damit aufhören, Selbstgespräche zu führen. Damit ist Schluß, sobald ich diese Mission hinter mir habe.«

Schweiß perlte auf seiner Stirn, als er die Bordsysteme überprüfte. Die Kapazität der Schilde war auf fünfzig Prozent gesunken, aber ansonsten schien alles in Ordnung zu sein. Eins stand fest: Sein kleines Schiff war in einem besseren Zustand als Worfs – das Shuttle des Klingonen erweckte den Eindruck, kaum mehr zu sein als ein Wrack.

Mit voller Geschwindigkeit brachte sich Redbay in eine Position weit über dem Wurmloch. Er hatte das Gefühl, daß es eine Ewigkeit dauerte, doch in Wirklichkeit vergingen nur dreißig Sekunden.

Aus dieser Entfernung gesehen, schien der Kampf zwischen kleinen Spielzeugraumschiffen stattzufinden. Doch Redbay wußte, daß in jenen ›Spielzeugen‹ Besatzungsmitglieder starben, ihr Leben einer Sache opferten, an die sie glaubten.

»Offenbar kommt's tatsächlich ganz auf mich an. Was bedeutet, daß ich mir keinen Mißerfolg leisten kann.«

Er beobachtete die Situation aufmerksam. Ein Furienschiff war bis fast zur Öffnung des Wurmlochs zurückgewichen, wurde jedoch immer wieder von einem klingonischen Kreuzer attackiert. Der Zugang des Dimensionstunnels wirkte wie ein Fleck vor dem sternenbesetzten Hintergrund des Alls.

Ein kleines Ziel.

Sehr klein.

Plötzlich wußte er, wie er es erreichen konnte. »Jetzt kannst du zeigen, ob du so gut bist, wie du immer wieder behauptest«, sagte er laut. »Sonst bist du gleich mausetot.«

Er berührte einige Schaltflächen und sah dann wieder auf den Schirm. Rikers Shuttle driftete noch immer antriebslos durch die Leere. Will hatte das Redbay-Manöver sehen wollen. »Nun, jetzt bekommst du Gelegenheit dazu«, sagte er und bedauerte, daß sein alter Freund nicht neben ihm saß. Er wagte nicht daran zu denken, daß Will im Shuttlewrack vielleicht einen sinnlosen Tod starb.

Ich werde dafür sorgen, daß wir einen Erfolg erzielen, dachte Redbay entschlossen.

Er hatte sich nie für die Arbeit an Bord eines großen Raumschiffs geeignet, war immer vor allem Testpilot gewesen. Doch hier fanden keine Tests mehr statt. Diesmal wurde es ernst.

Sehr ernst.

Bei dem Redbay-Manöver handelte es sich um ein Kunststück, das er schon oft durchgeführt hatte. Es ging darum, während des Flugs gewissermaßen einen Haken zu schlagen, den Kurs ganz plötzlich um neunzig Grad zu ändern. Zunächst beschleunigte das Schiff mit Impulskraft. Dann wurde der Warpantrieb aktiviert und unmittelbar im Anschluß daran deaktiviert – gleichzeitig drehte das Schiff in der entstehenden und sofort wieder kollabierenden Warpblase um neunzig Grad. Er hatte dieses Manöver als erster erfolgreich durchgeführt, wodurch es seinen Namen bekam.

Jetzt sah er sich mit drei Problemen konfrontiert. Das erste lautete: Er hatte ein solches Manöver noch nie mit einem Shuttle geflogen.

Das zweite stand mit dem ersten in Zusammenhang. Die Trägheitsabsorber des Shuttles mußten mit Belastungen fertig werden, die weit über das zulässige Maximum hinausgingen. Wenn sie versagten, blieb von Redbay nicht viel mehr übrig als Brei.

Aber die Absorber würden durchhalten. Sie durften nicht versagen!

Dem dritten Problem kam ganz besondere Bedeutung zu. Wenn er das Wurmloch verfehlte, flog er so schnell daran vorbei, daß er nicht vor dem Erscheinen des nächsten Furienschiffes zurückkehren konnte. Woraus folgte: Er durfte nicht damit rechnen, eine zweite Chance zu bekommen.

Die hohe Geschwindigkeit brachte auch einen Vorteil: Sie hinderte die Furien daran, den Zielerfassungsfokus auf ihn zu richten.

Die Lösung für dieses Problem hieß: Er würde die Öffnung des Wurmlochs nicht verfehlen.

So einfach war das.

Redbay begann mit dem Anflug und beschleunigte auf volle Impulskraft, flog das Shuttle dabei in einem Winkel von neunzig Grad in bezug auf das Wurmloch. Er erweckte dadurch den Eindruck, jenen Bereich anzusteuern, wo die *Madison* und *Idaho* gegen drei Furienschiffe kämpften. Vielleicht glaubten die Fremden sogar, daß er zur *Enterprise* zurückkehren wollte.

Er warf noch einen letzten Blick auf Rikers Shuttle, das sich nach wie vor um die eigene Achse drehte und keinen Versuch unternahm, die eigene Fluglage zu stabilisieren. Dann konzentrierte er seine ganze Aufmerksamkeit darauf, Drehung und Warptransfer genau im richtigen Augenblick durchzuführen.

»Drei.«

»Zwei.«

»Eins.«

»Jetzt!« rief Redbay und leitete das nach ihm benannte Manöver ein.

Die Trägheitsabsorber des Shuttles stimmten einen heulenden Protest an.

Er konnte nur hoffen, daß sie nicht ausfielen.

Und daß sich seine jahrelangen praktischen Erfahrungen auszahlten.

23

Die *Enterprise* erbebte. Picard stand auf der Brücke, die Hände auf den Rücken gelegt, wirkte wie ein unerschütterlicher Fels in der Brandung.

Um ihn herum blinkten die Indikatoren der Alarmstufe Rot. Die gewöhnlichen Leuchtkörper glühten nur mit fünfundsiebzig Prozent ihrer normalen Intensität – LaForge hatte einen Teil der für die ambientalen Systeme bestimmten Energie in die Schilde geleitet.

Bisher hielten die Deflektoren.

Aber Picard fragte sich, wie lange sie noch stabil bleiben würden.

Ein erbitterter Kampf tobte am Furienpunkt. Die *Enterprise* befand sich jetzt zwischen dem Wurmloch und dem gegnerischen Flaggschiff, was die Chancen der Shuttles verbesserte.

»Lieutenant Worfs Shuttle wurde getroffen«, meldete Data. »Offenbar sind die Navigationskontrollen ausgefallen. Die Lebenserhaltungssysteme versagen ebenfalls.«

»Richten Sie den Transferfokus auf ihn, Mr. Data.«

»Derzeit können wir Lieutenant Worf nicht an Bord beamen, Sir. Dazu müßten wir die Schilde senken.«

»Ich weiß, Mr. Data.« Picard sah zum großen Wandschirm. Im Vergleich mit den riesigen Furienschiffen wirkte das kleine Shuttle wie ein winziges Insekt. »Wir transferieren ihn, sobald wir dazu imstande sind.«

»Sir, wenn wir zu lange warten ...«

»Das Risiko ist mir bewußt, Mr. Data.«

Der Androide nickte und wandte sich wieder seiner Konsole zu. Troi faltete die Hände. Seit dem Beginn des Kampfes hatte sie ihren Sessel nicht ein einziges Mal verlassen. Picard fragte sich, ob sie überhaupt aufstehen konnte.

Sie kannte das Risiko ebenso gut wie der Captain. Mit ziemlicher Sicherheit würden weder Worf noch Will Riker zurückkehren.

Und wie sich die Situation derzeit entwickelte ... Es bestand die Gefahr, daß Picard drei gute Offiziere bei einer gescheiterten Mission verlor.

Erneut schüttelte sich die *Enterprise*.

»Schilde stabil«, sagte Eckley.

»Feuer erwidern«, ordnete Picard an.

Erneut sah er zum Wandschirm, beobachtete jedoch nicht den eigenen Kampf, sondern die Shuttles.

Redbay unterbrach den Anflug und drehte nach Steuerbord ab, um den Weg für Riker freizugeben.

»Ein weiteres Furienschiff kommt aus dem Wurmloch«, erklang Datas Stimme.

»Warnen Sie Commander Riker!« rief Picard, doch es war bereits zu spät. Er sah, wie Riker ein Ausweichmanöver flog, das ihn an dem großen Raumer vorbei und zum Wurmloch bringen sollte.

Doch die Furien wollten ihn nicht entkommen lassen.

Ein Strahlblitz traf das Shuttle und schleuderte es zur Seite. Und damit noch nicht genug: Das riesige Furienschiff änderte den Kurs, folgte dem wesentlich kleineren Gefährt und eröffnete erneut das Feuer.

»Abfangkurs!« befahl Picard.

Unter ihm hob und senkte sich das Deck, als die *Enterprise* einen weiteren Treffer ihres bisherigen Gegners einstecken mußte.

»Schilde versagen im Bereich der Decks fünfzehn bis zwanzig«, berichtete Data.

»Mr. LaForge«, sagte der Captain laut, um den Computer zu veranlassen, einen internen Kom-Kanal zu öffnen. »Können wir drei Sekunden lang mit den Phaserkanonen feuern?«

»Ja, Sir.« Die Stimme des Chefingenieurs klang zuversichtlich. »Aber der Energieverbrauch wäre ziemlich hoch.«

»Stellen Sie uns genug Energie zur Verfügung«, erwiderte Picard.

»Aye, Sir.«

Der Captain drehte sich zur taktischen Station um. »Lieutenant Dreod, richten Sie die Zielerfassung auf das neue Schiff und seien Sie bereit, drei Sekunden lang mit den Phasern zu feuern.«

Die junge Frau nickte. »Bereitschaft.«

Picard blickte erneut zum Wandschirm. Die Furien hatten versucht, mit Modulationsvariationen Strukturlücken in den Schilden der *Enterprise* entstehen zu lassen. Daraus ließ sich der Schluß ziehen, daß auch sie modulierte Deflektoren verwendeten – und die konnten von einem hochenergetischen Strahl durchdrungen werden, wenn er längere Zeit andauerte.

Das neue Schiff verfolgte noch immer Rikers Shuttle. Vielleicht war Will Riker bereits tot … In dem Fall sollten die Furien dafür büßen, den Ersten Offizier der *Enterprise* umgebracht zu haben.

»Feuer!«

Ein Phaserstrahl raste zu dem großen Raumer und schien eine halbe Ewigkeit lang im All zu gleißen. Die Schilde des Furienschiffes glühten erst blau und dann rot, lösten sich schließlich mit einem jähen Flackern auf. Das Schiff explodierte wie ein Luftballon, der von einer Nadel getroffen wurde.

Picard spürte keine Freude.

Riker war zu weit vom Wurmloch entfernt. Selbst wenn es ihm gelang, sein Shuttle wieder unter Kontrolle zu bringen und zu wenden… Wahrscheinlich hatte er keine Chance mehr. Das sah Picard, ohne einen Blick auf die Displays und Instrumentenanzeigen werfen zu müssen.

Die Mission war gescheitert.

Er hoffte, daß die anderen Kommandanten eine Idee hatten – ihm fiel nichts mehr ein.

Der Furienraumer, gegen den die *Enterprise* bisher gekämpft hatte, wich ein wenig zurück.

»Sir…«, ließ sich Data vernehmen. »Lieutenant Redbays Shuttle fliegt in einem weiten Bogen übers Wurmloch.«

Picard starrte zum Wandschirm und stellte fest: Das kleine Schiff entfernte sich vom Wurmloch.

Was veranlaßte Redbay zu einem solchen Verhalten? »Was hat er vor?« fragte Picard leise.

»Vielleicht versucht er etwas«, spekulierte Eckley.

»Er ist dort draußen. Möglicherweise sieht er etwas, das unserer Aufmerksamkeit entgeht.« Troi klang müde. Sie wußte ebenfalls, daß die Mission gescheitert war.

Plötzlich beschleunigte das Shuttle, änderte den Kurs und flog in Richtung Wurmloch.

»Es handelt sich um ein Manöver, das man ›Schleife‹ nennt«, verkündete Data. »Es könnte funktionieren.«

Picard ahnte, daß der Androide einen zu optimistischen Standpunkt vertrat, und wenige Sekunden später sah er seine Befürchtungen bestätigt. Ein Furienschiff, das sich gegen einen klingonischen Kreuzer wehrte, wandte sich dem Shuttle zu, feuerte und erzielte einen Volltreffer.

Redbay kam vom Kurs ab und raste am Wurmloch vorbei.

Stille herrschte im Kontrollraum der *Enterprise*,

wurde immer bedrückender. Picard fühlte eine seltsame Leere in seinem Innern und wünschte sich an einen anderen Ort. Er stellte sich vor, in Frankreich zu sein, auf einem Hügel zu sitzen, im warmen Sonnenschein …

Doch das mochte nie wieder möglich werden, wenn es nicht gelang, die Furien hier und jetzt aufzuhalten. Wenn sich alle ihre Schiffe transferierten, drohte dem Alpha-Quadranten das Chaos.

Picard drehte sich zu Data um. »Fordern Sie die *Madison* und *Idaho* auf, ihre Shuttles zu starten. Übermitteln Sie alle Details.«

»Ja, Sir.« Datas Finger huschten über die Schaltflächen.

Wieder erbebte die *Enterprise,* als sie von den Strahlblitzen eines Furienschiffes getroffen wurde.

»Die Schilde bleiben stabil«, meldete Lieutenant Dreod.

»Gut.« Picard zwang seine Aufmerksamkeit zurück zum Wandschirm und der Schlacht. Vielleicht konnten sie lange genug durchhalten, um es einem Shuttle zu ermöglichen, das Wurmloch zu passieren. Es war nicht ausgeschlossen.

Ein weiterer Furienraumer kam aus dem Dimensionstunnel und griff sofort die Klingonen an.

»Die Mitteilung ist gesendet, Sir«, sagte Data. »Lieutenant Redbay hat sein Shuttle wieder unter Kontrolle gebracht und in eine Position hoch über dem Wurmloch gesteuert.«

»Was?« Picard wandte sich um und blickte wieder zum Wandschirm, der den Furienpunkt und die Schlacht zeigte. Tatsächlich: Redbays Shuttle befand sich weit über und auf der linken Seite des Wurmlochs.

»Er hält die Position«, meinte Data.

»Vielleicht ist er verletzt«, vermutete Eckley.

»Die Kapazität seiner Schilde beträgt fünfzig Prozent«, sagte Data. »Die übrigen Systeme des Shuttles arbeiten einwandfrei.«

Das kleine Schiff setzte sich in Bewegung, flog jedoch nicht in Richtung Wurmloch, sondern näherte sich der *Idaho* und *Madison*.

Picard starrte fassungslos und konnte es einfach nicht glauben, daß sich ein Offizier der *Enterprise* weigerte, seine Pflicht zu erfüllen. Lieutenant Redbay zog sich zurück, obwohl ihn die Föderation gerade jetzt dringend brauchte.

Plötzlich schien das Shuttle zu verharren.

Ein bunter Blitz deutete auf einen beginnenden Warptransfer hin. Das Shuttle raste dem Wurmloch entgegen …

… und verschwand darin.

»Das Redbay-Manöver!« entfuhr es Eckley aufgeregt. »Er hat das Redbay-Manöver durchgeführt!«

»Das Shuttle befindet sich jetzt im Wurmloch«, sagte Data und bestätigte damit die Beobachtungen des Captains.

Eins der kleinen Schiffe hatte es tatsächlich geschafft, ins Innere des Wurmlochs zu gelangen.

Picard sah zu Troi. Die Counselor stand langsam auf, stützte sich dabei mit einer Hand am Sessel ab. Sie war noch immer schwach, aber Redbays Aktion schien ihr neue Kraft zu geben.

Der Captain atmete tief durch. Es war überhaupt nicht Redbays Absicht gewesen, sich zurückzuziehen – er hatte den Feind überlisten wollen.

Vielleicht konnte die Mission doch noch zu einem Erfolg führen.

Wenn der Lieutenant wußte, worauf es ankam.

Redbay fühlte sich so, als glitte er in einer dichten Rauchwolke ein Treppengeländer hinunter, während alle anderen nach oben kletterten. »Seltsam«, murmelte er. »Wirklich seltsam.«

Die Sensoren zeigten ihm, daß er hundert Furienschiffe passierte, die im Wurmloch auf den Transfer warteten. Der Föderation war eine Niederlage gewiß, wenn alle jene Raumer den Alpha-Quadranten erreichten. Das galt es zu verhindern.

Das Innere dieses Tunnels durch Zeit und Raum entsprach nicht den Beschreibungen des Wurmlochs von *Deep Space Nine*. Redbay sah graue und schwarze Schlieren, in denen sich die Furienschiffe als große Schemen abzeichneten.

Und dann, ganz plötzlich, befand er sich wieder im gewöhnlichen All.

Eine rasche Sondierung ergab, daß sich der Sender genau dort befand, wo er sein sollte. Es schien sich um einen kleinen Asteroiden zu handeln, der am diesseitigen Zugang des Wurmlochs im Nichts schwebte. Doch dieser Eindruck täuschte. In Wirklichkeit war es eine gewaltige Maschine, die aus zwanzig verschiedenen Richtungen Energie aufnahm.

»Beeindruckend«, sagte Redbay.

Eine lange Reihe von Furienschiffen erstreckte sich vom Dimensionstunnel aus in die Ferne – sie alle warteten auf den Transfer. Redbay versuchte gar nicht, ihre Anzahl zu schätzen. Jeder einzelne Raumer war dem Shuttle weit überlegen, und derzeit kam es nur darauf an.

Die Furien reagierten nicht auf sein plötzliches Erscheinen, aber das Überraschungsmoment hielt bestimmt nicht lange an. Er hatte nur eine einzige Chance, und es galt, sie so schnell wie möglich zu nutzen.

Er flog das Shuttle zur asteroidenartigen Maschine und fand die Stelle, auf die Will ihn hingewiesen hatte.

»Ganz ruhig«, sagte Redbay. »Verhalt dich so, als sei

dies ein weiterer Testeinsatz. Du mußt das Ziel beim erstenmal treffen.«

Er richtete den Erfassungsfokus aus und feuerte drei Photonentorpedos ab.

Das nächste Furienschiff löste sich aus der Reihe, begann mit dem Anflug und eröffnete das Feuer. Die Schilde des Shuttles hielten – noch.

Redbay riß das kleine Schiff nach oben, beschleunigte und entfernte sich von dem riesigen Apparat. Rotes Glühen erfaßte die kolossale Maschine ...

Es kam zu einer enormen Explosion, und in der energetischen Druckwelle verhielt sich das Shuttle ebenso wie ein welkes Blatt im Wind: Es wurde fortgewirbelt.

»Ich hab's geschafft!« freute sich Redbay. »Ich hab's geschafft!«

Vergeblich versuchte er, das Shuttle wieder unter Kontrolle zu bringen – die Navigationssysteme funktionierten nicht mehr.

»Warnung«, ertönte die Stimme des Computers. »Interne Stabilisatoren versagen.«

»Großartig«, ächzte Redbay, als ihn ein immer stärker werdender Druck in den Sessel preßte.

Dumpfes Knirschen kündigte den endgültigen Ausfall der Stabilisatoren an. Etwas riß Redbay aus dem Sessel und schleuderte ihn mit solcher Wucht an die Wand, daß er sofort das Bewußtsein verlor.

Zwischen der *Idaho* und *Madison* explodierte ein Furienschiff. Ein weiterer gegnerischer Raumer schien nur mehr ein Wrack zu sein. Die anderen Schiffe versuchten, zum Wurmloch zurückzukehren, doch die beiden klingonischen Kreuzer schnitten ihnen den Weg ab.

Wieder erschien ein Kampfschiff in der Öffnung des Dimensionstunnels.

Picard ließ die Schultern hängen. Redbays Shuttle mußte beim Transfer zerstört worden sein.

»Das Wurmloch kollabiert, Sir«, sagte Data.

Picard behielt das neue Furienschiff im Auge und beobachtete, wie es sich dehnte, in die Länge wuchs.

Das Wurmloch schrumpfte und nahm den Raumer mit, als es verschwand.

Die Brückenoffiziere jubelten.

»Redbay hat das Ziel gefunden und zerstört«, sagte Picard leise. Er hätte gern am Jubel der anderen teilgenommen, doch etwas tief in seinem Innern veranlaßte ihn, still zu bleiben.

Sein Blick galt den beiden anderen Shuttles. »Schilde senken, Mr. Data. Transporterraum, beamen Sie Lieutenant Worf an Bord.«

»Es ist zu spät, Sir ...«, wandte der Androide ein.

»Beamen Sie ihn direkt zur Krankenstation, Anderson.«

»Aye, Sir.«

»Sir ...« Datas Stimme klang jetzt besonders sanft. »Commander Riker lebt noch.«

Picard drehte sich ruckartig um. »Transporterraum, richten Sie den Transferfokus auf Riker und holen Sie ihn an Bord!«

Einige Sekunden verstrichen, und dann: »Erledigt, Sir. Er ist wieder bei uns.«

»Und Lieutenant Worf?«

»Wir haben seine Leiche in die Krankenstation gebeamt, Sir.«

Seine Leiche. Die *Enterprise* hatte zwei Offiziere verloren. Einer lebte noch.

Picard empfand nichts. Dazu war es noch zu früh.

Der Kampf ging weiter.

Er drehte sich zum Wandschirm um. »Schilde hoch. Öffnen Sie einen Kom-Kanal zum Flaggschiff der Furien.«

»Kanal geöffnet«, sagte Lieutenant Dreod.

Das Bild auf dem Wandschirm wechselte und zeigte den Kommandanten der Furien. Die scharlachrote Haut blätterte ab. Picard bemerkte keine Dunstwolken mehr, aber dafür fiel ihm auf, daß winzige Geschöpfe eine dicke Schicht an der Rückenlehne des Sessels bildeten.

Tote Geschöpfe.

Tausende von kleinen Käfern.

Weißer Schleim klebte in den Mundwinkeln des Kommandanten, und in den Augen glühte es gelb. Im Hintergrund waren die Leichen einiger Besatzungsmitglieder zu sehen.

»Wir haben Ihr Wurmloch geschlossen«, sagte Picard. »Was bedeutet, daß wir Ihnen weit überlegen sind.«

»Ich bin mir der Situation bewußt, Picard«, sagte das Wesen. Seine Stimme klang rauh – ein Hinweis auf Schmerzen?

»Wenn Sie den Kampf einstellen... Ich wäre zu neuen Gesprächen bereit. Wir könnten...«

»Reden, reden, reden. Wenn ich Ihnen mein Schiff übergeben wollte – vermutlich würden Sie darauf bestehen, erst darüber zu diskutieren.« Der Furien-Kommandant hob die Hand. Rote Hautfetzen hingen dran, und tintenschwarzes Blut quoll aus einem breiten Riß im Handballen. »Sie reden dauernd, Picard, aber Sie hören nicht zu.«

»Ich bin ganz Ohr.«

»Ich habe Ihnen gesagt, daß wir nicht verhandeln. Wir erobern.«

»Unter den gegebenen Umständen dürften Sie dabei keinen Erfolg haben«, erwiderte Picard.

»In der Tat«, bestätigte das Wesen. »Ich möchte Sie darum bitten, unsere Seelen denen der *Rath*-Crew hinzuzufügen. Wir verlassen Sie nun. Aber ich versichere

Ihnen, daß es ein Morgen geben wird. Darauf können Sie sich verlassen.«

Das Geschöpf lachte spöttisch. »Allerdings bin ich nicht bereit, darüber mit Ihnen zu reden. Ich wünsche Ihnen angenehme Träume.«

Der Furien-Kommandant lächelte. Weißer Schleim rann ihm übers Kinn, und ein unheilvolles Irrlichtern zeigte sich in den gelben Augen.

Es lief Picard kalt über den Rücken, und er schauderte. Sein Schaudern hatte nichts zu tun mit emotionaler Manipulation, wurzelte vielmehr in den Genen, im uralten Gedächtnis der Spezies *Homo sapiens*.

Picard war sicher, das Gesicht in seinen Träumen wiederzusehen.

Er wußte es genau, ebenso wie das Wesen.

Und keiner von ihnen beiden würde es vergessen.

Dann änderte sich das Bild auf dem Wandschirm erneut, zeigte wieder den Weltraum und das Furienschiff.

Es explodierte.

Was Picard nicht überraschte.

Die beiden anderen noch nicht zerstörten Furienraumer platzten ebenfalls auseinander.

»Das ergibt doch keinen Sinn«, sagte Eckley. »Sie brauchten nicht zu sterben.«

»Ihnen blieb keine Wahl«, erwiderte Troi. »Sie fürchteten sich.«

Picard wandte sich ihr zu. Die Counselor stand noch immer und schwankte ein wenig. »Wovor? Etwa vor uns?«

»Als siegreiche Dämonen waren sie allmächtig, Captain«, entgegnete Troi. »Als Kriegsgefangene hingegen wären sie nur besiegte Geschöpfe aus einem anderen Quadranten gewesen.«

»Sie starben für eine Illusion?« fragte Picard. Er konnte es kaum fassen.

Die Counselor schüttelte den Kopf. »Sie starben für die Zukunft, die jenes Wesen beschrieb. Sie starben, weil sie wußten, daß ihre Artgenossen nicht aufgeben und einen weiteren Versuch unternehmen werden.«

Picard schauderte erneut und sah ins All. Zahllose Trümmer schwebten dort, irgendwo zwischen ihnen auch einige Rettungskapseln voller Puppen. Sie repräsentierten die Seelen der umgekommenen Furien, sollten denen der *Rath*-Crew hinzugefügt und an einem sicheren Ort aufbewahrt werden – bis zur nächsten Begegnung.

»Sie werden zurückkehren«, sagte Troi.

Der Captain nickte. Auf der anderen Seite der Galaxis würden die Furien ihre Wunden lecken und neue Vorbereitungen treffen, um mit noch mehr Nachdruck Anspruch auf ihre alte Heimat zu erheben.

24

Lieutenant Bobby Young klammerte sich noch immer am Leben fest. Die Anstrengung ließ sein Gesicht gelbweiß erscheinen, aber die Augen waren klar. Er wußte, daß er sich an Bord der *Enterprise* befand, die gegen eine große Streitmacht der Furien kämpfte.

Beverly Crusher glaubte folgendes: Wenn die *Enterprise* den Kampf verlor, würde Lieutenant Young dem Wahnsinn anheimfallen.

Aber wenn sie gewann… Dann konnte er sich erholen. Vielleicht war er nie wieder in der Lage, aktiven Starfleet-Dienst zu leisten, aber ihm blieb das Skilaufen. Sie wußte, wie sehr er es liebte. Als sie ihn nach der wichtigsten Sache in seinem Leben gefragt hatte, antwortete er mit einem Wort.

Skilaufen.

Jetzt bekam er vielleicht die Möglichkeit, sich seinen Wunsch zu erfüllen. Das Wurmloch existierte nicht mehr. Die Schiffe der Furien waren zerstört, die Föderation gerettet.

Doch der Sieg erforderte einen hohen Preis.

Commander Riker und Lieutenant Worf. Beverly hatte den internen Kom-Kanal geschlossen, als sie davon hörte.

»Doktor!« rief einer ihrer Assistenten. »Es werden Verwundete eingeliefert.«

Beverly hatte neben Lieutenant Youngs Liege gesessen und stand nun auf. »Die Betten bereitmachen. Teilen Sie die Behandlungsgruppen ein.«

Schon zu Beginn der Mission waren entsprechende Vorbereitungen getroffen worden, die sich nun als nützlich erwiesen.

Über einer Liege schimmerte es. Ein Körper zeichnete sich im Transferfeld ab: lang, breitschultrig ...

Ein Klingone.

Worf!

Die Augen waren geöffnet, aber trüb. Schwarze Flekken zeigten sich auf der höckrigen Stirn, und die Uniform wies an mehreren Stellen Brandspuren auf.

Er atmete nicht.

Aber er lebte noch.

Ja, es steckte noch ein Funken Leben in ihm.

Beverly beugte sich über ihn, fest dazu entschlossen, ihn zu retten. Sie würde mit allen Mitteln versuchen, Worf vor dem Tod zu bewahren.

»Also gut«, sagte sie laut und wandte sich an ihre Assistenten. »Sorgen Sie dafür, daß Herz und Lungen wieder arbeiten. Wir wissen nicht, wie lange er sich schon in diesem Zustand befindet.«

Sie blickte zu den Bioindikatoren. Das Herz schlug nicht, und es fand auch keine Lungenaktivität statt. Die Anzeigen des medizinischen Tricorders wiesen darauf hin, daß Worf giftige Dämpfe aus dem Triebwerk des Shuttles eingeatmet hatte. Das Resultat: Seine Lungen waren kollabiert.

Beverly Crusher stellte fest, daß der Kollaps vor etwa fünfundzwanzig Minuten stattgefunden hatte. Selbst wenn es ihr gelang, den Klingonen ins Leben zurückzuholen – vielleicht trug er permanente Hirnschäden davon.

Hinter ihr öffnete sich die Tür, und Deanna kam herein. Sofort griff sie nach Worfs Hand und hielt sie fest. Dann sah sie zu Beverly auf, die den Kopf schüttelte.

»Bitte«, sagte Deanna. »Versuchen Sie irgend etwas.«

Erneut blickte die Ärztin zu den Indikatoren. Mit

Herz und Lungen schien inzwischen wieder alles in Ordnung zu sein. Das Blut war gefiltert worden, enthielt also keine toxischen Substanzen mehr. Doch es ließen sich noch immer keine Hirnströme messen.

Es gab nur noch eine Chance für ihn – ein Schock.

Beverly bereitete eine besonders große Dosis von Klaxtal vor – dabei handelte es sich um das stärkste bei Klingonen wirkende Stimulans.

Sie sah zu Deanna, die auf Worfs schmutziges Gesicht hinabstarrte. »Treten Sie zurück. Es könnte zu jähen Muskelkontraktionen kommen.«

Die Counselor wich ein wenig von der Liege fort, ließ Worfs Hand jedoch nicht los.

Beverly injizierte das Klaxtal und ging dann rasch auf sichere Distanz. Sie hatte beobachtet, wie Klingonen menschlichen Ärzten die Knochen brachen, während das Stimulans bei ihnen wirkte.

Worf rührte sich nicht.

Deanna sah sie an. Beverly spielte bereits mit dem Gedanken, sich der Liege wieder zu nähern und einen zweiten Versuch zu unternehmen, als der Klingone plötzlich zuckte, trat und mit den Armen ruderte. Troi ließ die Hand los, und beide Frauen beobachteten, wie Worfs Zuckungen allmählich nachließen. Schließlich lag er wieder still.

Völlig still.

Es hatte nicht funktioniert. Beverly kehrte an die Seite ihres Patienten zurück. »Verdammt, Worf … Sie sollen *leben*!«

Plötzlich veränderten sich die Anzeigen der Bioindikatoren, und eine Sekunde später holte der Klingone tief Luft.

»Er hat es geschafft«, sagte Deanna. Auch sie trat nun wieder an die Liege heran und berührte Worfs Stirn.

Die Frage lautete nun: Hatte sein Hirn Schaden genommen?

Beverly betrachtete die Anzeigen. Die Indikatoren wiesen inzwischen wieder auf Hirnaktivität hin, doch Gewebeschäden ließen sich auf diese Weise nicht erkennen.

»Worf«, sagte sie. »Sprechen Sie mit mir, Worf.«

Seine Augen blieben trüb.

»Deanna ...« Beverly wandte sich an die Counselor.

Troi nickte und beugte sich vor. Ihr Haar strich über die Wangen des Klingonen. »Worf, bitte ...«

Seine rechte Hand schoß nach oben und schloß sich um die Kehle der jungen Frau. »Ich verrate nichts!« knurrte er.

»Worf!« sagte Beverly hastig. »Es ist Deanna.«

Er ließ los, und Troi taumelte zurück, lächelte jedoch.

»Deanna?« wiederholte er. »Ich bin an Bord der *Enterprise*?«

»Ja«, bestätigte Beverly und warf einen neuerlichen Blick auf die Displays. Die Hirnstrommuster gewannen jetzt eine deutlichere Ausprägung – es schien alles in Ordnung zu sein.

»Die Furien?«

»Sind besiegt«, brachte Deanna mit rauher Stimme hervor.

»Und Commander Riker?«

»Er ist ebenfalls an Bord«, antwortete die Counselor. »Allerdings bestand er darauf, zunächst zur Brücke zu gehen und erst danach die Krankenstation aufzusuchen – trotz der Verbrennungen an seinen Händen.«

Beverly musterte sie erstaunt. Sie erfuhr erst jetzt, daß Riker überlebt hatte.

Deanna lächelte noch immer und sah Worf an. »Der Captain fordert ihn sicher bald auf, hier zu erscheinen.«

Irgend etwas in Deannas Augen wies darauf hin, daß sich hinter ihren Worten noch mehr verbarg. Beverly bemerkte den sonderbaren Glanz, doch er entging Worfs Aufmerksamkeit – vermutlich war der Klingone einfach zu erschöpft. »Mein Kopf fühlt sich an, als sei eine ganze Herde klingonischer Ochsen darüber hinweggetrampelt«, stöhnte er.

Beverly schmunzelte. »Sie haben einen ziemlich dikken Schädel, und diesem Umstand verdanken Sie Ihr Leben. Wie dem auch sei: Ich muß jetzt Ihre übrigen Verletzungen untersuchen. Und der Captain sollte erfahren, daß Sie soweit in Ordnung sind.«

»Ich gebe ihm Bescheid«, sagte Deanna. »Er wird sich bestimmt darüber freuen.«

Einige Stunden später nahm Picard im Gesellschaftsraum Platz. Commander Will Riker saß bereits am Tisch, blickte aus dem Fenster und beobachtete die vorbeigleitenden Sterne. Seine Hände steckten in einem leichten Verband, und dunkle Ringe zeigten sich unter seinen Augen. Während des vergangenen Tages schien er an Gewicht verloren zu haben – ein Eindruck, der vielleicht nicht täuschte.

Guinan näherte sich. In der rechten Hand hielt sie eine Karaffe mit purpurner Flüssigkeit, in der linken zwei Kognakschwenker.

»Tee für mich, Guinan«, sagte Picard.

Die dunkelhäutige Frau lächelte. »Diesen nestafarianischen Brandy habe ich für eine ganz besondere Gelegenheit aufgehoben. Der Sieg über die Furien dürfte eine solche Gelegenheit sein, oder?«

»Mir ist nicht nach Feiern zumute«, erwiderte Riker und blickte auch weiterhin aus dem Fenster.

»Besondere Gelegenheiten müssen nicht unbedingt gefeiert werden.« Guinan stellte die Gläser auf den Tisch und gab jeweils einen Fingerbreit von der purpurnen Flüssigkeit hinein. Dann schob sie die Kognakschwenker den beiden Offizieren entgegen. »Manchmal sind besondere Gelegenheiten jene stillen Momente, in denen Heilung beginnt.«

Damit wandte sie sich ab und kehrte in Richtung Theke zurück. Picard sah ihr nach. Er verließ sich auf Guinans Weisheit, auf ihre Kraft. Ihr jüngstes Verhalten vermittelte ihm folgende Botschaft: Sie befürwortete die von ihm getroffenen Entscheidungen ebenso wie den Weg, den er gewählt hatte, um seine Furcht und auch die Furien zu besiegen.

In ihm selbst verblieben Zweifel. Immer wieder fragte er sich, ob die von ihm ergriffenen Maßnahmen ausreichten. Er war keineswegs sicher, daß das Wurmloch für immer geschlossen blieb. Außerdem: Er hatte einen besonders vielversprechenden Starfleet-Offizier verloren.

Riker hob die verbundenen Hände, und Picard betrachtete sie neugierig.

»Dr. Crusher hat befürchtet, daß ich die neue Haut abkratze«, erklärte Riker. »Deshalb der Verband.«

»Sie sind vom Dienst befreit, Nummer Eins. Ruhen Sie aus.«

Riker nickte und sah erneut zu den Sternen. »Ich muß ein wenig üben«, sagte er leise und wie zu sich selbst. »Ich meine das Fliegen mit alten Atmosphärenjets in einem speziellen Holodeck-Programm. Ich habe mich mit jemandem zu einem simulierten Luftkampf verabredet. Irgendwann.«

Picard verstand. Redbay. Sie dachten beide an den Lieutenant, der auf der anderen Seite des Wurmlochs festsaß.

Bei den Furien.

Jeder von ihnen hätte sich ohne zu zögern an seiner Stelle geopfert. Eigentlich war Riker für den Flug durchs Wurmloch vorgesehen gewesen, doch die Umstände entschieden anders.

Die Ungewißheit erwies sich als besonders schwere

Belastung. Sie wußten nicht, ob Redbay noch lebte. Nur in einem Punkt konnte kein Zweifel bestehen: Er hatte seine Aufgabe erfüllt.

Jetzt mußten sie die Arbeit ohne ihn fortsetzen. Wer sich für den Starfleet-Dienst entschied, kannte die damit verbundenen Risiken.

Eins dieser Risiken bestand darin, in Gefahr zu geraten und ums Leben zu kommen.

Doch es gab ein noch größeres Risiko: den Verlust guter Freunde.

Picard griff nach seinem Glas, ließ die purpurne Flüssigkeit darin kreisen. Dann hob er den Kognakschwenker und schnupperte daran. Der nestafarianische Brandy zeichnete sich durch einen sehr aromatischen Duft aus.

»Erzählen Sie mir von Lieutenant Redbay, Will«, sagte der Captain.

Riker musterte ihn einige Sekunden lang, bevor er mit einer verbundenen Hand nach seinem eigenen Glas griff.

»Ich meine nicht den Lieutenant, über den die Personaldateien Auskunft geben«, fügte Picard hinzu. »Ich möchte den Mann namens Redbay kennenlernen.«

Riker nickte und trank einen Schluck. »Lieutenant Redbay?« Einige Sekunden lang blickte er stumm aus dem Fenster und fuhr dann fort: »Lieutenant *Sam* Redbay war mein Freund.«

Er hob sein Glas zu einem letzten Gruß.

Picard folgte seinem Beispiel.

STAR TREK™

in der Reihe
HEYNE SCIENCE FICTION & FANTASY

STAR TREK: CLASSIC SERIE

Vonda N. McIntyre, Star Trek II: Der Zorn des Khan · 06/3971
Vonda N. McIntyre, Der Entropie-Effekt · 06/3988
Robert E. Vardeman, Das Klingonen-Gambit · 06/4035
Lee Correy, Hort des Lebens · 06/4083
Vonda N. McIntyre, Star Trek III: Auf der Suche nach Mr. Spock · 06/4181
S. M. Murdock, Das Netz der Romulaner · 06/4209
Sonni Cooper, Schwarzes Feuer · 06/4270
Robert E. Vardeman, Meuterei auf der Enterprise · 06/4285
Howard Weinstein, Die Macht der Krone · 06/4342
Sondra Marshak & Myrna Culbreath, Das Prometheus-Projekt · 06/4379
Sondra Marshak & Myrna Culbreath, Tödliches Dreieck · 06/4411
A. C. Crispin, Sohn der Vergangenheit · 06/4431
Diane Duane, Der verwundete Himmel · 06/4458
David Dvorkin, Die Trellisane-Konfrontation · 06/4474
Vonda N. McIntyre, Star Trek IV: Zurück in die Gegenwart · 06/4486
Greg Bear, Corona · 06/4499
John M. Ford, Der letzte Schachzug · 06/4528
Diane Duane, Der Feind – mein Verbündeter · 06/4535
Melinda Snodgrass, Die Tränen der Sänger · 06/4551
Jean Lorrah, Mord an der Vulkan Akademie · 06/4568
Janet Kagan, Uhuras Lied · 06/4605
Laurence Yep, Herr der Schatten · 06/4627
Barbara Hambly, Ishmael · 06/4662
J. M. Dillard, Star Trek V: Am Rande des Universums · 06/4682
Della van Hise, Zeit zu töten · 06/4698
Margaret Wander Bonanno, Geiseln für den Frieden · 06/4724
Majliss Larson, Das Faustpfand der Klingonen · 06/4741
J. M. Dillard, Bewußtseinsschatten · 06/4762
Brad Ferguson, Krise auf Centaurus · 06/4776
Diane Carey, Das Schlachtschiff · 06/4804
J. M. Dillard, Dämonen · 06/4819
Diane Duane, Spocks Welt · 06/4830
Diane Carey, Der Verräter · 06/4848
Gene DeWeese, Zwischen den Fronten · 06/4862
J. M. Dillard, Die verlorenen Jahre · 06/4869
Howard Weinstein, Akkalla · 06/4879
Carmen Carter, McCoys Träume · 06/4898
Diane Duane & Peter Norwood, Die Romulaner · 06/4907

STAR TREK™

John M. Ford, Was kostet dieser Planet? · 06/4922
J. M. Dillard, Blutdurst · 06/4929
Gene Roddenberry, Star Trek I: Der Film · 06/4942
J. M. Dillard, Star Trek VI: Das unentdeckte Land · 06/4943
David Dvorkin, Die Zeitfalle · 06/4996
Barbara Paul, Das Drei-Minuten-Universum · 06/5005
Judith & Garfield Reeves-Stevens, Das Zentralgehirn · 06/5015
Gene DeWeese, Nexus · 06/5019
D. C. Fontana, Vulkans Ruhm · 06/5043
Judith & Garfield Reeves-Stevens, Die erste Direktive · 06/5051
Michael Jan Friedman, Das Doppelgänger-Komplott · 06/5067
Judy Klass, Der Boacozwischenfall · 06/5086
Julia Ecklar, Kobayashi Maru · 06/5103
Peter Norwood, Angriff auf Dekkanar · 06/5147
Carolyn Clowes, Das Pandora-Prinzip · 06/5167
Diana Duane, Die Befehle des Doktors · 06/5247
V. E. Mitchell, Der unsichtbare Gegner · 06/5248
Dana Kramer-Rolls, Der Prüfstein ihrer Vergangenheit · 06/5273
Michael Jan Friedman, Schatten auf der Sonne · 06/5179
Barbara Hambly, Der Kampf ums nackte Überleben · 06/5334
Brad Ferguson, Eine Flagge voller Sterne · 06/5349
J. M. Dillard, Star Trek VII: Generationen · 06/5360
Gene DeWeese, Die Kolonie der Abtrünnigen · 06/5375
Michael Jan Friedman, Späte Rache · 06/5412
Peter David, Der Riß im Kontinuum · 06/5464
Michael Jan Friedman, Gesichter aus Feuer · 06/5465
Peter David/Michael Jan Friedman/Robert Greenberger, Die Enterbten · 06/5466
L. A. Graf, Die Eisfalle · 06/5467
John Vornholt, Zuflucht · 06/5468
L. A. Graf, Der Saboteur · 06/5469
Melissa Crandall, Die Geisterstation · 06/5470
Mel Gilden, Die Raumschiff-Falle · 06/5471
V. E. Mitchell, Tore auf einer toten Welt · 06/5472
Victor Milan, Aus Okeanos Tiefen · 06/5473
Diane Carey, Das große Raumschiff-Rennen · 06/5474
Margaret Wander Bonanno, Die Sonde · 06/5475
Diane Carey, Kirks Bestimmung · 06/5476
L. A. Graf, Feuersturm · 06/5477
A. C. Crispin, Sarek · 06/5478
Simon Hawke, Die Terroristen von Patria · 06/5479
Barbara Hambly, Kreuzwege · 06/5681
L. A. Graf, Ein Sumpf von Intrigen · 06/5682
Howard Weinstein, McCoys Tochter · 06/5683
Diane Carey, Invasion 1 – Der Erstschlag · 06/5694

STAR TREK™

STAR TREK: THE NEXT GENERATION
David Gerrold, Mission Farpoint · 06/4589
Gene DeWeese, Die Friedenswächter · 06/4646
Carmen Carter, Die Kinder von Hamlin · 06/4685
Jean Lorrah, Überlebende · 06/4705
Peter David, Planet der Waffen · 06/4733
Diane Carey, Gespensterschiff · 06/4757
Howard Weinstein, Macht Hunger · 06/4771
John Vornholt, Masken · 06/4787
David & Daniel Dvorkin, Die Ehre des Captain · 06/4793
Michael Jan Friedman, Ein Ruf in die Dunkelheit · 06/4814
Peter David, Eine Hölle namens Paradies · 06/4837
Jean Lorrah, Metamorphose · 06/4856
Keith Sharee, Gullivers Flüchtlinge · 06/4889
Carmen Carter u. a., Planet des Untergangs · 06/4899
A. C. Crispin, Die Augen der Betrachter · 06/4914
Howard Weinstein, Im Exil · 06/4937
Michael Jan Friedman, Das verschwundene Juwel · 06/4958
John Vornholt, Kontamination · 06/4986
Mel Gilden, Baldwins Entdeckungen · 06/5024
Peter David, Vendetta · 06/5057
Peter David, Eine Lektion in Liebe · 06/5077
Howard Weinstein, Die Macht der Former · 06/5096
Michael Jan Friedman, Wieder vereint · 06/5142
T. L. Mancour, Spartacus · 06/5158
Bill McCay/Eloise Flood, Ketten der Gewalt · 06/5242
V. E. Mitchell, Die Jarada · 06/5279
John Vornholt, Kriegstrommeln · 06/5312
Laurell K. Hamilton, Nacht über Oriana · 06/5342
David Bischoff, Die Epidemie · 06/5356
Simon Hawke, Die Beute der Romulaner · 06/5413
Rebecca Neason, Der Kronprinz · 06/5414
John Peel, Drachenjäger · 06/5415
Diane Carey, Abstieg · 06/5416
Diane Duane, Dunkler Spiegel · 06/5417
Jeri Taylor, Die Zusammenkunft · 06/5418
Michael Jan Friedman, Relikte · 06/5419
Susan Wright, Der Mörder des Sli · 06/5438
W. R. Thomson, Planet der Schuldner · 06/5439
Michael Jan Friedman & Kevin Ryan, Requiem · 06/5442
Dafydd ab Hugh, Gleichgewicht der Kräfte · 06/5443
Michael Jan Friedman, Die Verurteilung · 06/5444
Simon Hawke, Die Rückkehr der Despoten · 06/5446

STAR TREK™

Robert Greenberger, Die Strategie der Romulaner · 06/5447
Dean Wesley Smith & Kristine Kathryn Rusch, Invasion 2 – Soldaten des Schreckens · 06/5754

STAR TREK: DIE ANFÄNGE
Vonda N. McIntyre, Die erste Mission · 06/4619
Margaret Wander Bonanno, Fremde vom Himmel · 06/4669
Diane Carey, Die letzte Grenze · 06/4714

STAR TREK: DEEP SPACE NINE
J. M. Dillard, Botschafter · 06/5115
Peter David, Die Belagerung · 06/5129
K. W. Jeter, Die Station der Cardassianer · 06/5130
Sandy Schofield, Das große Spiel · 06/5187
Dafydd ab Hugh, Gefallene Helden · 06/5322
Lois Tilton, Verrat · 06/5323
Esther Friesner, Kriegskind · 06/5430
Diane Carey, Die Suche · 06/5432
Melissa Scott, Der Pirat · 06/5434
Nathan Archer, Walhalla · 06/5512
Greg Cox/John Gregory Betancourt, Der Teufel im Himmel · 06/5513
Robert Sheckley, Das Spiel der Laertianer · 06/5514
Diane Carey, Der Weg des Kriegers · 06/5515
Diane Carey, Die Katakombe · 06/5516
L. A. Graf, Invasion – 3: Der Feind der Zeit · 06/5519 (in Vorb.)

STAR TREK: STARFLEET KADETTEN
John Vornholt, Generationen · 06/6501
Peter David, Worfs erstes Abenteuer · 06/6502
Peter David, Mission auf Dantar · 06/6503
Peter David, Überleben · 06/6504
Brad Strickland, Das Sternengespenst · 06/6505
Brad Strickland, In den Wüsten von Bajor · 06/6506
John Peel, Freiheitskämpfer · 06/6507
Mel Gilden & Ted Pedersen, Das Schoßtierchen · 06/6508
John Vornholt, Erobert die Flagge! · 06/6509
V. E. Mitchell, Die Atlantis Station · 06/6510
Michael Jan Friedman, Die verschwundene Besatzung · 06/6511
Michael Jan Friedman, Das Echsenvolk · 06/6512
Diane G. Gallagher, Arcade · 06/6513
John Peel, Ein Trip durch das Wurmloch · 06/6514
Brad & Barbara Strickland, Kadett Jean-Luc Picard · 06/6515
Brad & Barbara Strickland, Picards erstes Kommando · 06/6516

STAR TREK™

STAR TREK: VOYAGER
L. A. Graf, Der Beschützer · 06/5401
Peter David, Die Flucht · 06/5402
Nathan Archer, Ragnarök · 06/5403
Susan Wright, Verletzungen · 06/5404
John Betancourt, Der Arbuk-Zwischenfall · 06/5405
Christie Golden, Die ermordete Sonne · 06/5406
Mark A. Garland & Charles G. McGraw, Geisterhafte Visionen · 06/5407
S. N. Lewitt, Cybersong · 06/5408
Dafydd ab Hugh, Invasion – 4: Die Raserei des Endes · 06/5409 (in Vorb.)
Karen Haber, Segnet die Tiere · 06/5410
Melissa Scott, Der Garten · 06/5812

DAS STAR TREK-UNIVERSUM, 2 Bde., von *Ralph Sander* · 06/5150
DAS STAR TREK-UNIVERSUM, 1. Ergänzungsband von *Ralph Sander* · 06/5151
DAS STAR TREK-UNIVERSUM, 2. Ergänzungsband von *Ralph Sander* · 06/5270

William Shatner/Chris Kreski, Star Trek Erinnerungen · 06/5188
William Shatner/Chris Kreski, Star Trek Erinnerungen: Die Filme · 06/5450

Phil Farrand, Cap'n Beckmessers Führer durch STAR TREK – DIE CLASSIC SERIE · 06/5451
Phil Farrand, Cap'n Beckmessers Führer durch STAR TREK – DIE NÄCHSTE GENERATION · 06/5199
Phil Farrand, Cap'n Beckmessers Führer durch STAR TREK – DIE NÄCHSTE GENERATION – Teil 2 · 06/6457

Ralph Sander, Star Trek Timer 1997 · 06/1997
Ralph Sander, Star Trek Timer 1998 · 06/1998
Nichelle Nichols, Nicht nur Uhura · 06/5547
Leonard Nimoy, Ich bin Spock · 06/5548
Lawrence M. Krauss, Die Physik von Star Trek · 06/5549
J. M. Dillard, Star Trek: Wo bisher noch niemand gewesen ist · 06/6500
Judith & Garfield Reeves-Stevens, Star Trek – Deep Space Nine: Die Realisierung einer Idee · 06/5550
Judith & Garfield Reeves-Stevens, Star Trek Design · 06/5545
Herbert F. Solow & Robert H. Justman, Star Trek – Die wahre Geschichte · 06/6499

Diese Liste ist eine Bibliographie erschienener Titel
KEIN VERZEICHNIS LIEFERBARER BÜCHER!